# Matt Haig
# Sociedade dos Pais Mortos

Tradução de
CHRISTIAN SCHWARTZ

EDITORA RECORD
RIO DE JANEIRO • SÃO PAULO
2011

CIP-BRASIL. CATALOGAÇÃO-NA-FONTE
SINDICATO NACIONAL DOS EDITORES DE LIVROS, RJ

H174s
Haig, Matt, 1975-
Sociedade dos pais mortos / Matt Haig; tradução de Christian Schwartz. – Rio de Janeiro: Record, 2011.

Tradução de: The dead fathers club
ISBN 978-85-01-08286-2

1. Pais e filhos – Ficção. 2. Fantasmas – Ficção. 3. Romance inglês. I. Schwartz, Christian. II. Título.

11-5136

CDD: 823
CDU: 821.111-3

Título original em inglês:
THE DEAD FATHERS CLUB

Copyright © 2006 by Matt Haig

Todos os direitos reservados. Proibida a reprodução, no todo ou em parte, através de quaisquer meios. Os direitos morais do autor foram assegurados.

Texto revisado segundo o novo Acordo Ortográfico da Língua Portuguesa.

Direitos exclusivos de publicação em língua portuguesa somente para o Brasil adquiridos pela
EDITORA RECORD LTDA.
Rua Argentina, 171 – Rio de Janeiro, RJ – 20921-380 – Tel.: 2585-2000, que se reserva a propriedade literária desta tradução.

Impresso no Brasil

ISBN 978-85-01-08286-2

Seja um leitor preferencial Record.
Cadastre-se e receba informações sobre nossos lançamentos e nossas promoções.

EDITORA AFILIADA

Atendimento e venda direta ao leitor:
mdireto@record.com.br ou (21) 2585-2002.

# Primeira Vez que Vi o Papai Depois que Ele Morreu

Passei pelo corredor e empurrei a porta e entrei no meio da fumaça e todo mundo ficou mudo como se o fantasma fosse eu.

A Carla Garçonete estava usando os brincos de argola e o olhar cansado dela. Estava enchendo um copo de cerveja e sorriu pra mim e ia dizer alguma coisa, mas a cerveja transbordou.

O Tio Alan, que é o irmão do Papai, apareceu lá com um terno de colarinho meio justo e o pescoço transbordando que nem a cerveja no copo. As mãos grandes dele ainda pareciam pretas de consertar os carros na Oficina. Elas estavam por cima das mãos da Mamãe e ela se encontrava de cabeça baixa como se estivesse triste e a cabeça do Tio Alan ficava abaixando e com os olhos ele fazia a Mamãe erguer a cabeça. Ele continuou falando com a Mamãe e olhou pra mim por um segundo e me viu mas não disse nada. Só se virou de novo pra Mamãe e continuou derramando as palavras que fizeram ela esquecer o Papai.

A Vovó estava sentada sozinha com as muletas prateadas dela no banco e bebendo no copo um suco vermelho que nem sangue.

Ela apertou os olhos e ficou com a cara ainda mais enrugada e aí me enxergou. Ela disse Vem cá vem cá com a mão esquelética dela e eu fui e sentei com ela e ela só me olhou e não disse nada na hora. Ela só olhou pra todo mundo em volta e fez Sssss que nem se tivesse levado uma picada e doído.

Depois de um tempinho ela falou Ee, vem cá, bebê, não se deixe abater. Vai ficar tudo bem, filho.

A Vovó mora em Sunderland e fala sunderlês. A Mamãe morava em Sunderland mas odeia lá e diz que aquilo é uma Cidade Fantasma e não gosta de falar sunderlês, só às vezes, quando ela conversa com a Vovó, mas no resto do tempo ela fala normal.

A Vovó falou Você não é mais um gurizinho, filho. Você é o homem da casa.

Eu tenho 11 anos então não sou um gurizinho e não sou um homem mas não disse nada, só concordei um pouco com a cabeça e a Carla chegou e me deu um copo de Pepsi.

A Carla disse com a voz de sapo dela Toma uma Pepsi, gatinho.

Ela colocou o copo na mesa e sorriu pra mim com os lábios finos dela e coçou a pele seca do braço e aí sorriu pra Vovó e voltou pro bar.

A Vovó continuou falando e eu só tomando minha Pepsi e olhando pras pessoas em volta. Acho que a maioria do pessoal se sentia feliz porque o Pub estava aberto e eles falavam mais alto que no enterro porque enterros fazem a gente diminuir o volume da conversa e cervejas fazem aumentar, então agora estava todo mundo falando mais alto que o normal.

Os Clientes da Casa tipo o Big Vic e o Les estavam lá e eles ficavam no bar fumando uns charutos Hamlet e conversando com a Carla.

A Carla sempre dava conversa pros caras desde o Divórcio dela e depois que ela parou de cair e se machucar. A Mamãe sempre falava pro Papai que ela achava a Carla uma Puta Velha, mas na verdade ela gosta da Carla. Não sei se a Carla é mais velha que a Mamãe porque ela tem gêmeos que estão no mesmo ano que eu na escola, mas ela parece mais velha.

O Les não parecia feliz mas ele nunca parece e é por isso que o Papai sempre chamava ele de Lesado. E quando eu estava olhando pra eles o Big Vic olhou pra mim e normalmente ele olhava e sorria e dizia alguma coisa engraçada tipo Ei, Philip, me paga uma. Mas nesse dia ele desviou os olhos assim que encontrou os meus como se olhar pra mim fosse perigoso ou pegasse doença ou como se meus olhos tivessem um laser que fosse cortar ele no meio.

Olhei pro outro lado e vi a Mamãe e o Tio Alan e eu queria que ele parasse de segurar nas mãos dela e eles pararam quando a Renuka foi falar com a Mamãe. A Renuka é a melhor amiga da Mamãe e vai com ela na aula de step nas segundas e nas quintas e lá elas ficam subindo e descendo de uns caixotes pra ficar com menos bunda. A Renuka tem ficado um montão de tempo com a Mamãe essa semana e ela preparou umas setecentas xícaras de chá. O Tio Alan parecia bravo porque quando a Renuka fala ninguém mais fala porque ela não dá chance.

Eu continuei olhando em volta e a Vovó continuou falando comigo e foi quando eu vi. Foi quando eu vi o Fantasma do Papai.

# O Rei do CASTELO

A gente devia ficar assustado quando vê um fantasma mas eu não estava porque eu me sentia totalmente normal e isso é estranho porque eu nunca tinha visto um fantasma antes. Ele estava ali no meio da fumaça do charuto do Big Vic e olhava pra mim e não sentia medo de me olhar como o resto do pessoal.

A Carla estava perto dele servindo umas bebidas mas não viu e eu olhei em volta e ninguém mais além de mim estava vendo. Depois de servir as bebidas a Carla atravessou o Fantasma do Papai pra ir se olhar no espelho onde diz O Castelo e o Falcão, porque este é o nome do nosso Pub.

O Fantasma do Papai estava com as mesmas roupas de quando eu vi ele pela última vez, no café da manhã do dia em que morreu, quando ficou bravo comigo porque eu queria um PlayStation. Ele estava usando a camiseta que dizia O Rei do Castelo com a palavra CASTELO em grandes letras vermelhas que nem na placa do Pub. Mas agora as cores estavam mais apagadas porque o Papai parecia pálido e transparente como os fantasmas da Mansão Assombrada da Disney e escorria sangue do cabelo dele.

A Vovó perguntou O que foi, querido?

Ela se virou pra ver o que eu estava olhando mas não conseguia ver e o Fantasma do Papai agora me dizia com a mão pra ir atrás dele.

Eu disse pra Vovó que precisava ir no banheiro.

Passei pelo bar, entrei pelo corredor e cheguei no escritório dos fundos, onde o Fantasma do Papai tinha entrado.

Conferi se ninguém estava olhando e ninguém estava, então abri a porta porque não podia atravessar ela, e o Fantasma do Papai estava no canto onde fica a escrivaninha e foi estranho ver que o computador estava ligado.

Ele acenou com a cabeça pra eu encostar a porta e aí eu encostei e ele falou Não fique com medo.

Eu disse Não estou.

A voz dele parecia a mesma mas diferente, como se ele estivesse longe mas eu podia ouvir melhor que nunca. Isso não faz sentido mas é como soava a voz dele.

E a segunda coisa que ele falou foi Desculpa.

Eu disse Por quê?

Ele falou Por tudo.

E quando ele disse isso eu pensei que estava falando do passado de quando ele era vivo mas agora não tenho mais certeza.

Atravessei o escritório e fui tocar nele e minha mão passou direto e não consegui sentir nada a não ser um quentinho mas acho que devia ser minha imaginação.

Acho que o Fantasma do Papai não gostou de eu ter feito aquilo mas ele não disse nada e eu também não fiz mais.

Eu falei Você é um fantasma?

Era uma pergunta idiota mas eu não sabia o que dizer.

Ele disse Sou.

Eu falei E onde você estava?
Ele disse Não fico por aqui o tempo todo. Acendo e apago.
E eu falei Que nem uma lâmpada?
E ele sorriu mas de um jeito triste e disse É, que nem uma lâmpada. É difícil controlar esse negócio mas estou melhorando.
E eu falei Você esteve no Pub antes?
Ele confirmou com a cabeça e disse Você estava dormindo.
Aí eu perguntei pra ele se ele via outros fantasmas e ele disse Tem um monte de fantasmas em Newark e tem uns pegando o jeito da coisa porque são de várias idades.
E eu falei Deve ser estranho ver todos esses fantasmas.
Ele disse É.
Aí ele ficou quieto um momento e então disse Philip.
Aí eu falei O quê?
Mas na verdade eu não queria saber porque tinha certeza pela voz dele que ele ia dizer alguma coisa ruim que nem quando o Vovô morreu.
Ele falou Tenho que te dizer uma coisa.
E então ele parou um minuto e olhou pra porta e eu me perguntei por que ele estava olhando pra porta mas aí o Tio Alan entrou e ele nunca entra no escritório e o Tio Alan olhou pro computador e disse Sua Mãe mandou te procurar.
E ele estava sorrindo e as mãozonas dele seguravam o copo de uísque na barriga. E ele se aproximou e me pegou no ombro e disse Tudo bem, Philip?
E eu falei Tudo.
E ele disse Foi um dia difícil pra todos nós.
Eu falei É.
Só queria que ele tirasse aquela mão do meu ombro.

Eu podia ver o Fantasma do Papai olhando pra ele de um jeito que eu nunca tinha visto o Papai olhar pra ninguém, principalmente pro irmão, e eu sabia que o Papai não estava gostando de ver ele ali no escritório. Então eu disse Eu já vou, só estou procurando uma coisa.

E o Tio Alan deu um suspiro com cheiro de uísque e ia dizer alguma coisa mas ele não era meu Pai e então saiu e fechou a porta.

Aí eu olhei pro Fantasma do Papai que estava piscando e gritando mas sem som e então ele acendeu de novo e disse Talvez eu não tenha muito tempo mais.

Aí ele sumiu por uns cinco segundos e voltou.

Ele tentou falar e eu só consegui ouvir um Não foi

E então ele tentou de novo e de novo.

Não foi

Não

Foi

Não foi

Não foi um acid

Ele desapareceu e eu gritei Pai Pai Pai! Volta! Volta!

Mas ele não voltou.

Aí eu ouvi uma voz dizendo Ah, Philip e era a voz da minha Mãe e não sei quanto tempo fazia que ela estava ali e então o Tio Alan apareceu por trás dela e colocou a mão no ombro dela mas ela não sentiu aquele frio na espinha que eu senti.

# A Má Notícia

O Papai morreu porque o carro dele se acidentou numa ponte perto de uma cidadezinha perto de Newark que se chama Kelham. Apareceu uma imagem do acidente no jornal da TV que mostrava o carro pendurado como se fosse cair no rio Trent. Os vidros estavam todos estilhaçados que nem teia de aranha e a mulher do jornal falava da ponte que ia ter que ficar fechada por dois meses como se a ponte é que fosse importante.

Antes de a gente assistir ao jornal chegou um policial na porta dos fundos e eu sabia que ele era policial porque ele já tinha vindo ao Pub falar com o Papai. A cara do policial parecia um prato vazio e ele ficou um tempão abrindo e fechando a boca e só saía ar e mais nada.

Eu estava vendo tudo do alto da escada e eles não podiam me ver e eu não conseguia escutar direito mas sabia que alguma coisa estava errada pelo jeito que o policial segurava o quepe dele no peito.

E aí eles foram pro escritório e fecharam a porta e eu não consegui ouvir nada por séculos e aí eu ouvi a Mamãe. Ela uivava que nem um LOBO e o barulho me doía no estômago e eu fechei os olhos tentando ouvir o que o policial dizia e tudo o que ele dizia era Sinto muito e continuou dizendo

Sinto muito

Sinto muito

Sinto muito

e eu sabia que ele não tinha feito nada de errado porque ele era um policial e os policiais só dizem que sentem muito se acontece alguma coisa muito ruim. Então eu soube direitinho o que era aquela dor no meu estômago. E eu vi o policial ir embora e o quepe estava na mão dele e não mais no peito como se a Má Notícia tivesse saído ali de dentro. E vi a Mamãe e ela me viu mas não me viu direito e foi pro canto do hall perto do aquecedor e sentou enroscada como uma bola e chorou e pôs as mãos na cabeça balançando e dizendo Não não não não não e tudo em volta parecia igual mas maior e eu queria ir até ela e dizer que estava tudo bem mas ia ser mentira então eu só fiquei lá e não fiz nada.

# Terrores

O Fantasma do Papai voltou mais tarde quando todo mundo tinha ido embora do Pub e eu estava no meu quarto.

O Fantasma do Papai acendeu e no começo parecia que doía muito pra ele falar mas então ele disse Philip, não tenha medo de mim.

Eu disse Não estou com medo.

Ele falou Tenho que te dizer uma cois...

Apagou e aí voltou.

Ele disse Não foi um acidente.

Eu falei O quê?

Ele disse Não foi um acidente, filho.

Eu falei Como assim?

Ele disse Olhe pela janela.

Eu falei O quê?

Ele disse Olhe pela janela.

Levantei da cama e me enfiei por baixo da cortina e olhei pro estacionamento lá fora que estava vazio e debaixo da luz da rua só tinha o nosso Ka.

Ele falou Você consegue ver eles?

Eu disse Quem?

Ele falou Lá, perto das Latas de Lixo Reciclável.

Eu olhei pras três Latas de Lixo Reciclável que a Prefeitura fez o Papai colocar nos fundos do estacionamento.

Olhei pra esquerda e tinha um carrinho de supermercado com uma sacola de supermercado presa numa das rodas e ela estava se debatendo no vento querendo escapar.

Ele disse Pra direita.

Eu olhei pro outro lado das Latas de Lixo Reciclável e não vi nada a não ser a parede e os postes e a laje que estava faltando.

Ele falou O pessoal está todo lá, você não está vendo?

Eu disse Quem?

Ele falou A sociedade.

Eu disse Que sociedade?

Ele falou A Sociedade dos Pais Mortos.

Fiz meus olhos doerem de tanto tentar mas ainda assim parecia que não tinha ninguém lá.

Saí de debaixo da cortina e disse O que é a Sociedade dos Pais Mortos?

Acho que falei muito alto porque escutei a Mamãe se virar no outro quarto porque ela ainda não estava dormindo e ela disse Philip?

Eu falei Quê?

Ela disse O que você está fazendo?

Olhei pro Fantasma do Papai e ele colocou o dedo nos lábios e abanou a cabeça.

O Fantasma do Papai falou A Mamãe não pode saber de nada.

Eu não disse nada.

A Mamãe falou Tente dormir um pouco.

Eu disse Tá bom.

E aí a Mamãe falou Boa noite.

E eu disse Boa noite.

E não falei mais nada, só escutei o Fantasma do Papai me contar sobre a Sociedade dos Pais Mortos.

A Sociedade dos Pais Mortos são os fantasmas dos pais de Newark que se encontram no Pub, que é o pub mais antigo da cidade e a maioria deles ia lá.

Eles não se encontram dentro do Pub porque os fantasmas apagam mais fácil dentro do que fora e não faz diferença quando você é um fantasma porque você não sente frio e as pernas não cansam de ficar em pé.

Eu disse sussurrando pra Mamãe não ouvir Tem algum romano na Sociedade dos Pais Mortos?

O Fantasma do Papai falou Romano?

Concordei com a cabeça e repeti Soldados romanos?

Ele falou Não, mas tem um cara do tempo da rainha Vitória.

Eu disse Ah.

Vitorianos não são tão legais quanto romanos mas o Fantasma do Papai parecia triste porque eu não fiquei interessado no vitoriano então eu falei E qual é o nome dele?

O Fantasma do Papai disse Ninguém sabe então todo mundo só chama ele de Vitoriano.

Eu falei E por que vocês não perguntam o nome?

O Fantasma do Papai disse Ele não fala nada.

Voltei pra cama e falei Alguém cortou a língua dele?

Ele disse Não, não cortaram.

O Fantasma do Papai não disse nada por um tempinho, só ficou ali e eu só olhando pra ele e vendo meu aquário na barriga dele.

Aí o Fantasma do Papai falou Ele foi tomado pelos Terrores.

Eu disse Terrores?

O Fantasma do Papai falou No fim, todo fantasma acaba tomado.

Puxei meu lençol e disse O que são os Terrores?

Então ele falou o que eram os Terrores e quando ele me contou meu sangue ficou gelado no corpo e depois o Fantasma do Papai apagou um pouco e eu vi o rosto dele que gritava enquanto ia apagando mas não consegui ouvir o grito.

Aí ele disse Muitos fantasmas sofrem sozinhos mas é mais fácil quando a gente tem os outros para conversar.

Eu falei É por isso que existe a Sociedade?

E eu acho que ele disse É mas não sei porque ele apagou e foi tomado pelos Terrores e eu falei Pai? Pai? Pai? mas ele não voltou.

A Mamãe disse Philip?

Eu não disse nada, só entrei debaixo do lençol mas não consegui dormir.

# Barrigudinho Número Seis

Era de manhã cedo e eu estava pensando sobre o que o Fantasma do Papai quis dizer quando ele falou que não foi um acidente. Eu queria que ele voltasse e me dissesse mas ele não voltou. Olhei lá fora pras Latas de Lixo Reciclável mas ele não estava lá e então sentei na beirada da minha cama olhando meus peixinhos.

Eu estava ali pensando que devia ser estranho morar num aquário e só ficar nadando e esperando cair comida. Não sabia se era legal ou não ser um peixe num aquário sem fazer nada. Pensei que podia ser legal porque eles não brigam e se dão bem. Os Neons e os Barrigudinhos e as Joaninhas e os Anjos Rainhas. Eles nunca se mordem. Continuei olhando e vi que alguma coisa estava errada e tinha alguma coisa estranha e contei os Barrigudinhos

um
dois
três
cinco
quatro

e continuei procurando mais um de rabo comprido mas ele não estava lá então levantei a tampa e senti o calorzinho da água na minha cara. Vi que o Barrigudinho parecia de cabeça pra baixo e que ele estava branco. É isso que acontece quando os Barrigudinhos morrem. As cores vão embora e eles viram corpos brancos e é isso. E os outros peixes estavam simplesmente nadando por baixo dele sem se importar que um dia eles iam estar de cabeça pra baixo e sem nenhuma cor e perguntei pra mim mesmo na minha cabeça Pra onde vão as cores? e eu não sabia.

Peguei a redinha pra tirar o Barrigudinho e, quando mergulhei ela, os outros se assustaram e nadaram rápido pra longe e tiveram que fazer a volta porque o aquário não é um rio que nem o Amazonas que é de onde eles vieram. Puxei o Barrigudinho e deixei a água da redinha escorrer que nem chuva e pingar que nem lágrima e disse Pronto, já tirei.

E todos os outros peixinhos se acalmaram agora que eu tinha tirado a redinha e voltaram ao normal.

Levei ela pingando até a privada e tirei o Barrigudinho e dei a descarga e ele estava livre do aquário e voltando pro rio mas não o Amazonas e coloquei a redinha de novo do lado do aquário e funguei e engoli o catarro. Escutei a Mamãe se virar na cama e aí um minuto depois o telefone tocou e eu corri pela escada lá pra baixo pra atender caso a Mamãe estivesse dormindo.

Eu atendi e falei Alô.

A mulher no telefone disse Alô? Alô? É o Philip?

Eu conhecia a voz porque ela parecia uma cócega de pena no meu pescoço. Era minha professora de história, a Sra. Fell.

Eu falei É.

Era a primeira vez que eu falava com a Sra. Fell desde a aula sobre as Árvores Genealógicas.

Ela disse Olá, Philip. É a Sra. Fell. Só queria saber como você está.

Menti e falei Tô bem.

Era esquisito falar com um professor no telefone. Mesmo com a Sra. Fell. Era mais esquisito que falar com o Fantasma do Papai.

Ela disse Todo mundo na escola tem pensado em você.

E eu pensei O que eles estão pensando de mim? mas isso eu não disse e aí a Sra. Fell falou A gente mal pode esperar pra rever você.

Eu não sabia o que dizer e a única palavra que tinha na cabeça era Sim então usei ela.

Ela falou Sua mãe está, Philip?

Eu disse Sim.

Eu queria dizer alguma coisa sobre os romanos mas não disse.

Ela disse numa voz cheia de dedos Ela pode falar?

Eu falei Sim, vou chamar ela.

Então eu falei Mãe! Mãe! Telefone!

E a Mamãe saiu da cama e desceu com um cabelo de quem acabou de acordar e perguntou com os olhos Quem é?

Eu disse É da escola.

A Mamãe pegou o telefone e falou com a voz triste dela Alô? Sim sim, é ela. Sim. Não. Foi mas a gente está se recuperando. Não. Não me parece. Não. Sim. Ah, sim, acho que ele. Acho que vai querer, sim. Vai fazer bem pra ele. Sim. Sem dúvida. Obrigada. Ah, isso é muito. Ah. Obrigada. Tchau.

A Mamãe desligou e disse bocejando Ela só queria saber se você vai mesmo na Excursão à Muralha de Adriano. Ela acha que vai te fazer bem. Eu falei que você vai.

Eu disse Mas

Mas não consegui pensar em mais nada.

Enquanto a Mamãe estava se arrumando no banheiro eu sentei pra olhar meus cinco Barrigudinhos e então vi um reflexo no aquário. Não era tipo um reflexo normal, era o reflexo de um reflexo e me virei e era o Fantasma do Papai e eu disse Pai?

Ele falou Quieto.

Colocou o dedo nos lábios e aí terminou de me contar o que tinha pra dizer.

Ele me contou sobre um cara da Sociedade dos Pais Mortos chamado Ray Goodwin.

O Ray Goodwin foi o primeiro fantasma que o Fantasma do Papai viu quando saiu do carro e foi ele que contou pro Papai sobre A Sociedade dos Pais Mortos.

O Ray Goodwin trabalhava numa mina e perdeu o emprego e foi assassinado faz 11 anos, um ano antes de o Papai comprar o Pub e no ano em que eu nasci.

Eu disse Como ele foi assassinado?

E o Fantasma do Papai esperou um minuto como se não soubesse a resposta e então ele falou Não sei. O Ray conversa sobre tudo menos isso.

Me perguntei por que o Fantasma do Papai estava me contando sobre o Ray Goodwin mas aí ele disse que o Ray Goodwin é que tinha contado pra ele a verdade sobre os fantasmas.

## A VERDADE SOBRE OS FANTASMAS

1. Só viram fantasmas as pessoas que foram ASSASSINADAS.
2. Alguns como o Papai não sabem que foram assassinados mesmo depois que morrem mas eles sempre acabam descobrindo.
3. Todos os fantasmas são tomados pelos Terrores.
4. Os Terrores só param quando os fantasmas deixam de ser fantasmas.
5. Os fantasmas só deixam de ser fantasmas quando conseguem Vingança.
6. Os fantasmas só conseguem Vingança quando seus assassinos são mortos.
7. Nem todos os Vivos, só alguns, podem ver os fantasmas, e quase sempre são os filhos dos fantasmas.
8. Se os Vivos não executam a Vingança na Quarentena, os fantasmas continuam a ser fantasmas para sempre.

# O Tio Alan É Perigoso

Não falei nada porque não entendi. Só olhei direto no meio do Fantasma do Papai e vi as Joaninhas pretas e os cinco Barrigudinhos nadando juntos que nem uma nuvem no aquário.
Ele disse Todos os fantasmas foram assassinados.
Ouvi a Mamãe saindo do banho e ela falou Philip? Tudo bem aí, Philip?
E o Fantasma do Papai falou Diga sim, Philip.
Eu disse bem alto Sim.
Aí o Fantasma do Papai falou Eu tenho que te contar, Philip. Tenho que te contar porque você é o único que pode me ver.
Eu disse sussurrando O jornal falou que não tinha mais ninguém lá.
Ele balançou a cabeça e falou Não tinha.
Aí ele disse Os freios do carro é que não funcionaram. Pisei e nada.
E eu falei Ah.
E ele disse Alguém fez isso. Alguém mexeu nos freios de propósito, Philip. Alguém que entende bastante de carros.

As palavras entraram na minha cabeça duas vezes. Da primeira eram só palavras e da segunda foi depois que o Papai já tinha dito elas e os sons entraram um de cada vez:

Al

guém

que

en

ten

de

bas

tan

te

de

car

ros

A última palavra soou mais alto que nem se estivesse em letras maiúsculas tipo CARROS.

E aí ele falou bem o que eu estava pensando na mesma hora que eu estava pensando então primeiro eu achei que a voz estava dentro da minha cabeça e ele disse Foi o Tio Alan.
E eu falei Não.
Aí ele disse Ele quer este lugar pra ele. Ele quer a sua mãe. Ele sempre teve ciúmes.
E eu falei Não.
E o Fantasma do Papai disse Eu vi. Eu o vi, Philip. Eu o vi pedindo perdão. Pedindo PERDÃO, Philip. Eu o vi passando de carro pela ponte procurando sinais. Eu sei que foi ele, Philip.
E então ele olhou pra mim e falou de novo.
Eu sei que foi ele.
Você tem que confiar em mim.
Eu sei que foi ele.
E eu disse Não não não.
Ele falou O Tio Alan é perigoso. Vai matar quem se meter no caminho dele, Philip. E isso inclui você, Philip. E o que vai acontecer quando ele se cansar da Mamãe? Ele vai matar ela também, Philip.
As palavras estavam apertando meu peito e eu tinha que me concentrar pra continuar respirando e colocando ar dentro mim.
Ele disse Você tem que fazer ele parar, Philip.
Eu falei Vou contar pra polícia.
Ele disse Você não pode contar pra polícia sem provas.
Eu falei Mas você viu.
Ele disse Fantasmas não contam como prova.
Eu falei Vou contar pra Mamãe.
Ele fez uma cara muito brava e disse Você não pode contar nada pra Mamãe. Vai ser ainda mais perigoso pra vocês dois.
Eu falei Vou falar pra ele deixar a gente em paz.

Ele disse Não, Philip, não. Ele não vai te escutar.

Eu falei E o que eu devo fazer?

Ele ficou ali de pé e o rosto dele ficou séculos sem se mexer, como se ele fosse uma foto de slide, e aí ele falou numa voz que apertou meu peito ainda mais forte Você tem que matar o Tio Alan.

Você precisa executar minha Vingança.

# A Caixa de Dinheiro

Depois que o Fantasma do Papai foi embora eu desci e fui até a estante de livros do escritório e peguei o livro *Assassinato covarde*. Quando saí do escritório a Mamãe estava na escada e ela tinha colocado Maquiagem e o jeans apertado e o top branco com uns crocodilinhos e ela disse O que é isso aí atrás?

Eu falei É um livro sobre os romanos.

Ela bateu palmas uma vez e disse com a voz de Tá-Tudo-Normal dela Bom, vamos lá, você tem que ficar pra cima. Temos que tirar dinheiro pra você levar na excursão.

Fui lá em cima e escondi o livro debaixo da cama e me aprontei.

A gente foi até a Caixa de Dinheiro dentro do banco e ela digitou os números e fez um barulho e ela digitou de novo os números e fez outro barulho e aí ela digitou outra vez os números e disse Não.

Eu olhei pra ela e ela disse numa voz sussurrada Não. Por quê? Não.

E a gente entrou no banco e ficou na fila e esperou e uma mulher gordona veio e falou Alguém vai depositar um cheque?

A Mamãe disse Não mas a máquina acabou de engolir meu cartão.

A mulher gordona falou Você vai ter que ir ao Balcão de Informações.

A Mamãe disse O dinheiro entrou faz três dias e não tem nada de errado com o cartão.

A mulher gordona falou No Balcão de Informações eles podem ajudar a senhora.

A Mamãe disse Normalmente funciona sem problemas.

A mulher gordona falou O Balcão de Informações fica bem ali.

Ela apontou o Balcão de Informações e eu e a Mamãe fomos até uma placa que parecia um pirulito grande e esperamos perto dela um tempão porque um velhinho que usava um casaco de velhinho estava bravo com uma moça que concordava com a cabeça mas dizia coisas pro velhinho que faziam ele ficar ainda mais bravo.

E eu olhei em volta pra todo mundo e todo mundo parecia muito triste menos as pessoas atrás das mesas e as pessoas nos pôsteres e nos folhetos do banco. As pessoas todas nos pôsteres pareciam bem felizes e todas sorriam e estavam num fundo branco que nem se estivessem no céu.

A Mamãe chegou na moça do balcão que tinha um grande sorriso e olhos de robô e disse A máquina acabou de engolir meu cartão. Não sei por que isso

A moça falou Certo, a senhora é cliente deste banco?

A Mamãe falou Sim, eu estava tentando sacar dinheiro da

A moça tinha um crachá que dizia Janice Greenfield. Ela falou Certo, se a senhora puder me passar seus dados, eu vou verificar no computador.

A Janice Greenfield fez perguntas e a Mamãe deu as respostas.

A Janice Greenfield falou Carol Noble, certo? Senhora?

A Mamãe disse Isso.

A Janice Greenfield sorriu e digitou no computador e falou Certo, na verdade a senhora estourou seu limite.

A Mamãe disse Não, não pode ser, eu

A Janice Greenfield falou Certo, de acordo com o sistema a senhora fez alguns pagamentos e estourou o limite.

A Mamãe disse O dinheiro entrou ontem.

A Janice Greenfield falou Certo.

Ela digitou mais coisas no computador e disse Certo. Sim, aparece aqui. Mas ainda assim não cobre os pagamentos.

E a Mamãe olhou pra trás pra fila de pessoas tristes e aí falou em voz baixa pra Janice Greenfield Como posso recuperar meu cartão? Preciso dele hoje.

A Janice Greenfield disse Certo, vamos ver se conseguimos agilizar pra senhora com o nosso Consultor.

E ela olhou num livrão e concordou com o que viu no livrão e então sorriu pra Mamãe e falou A senhora pode me acompanhar, Sra. Noble.

E nós seguimos a Janice Greenfield até umas cadeiras e ela foi embora e aí um cara de óculos e com uns ombros esquisitos saiu de uma porta e falou Sra. Noble e a Mamãe entrou na sala dele e eu fiquei sozinho na minha cadeira.

E aí o Fantasma do Papai apareceu bem na minha frente dentro do banco e ele disse A gente não tem muito tempo.

Eu falei Pra quê?

Ele disse Pra matar o Tio Alan.

Eu falei Por quê?

Ele disse Cada ano da minha vida vira um dia.

Eu falei O quê?

Um homem com uma pasta e um guarda-chuva que parecia uma espada atravessou o Fantasma do Papai e olhou pra mim como se eu fosse maluco e então saiu pra rua.

O Fantasma do Papai disse É a Quarentena.

Eu falei O que é a Quarentena?

Ele disse É o período em que a Vingança tem que ser executada.

Eu falei E se ela não for executada?

Ele disse Meu espírito nunca vai descansar e vou ser tomado pelos Terrores pra sempre. Ray Goodwin disse que eles ficam piores até que o fantasma acabe mudo como o Vitoriano. O Ray tentou escapar dos Terrores mas não conseguiu. Ninguém podia vê-lo. Nem a filha. Mas eu tenho você, Philip. Você pode me ajudar a escapar, Philip. Você precisa me ajudar a Descansar em Paz.

Eu não queria que o Papai sofresse com os Terrores então eu falei Quanto tempo dura a Quarentena?

Ele disse Até o meu próximo aniversário.

O Aniversário do Papai era no dia 10 de dezembro. Hoje era dia 25 de setembro.

O Fantasma do Papai falou Você tem 11 semanas, Philip.

Fiz uma conta na cabeça e disse 77 dias.

O Papai falou Isso mesmo.

Eu disse Estou indo na excursão pra Muralha de Adriano.

Ele concordou e disse Você tem que ir. Deve agir como se tudo estivesse normal ou então vai colocar sua mãe em sério risco, Philip. Você vai fazer o negócio quando voltar.

Aí ele falou 10 de dezembro. É quando acaba nosso prazo.

Eu disse 10 de dezembro.

O Fantasma do Papai falou Se você amava seu pai, Philip. Se você me amava, vai me deixar descansar.

Eu não queria que o Papai sofresse pra sempre com os Terrores então eu disse Vou.

Ele falou Você é um bom filho.

E a Mamãe saiu da sala e disse Philip, com quem DIABOS você está conversando?

O Fantasma do Papai estava olhando pra mim e ele disse Não conte pra ela, Philip, ela não pode saber.

Eu não falei nada e ela olhou pra minha cara e viu alguma coisa que fez ela não ficar brava comigo e ela saiu pra rua e eu saí atrás dela e ela disse Banco idiota.

O Fantasma do Papai tinha apagado quando a gente chegou no Ka e a Mamãe também tinha tipo apagado porque ela não estava dizendo nada. Ela pegou o caminho errado e eu fiquei pensando aonde a gente estava indo e aí a gente estacionou em frente à Oficina do Tio Alan.

O Tio Alan é o dono da Oficina junto com um outro cara chamado Sr. Fairview. O Sr. Fairview é um Chato Bíblia mas ele nunca aparece na Oficina por que não é MECÂNICO que nem o Tio Alan.

O Tio Alan tem muito dinheiro e o Sr. Fairview também e quando alguém tem muito dinheiro fica amigo de outras pessoas com muito dinheiro como se fosse um clube.

Uma vez o Tio Alan quis dar um dinheiro pro Papai pra ficar com metade do Castelo mas o Papai disse Não. A Mamãe e o Papai discutiram e a Mamãe espatifou a tigela azul e branca de salada que a gente tinha trazido das férias em Maiorca. Foi nessas férias que a gente andou num Barco com Fundo de Vidro e viu os peixes debaixo d'água.

A Mamãe olhou no espelho do carro e falou Não vou demorar mais que um minutinho, Philip.

Eu estava com medo que a Mamãe encontrasse com o Tio Alan porque ele era um assassino mas tentei agir normalmente que nem o Fantasma do Papai tinha dito e falei pra Mamãe Tá.

A Mamãe gosta do Tio Alan porque ele é um Galanteador. Um Galanteador é um tipo de cara de que as mulheres gostam e um tipo de cara que olha nos olhos delas e sorri só com a metade da boca, normalmente a metade direita. Um Galanteador costuma ser divorciado e o Tio Alan é divorciado de uma mulher chamada Trisha que não foi assassinada. A Trisha mora em Devon e a Mamãe diz que ela toma remédio mesmo quando não está com dor de cabeça.

O Tio Alan usa um macacão azul e ele está sempre com as mãos pretas dos carros e ele tem 50 anos e é mais velho que o Papai mas ele é maior que o Papai porque o Papai tinha só uma altura média.

Fiquei de olho e consegui ver o Tio Alan dando alguma coisa pra Mamãe e enxerguei outro cara de moletom que estava debruçado em cima de um motor.

A Mamãe saiu da Oficina depois de seis minutos e não um minutinho. No Sinal no caminho de volta ela me deu o dinheiro pra excursão e não disse nada que era do Tio Alan mas eu sabia que era e fiquei torcendo pro Papai não estar olhando.

# A Muralha de Adriano

A Sra. Fell disse Muitos romanos acreditavam que a Muralha de Adriano ficava perto do fim do mundo porque naquele tempo todo mundo pensava que o mundo era um prato e que andando até muito longe podia-se cair da beirada e morrer.

Aí ela falou O lugar onde vocês estão pisando agora era a parte mais ao norte do Império Romano e por isso era um lugar bem assustador para muitos dos soldados que trabalhavam aqui.

Estava frio e o vento assobiava como se os nossos casacos fossem instrumentos musicais e eu acho que todo mundo estava querendo voltar pro quentinho, até a Sra. Fell com o casaco laranja dela escrito QUICKSILVER, mas a Charlotte Ward tinha levantado a mão.

A Sra. Fell falou Sim, Charlotte?

E a Charlotte disse Esses soldados eram da Inglaterra ou de Roma?

A gola do casaco da Sra. Fell bateu no rosto dela e ela ajeitou a gola pra trás e falou A maioria vinha de fora da Inglaterra e nem sempre de Roma mas de lugares mais quentes na parte sul do Império. Imaginem como devia ser isso! Depois de anos debaixo do sol quente ter que atravessar o Canal da Mancha até um país conhecido por ser muito pouco amistoso. Não só pelo mau tempo e pelas montanhas mas porque muitos bretões odiavam pertencer ao Império Romano e jogavam pedras e vegetais e até cuspiam nos soldados recém-chegados.

Foi aí que eu senti alguém cuspir na minha nuca e eu pus a mão e me virei e vi o Dominic Weekly e o Jordan Harper segurando o riso. A Sra. Fell não conseguiu ver que eles estavam rindo mas viu eu me virar.

Ela disse numa voz suave e muito baixa abafada pelo vento
Algum problema, Philip?
Eu falei Não, Professora.

O cabelo crespo batia no rosto dela e ela puxava ele pra trás das orelhas e aí ela continuou falando.

O Dominic falou E aí, Capacete, o papai vai bem?

O Jordan deu uma risadinha atrás de mim e o Dominic continuou falando baixinho.

O papai vai bem?
O papai vai bem?
O papai vai bem?
O papai vai bem?

A Sra. Fell disse E os soldados sabiam que pra além desse muro era não apenas o fim do mundo mas também o lugar de algumas das tribos mais violentas sobre as quais tinham ouvido falar.

Limpei a mão na minha calça jeans e então a Charlotte Ward disse Quanto quilômetros tinha a muralha, professora?

O papai vai bem?
O papai vai bem?
O papai vai bem?
O papai vai bem?

A Sra. Fell falou A muralha cruzava o país de leste a oeste e tinha 120 quilômetros de extensão e 4,5 metros de altura e isso dá três vezes a minha altura.

   O papai vai bem?

   O papai vai bem?

   O papai vai bem?

   O papai vai bem?

A Sra. Fell disse Dominic, tem alguma coisa que você gostaria de compartilhar conosco?

O Dominic falou Não, professora.

O Jordan deu uma risadinha que nem um peido.

Aí a Sra. Fell disse O lugar onde nós estamos agora era uma das torres de observação. Estão vendo aquele círculo de pedras lá embaixo? Essas torres eram usadas para enviar sinais por toda a extensão da muralha caso aparecessem invasores. Mas a maior parte do tempo os soldados não estavam em guerra. Eles faziam trabalhos mais chatos como manutenção ou conferir quem entrava e saía. Como quando vocês estão em férias e têm que mostrar os passaportes! Havia alguns vilarejos aqui perto e lugares aonde os soldados podiam ir para comer e beber mas ainda assim devia ser muito difícil para eles virem para esse mundo hostil longe das suas famílias e recomeçar a vida.

esse

mundo

hostil

A Charlotte perguntou E os soldados voltavam a ver as famílias deles?

A Sra. Fell falou Às vezes sim mas eles tinham que servir o Exército durante 25 anos e depois disso alguns ficavam por aqui e outros voltavam para casa mas os romanos viviam em média até os 41 anos e não concluíam o serviço militar até pelo menos os 43 porque para se alistar no Exército tinham que ter pelo menos 18, então muitos não tinham oportunidade de rever a família, Charlotte.

E ela continuou falando mas eu não estava prestando atenção porque pensava que 41 era a idade do Papai quando ele morreu e pensei que isso era esquisito.

A gente se hospedou num albergue da juventude que ficava no meio do nada e eram três prédios. Um dos prédios era grande e esse era o prédio principal e era onde a gente comia. E nesse prédio a gente comeu o purê de batatas que serviram na maior panela de todos os tempos e o gosto era HORRÍVEL e tinha pelotas nele.

Sentei na mesa com os professores e o Sr. Rosen falou Tudo bem, Philip?

E eu disse Tudo.

E tinha outros dois prédios e um era legal e foi onde as meninas e alguns meninos dormiram mas o outro era horrível de madeira escura e antes era um estábulo onde colocavam os cavalos e tinha oito camas nele e eram beliches.

A Sra. Fell e o Sr. Rosen disseram onde cada um de nós ia dormir e eu fiquei no estábulo e tive que dormir na cama em cima da do Dominic Weekly. E não consegui dormir por séculos e séculos e minha mente ficava se movendo muito rápido e eu via coisas diferentes em flashes que nem fotografias no meu cérebro. E continuei a ver o círculo de pedras e outras coisas diferentes como o pasto das vacas que a gente viu de dentro do micro-ônibus. E aí fiquei pensando no Papai e me perguntando se ele estava na Sociedade dos Pais Mortos ou se tinha apagado por causa dos Terrores. Fiquei preocupado com a Mamãe e torci pro Tio Alan não estar lá e pra ele não machucar ela.

E aí comecei a pegar no sono mas não era um sono de verdade. Era alguma coisa entre estar dormindo e acordado e depois de um tempinho eu me ouvi falando e eu estava falando besteira e bem rápido e o que eu dizia era kelhamficaemnewarkkelhamficaemnewarkkelhamficaemnewark e isso é uma coisa burra de qualquer jeito porque Kelham não fica em Newark, fica a uns 3 quilômetros e foi onde o Papai morreu. Mas eu estava falando mais alto e mesmo me escutando eu não conseguia parar porque não estava bem acordado e aí ouvi uma risada bem alta e era o Dominic e aí eu acordei e fiquei assustado porque ele tinha escutado e começou a dizer kelhamficaemnewarkkelhamficaemnewarkkelhamficaemnewark e aí os outros meninos começaram a rir no escuro e não tinha mais nada no UNIVERSO além daquelas risadas.

O Dominic falou O Capacete ficou biruta.

O Jordan disse Biruta biruta biruta.

Mas não acabou nisso porque meus olhos pensavam mas meu cérebro se movia rápido e eu voltei a dormir mas dormi mal e tive pesadelos mas não sei sobre o quê e quando acordei eu estava em pé no chão de madeira e a janela parecia esmigalhada e tinha sangue nas minhas mãos e eu gritava alguma coisa e a luz estava acesa e logo o Sr. Rosen me agarrava pelo ombro e dizia Está tudo bem, Philip, está tudo bem, calma, e eu olhei pras caras ao meu redor e todas tinham olhos assustados até a do Dominic e todos aqueles olhos foram se empilhando e se empilhando dentro de mim e isso me deu uma fraqueza nas pernas e eu caí no chão e ficou tudo escuro de novo.

## Discoteca

No outro dia a Sra. Fell me perguntou se eu queria ir pra casa. Ela disse que tinha telefonado pra Mamãe e a Mamãe estava preocupada mas que era pra gente resolver a Sra. Fell e eu.
    Eu disse A Mamãe quer que eu volte pra casa?
    A Sra. Fell falou com voz de cócegas de pena e os olhos bonitos dela Ela disse que se você quiser ir pra casa você pode.
    E eu tentei entender o que aquilo queria dizer A Mamãe quer que eu vá ou não?
    A Sra. Fell falou Você não vai ter que dormir no estábulo esta noite. Você pode dormir no outro prédio com o Sr. Rosen.
    E eu pensei sobre isso e aí pensei no que ia acontecer se eu voltasse pra casa e depois tivesse que voltar pra escola. E pensei nos soldados legionários romanos longe durante 25 anos sem voltar pra casa e olhei pra minha mão com os curativos e dois círculos marrons de sangue que nem olhos e pensei no Fantasma do Papai me dizendo pra agir normalmente.
    Eu disse pra Sra. Fell Vou ficar.
    A Sra. Fell sorriu e tocou no meu ombro e eu gostei disso e ela falou Muito bem.

E aí ela caminhou em direção ao micro-ônibus com o cabelo crespo dela voando pros lados.

Quando fui pra junto dos outros meninos ninguém falou comigo só o Dominic e ele continuou me chamando de Biruta e me perguntando Onde fica Kelham?

Sentei na frente num dos micro-ônibus com o Sr. Rosen que é o Vice-Diretor e o Professor de Geografia e Esportes.

O Sr. Rosen é um Professor legal com mãos peludas e um olho atento mas ele é rigoroso. Às vezes ele grita e fica com o pescoço grande que nem o do Incrível Hulk mas o pescoço dele fica vermelho e um pouco azul e não verde e quando ele grita uns cuspes pequenos saltam da sua boca como se tivessem medo da voz dele.

Mas ele estava sendo muito legal comigo me dizendo Não precisa ter vergonha porque você andou enquanto dormia, Philip.

Ele me contou de quando tinha a minha idade e saiu caminhando enquanto dormia até o quarto da irmã dele e pegou um livro e ficou esperando perto da cama dela. Ele disse Eu estava sonhando que ali era uma biblioteca.

Eu ri mas eu sabia que na verdade aquilo não era tão ruim quanto esmigalhar uma janela e acho que ele sabia também.

E aí o Sr. Rosen ficou quieto e eu olhei pela janela e tinha pingos de chuva no vidro que nem pequenos planetas e lá fora tinha grama e pedras e ovelhas e só tinha montanhas e eu fiquei me perguntando se o Fantasma do Papai estivesse ali se ele ia conseguir ver todos os fantasmas dos romanos assassinados. E fiquei me perguntando se o imperador Adriano tinha sido assassinado e se de vez em quando ele voltava pra ver o que sobrou da muralha e se ele ficava triste quando ia só uns montinhos de pedra no chão com grama crescendo por cima deles e umas pessoas caminhando por ali com mapas e olhando praquilo e querendo voltar pra casa.

Fomos pra outro lugar com outras construções romanas e elas tinham sido construídas em 130 d.C. e isso foi oito anos depois que eles começaram a construir a Muralha de Adriano em 122 d.C.

A gente tinha os desenhos das construções e elas tinham cozinhas e banheiros e quartos mas só dava pra dizer pelos desenhos e não olhando as pedras no chão. E a Sra. Fell e o Sr. Rosen falavam sobre isso tudo mas eu não estava escutando de verdade porque me sentia esquisito como se meu corpo fosse só ar e nada fosse real e meu coração não estivesse batendo normal. Ele não estava fazendo tumtum tumtum tumtum estava fazendo tum tumtum tum tumtumtum e isso me fez pensar que eu ia morrer mas aí ele parou de fazer aquilo então não contei pra ninguém.

No almoço tinha uns hambúrgueres pretos que eram finos e borrachudos que nem sapato e mais purê de batata da PA-NELONA.

E também teve discoteca que na verdade era só o toca-CD que a Sra. Fell tinha trazido. Ela colocou pra tocar e era a Beyoncé e todas as meninas dançaram mas os meninos só dançaram na parte do rap. E o Sr. Rosen dançou como o Papai fazia que era que nem um passarinho que não conseguia voar mas a Sra. Fell sabia dançar bem e ela estava usando Maquiagem que deixava verde em volta dos olhos dela. Parece esquisito mas era legal. Acho que fiquei olhando um tempão porque ela viu que eu estava olhando e abanou os braços pra mim pra eu ir dançar e ela estava dançando com a Charlotte Ward e uma roda de meninas e o Sr. Rosen então eu não quis ir. Mas a Sra. Fell não desiste então ela veio e pegou minha mão e me puxou pra dançar e o Jordan ficou dando uma risadinha e a risadinha se espalhou que nem fogo até o Dominic e mesmo até o Siraj que era meu amigo antes de o Papai morrer.

A Sra. Fell falou Vem, Philip. Vem dançar.

Eu disse Eu eu eu

A Sra. Fell falou Vem.

E aí todos os meninos ficaram rindo mas a Sra. Fell não podia ouvir e me levou pra onde as meninas estavam dançando numa rodinha e meu coração começou a ficar esquisito de novo. Eu dancei mas não queria porque era uma música de menina sobre meninos e todos os meninos estavam olhando pra mim e se cutucando e meu rosto estava muito QUENTE.

A Sra. Fell estava sendo legal porque ela pensou que eu me sentia muito sozinho mas às vezes ser legal é tão ruim quanto ser horrível. E aí eu dancei sem me mexer muito, só os braços um pouco, e foi uma droga e eu só ficava vendo as caras de todo mundo e o Sr. Rosen estava batendo as asas e sorrindo pra mim e eu queria que ele ficasse bravo comigo e não me desse nenhuma atenção especial.

O Sr. Rosen falou Tudo bem, Philip?

Eu disse Tudo.

E depois de cem minutos a música acabou e eu sentei perto dos meninos mas não com eles. Começou uma música que eu gostava antes de o Papai morrer e agora ela parecia horrível e boba que nem os robôs. E enquanto tocava o Dominic e o

Jamie Western e o Jordan fizeram uma disputa de flexões e o Dominic ganhou.

Eu olhei pra Sra. Fell e achei que tinha aborrecido ela porque ela continuava dançando mas agora sem sorrir e fiquei mal por ter aborrecido ela

## Depois da Discoteca

Depois da discoteca era hora de ir pra cama e eu corri na chuva até o estábulo com o Sr. Rosen. Ele pegou minha mochila, que estava muito PESADA, e a gente correu até o prédio onde eu ia dormir.

Eu ia dormir no mesmo quarto que o Sr. Rosen, e a Sra. Fell estava no quarto ao lado. Ouvi os passos dela e ela tirando a roupa. Assim que deitei na cama eu fingi que estava dormindo, pra não ter que conversar com o Sr. Rosen, mas enquanto ele se aprontava eu abri os olhos bem bem pouquinho e vi o Sr. Rosen de costas e ele era peludo que nem o Wolverine e eu fiquei pensando se um dia ia ter as costas peludas daquele jeito e eu torci pra que sim.

O Sr. Rosen colocou as roupas dele numa cadeira e estava sendo bem cuidadoso tentando não me acordar mesmo sem eu estar dormindo e eu pensei que ele era legal por fazer isso e vi ele deitar na cama e pensei que os Professores na verdade são só pessoas normais.

E ele caiu no sono bem rápido e roncava mas não um ronco normal. Era como uma porta que range quando abre e eu fiquei só ouvindo ele quieto e rangendo e quieto e rangendo e tentei não pensar em coisas ruins mas estava muito escuro. Tão escuro que a escuridão parecia que brilhava que nem quando está tão quieto que o silêncio parece muito alto mas não estava quieto por causa da chuva e do vento e do Sr. Rosen.

E aí eu esperei um tempão. Pode ter sido duas horas ou cinco minutos porque no escuro o tempo é diferente. E o Fantasma do Papai apareceu e me viu.

O Fantasma do Papai atravessou a porta mas a porta estava preta então pareceu que ele saiu do nada ou de dentro de umas formas que nem luzes que foram crescendo e formaram ele.

Ele foi até onde eu estava e estava com o dedo nos lábios e na camiseta dele ainda dizia O Rei do CASTELO. E eu queria perguntar pra ele Como você chegou aqui? Mas o dedo dele me dizia pra ficar quieto por causa do Sr. Rosen. Mas ele deve ter visto a pergunta na minha cara porque falou O Ray Goodwin me contou como a gente faz pra voar.

E aí ele disse Estou aqui por causa da Mamãe.

Eu falei Como assim? O Tio Alan?

E ele colocou o dedo nos lábios e conferiu se o Sr. Rosen ainda estava rangendo e estava então ele disse A Mamãe vai se meter numa encrenca grande hoje à noite.

Aí ele falou Você precisa ir e avisar ela pra sair do Pub porque dentro de quatro horas vai ter confusão lá. Você tem que telefonar pra ela.

E antes de eu ter tempo de falar Não tenho um telefone ele disse O telefone do Sr. Rosen está bem ali perto da cama. Você pode pegar ele e ligar do banheiro. Você precisa telefonar e dizer pra ela ficar com a Renuka.

Pensei que aquilo era burrice porque a Mamãe não ia mesmo acreditar em mim e eu não podia roubar o telefone do Sr.

Rosen mas o Fantasma do Papai falou A vida da Mamãe está em perigo, Philip. Isso é muito importante.

E ele falou a palavra vida assim VIDA e eu pensei que se fosse verdade eu podia perder a Mamãe também e eu preferia o Papai quando ele era o Papai não um fantasma e não queria que a Mamãe virasse um fantasma também então empurrei as cobertas bem devagar e fui na ponta dos pés até o lugar que o Fantasma do Papai estava mostrando e peguei o telefone.

O Sr. Rosen parou de roncar e começou a fazer uns barulhos de mastigar clique clique clique.

Fiquei paralisado com o telefone na mão e prendi a respiração e esperei ele se virar e voltar a roncar e dormir.

Aí eu segui o Fantasma do Papai no escuro e tentei dar um passo pra cada ronco do Sr. Rosen pra ele não escutar e cheguei até a porta e abri uma frestinha bem pequena porque estava entrando luz e escapuli por ela e fechei a porta clique.

Aí eu saí pro corredor e o Fantasma do Papai estava ali e agora parecia mais apagado por causa da luz. Passei na ponta dos pés pelo quarto da Sra. Fell e por onde a Charlotte Ward e todas as meninas estavam dormindo. As paredes eram brancas e o carpete era azul e parecia que tinha Bombril debaixo dos meus pés. Entrei no banheiro e tinha água no chão e eu torci pra ser água e o Fantasma do Papai disse Philip, você precisa ligar pra ela. Você tem que dizer pra ela sair do Pub. Umas pessoas vão aparecer lá. Pessoas más.

Comecei a apertar os números 01636 e perguntei pro Papai O que eu digo?

E ele falou Qualquer coisa, só faça ela sair de lá.

Disquei o resto do número 366520 e fez um clique e meu coração estava fazendo tumtumtum.

Começou a chamar e o Fantasma do Papai falou O que está acontecendo?

E eu disse Está chamando.

E chamou três vezes e então fez outro clique e era a Mamãe falando de um jeito difícil que nem quando ela fala com os professores e dizia Você ligou para a residência dos Noble. Não estamos disponíveis no momento. Por favor deixe uma mensagem após o sinal.

E fez um biiiipe e eu disse Mãe, você tá aí? Mãe, sou eu, você tá aí? Você precisa sair de casa porque eu sei de uma coisa que vai acontecer. Uma coisa muito ruim.

E o Papai falou Tente o outro número.

Eu disse Qual número?

Ele falou O do bar.

Aí eu liguei pro número do bar. E quando chamou eu ouvi passos lá fora e coloquei o telefone no bolso do meu pijama mas eram os passos de uma menina indo até o outro banheiro.

Então eu peguei o telefone de volta do bolso e era a voz do Papai, a voz do Papai de verdade não a voz do fantasma que estava dizendo Olá. Aqui é do Pub O Castelo e o Falcão. O único lugar em Nottinghamshire onde você encontra CERVEJA PREMIUM. Agora estamos fechados então deixe sua mensagem depois do bipe.

biiiipe

A Mamãe devia ter esquecido de mudar a gravação. Foi esquisito ouvir a voz do Papai na frente do fantasma dele e eu esqueci de comentar isso mas aí o Fantasma do Papai fez um sinal com a cabeça e eu sabia o que aquele sinal queria dizer então sussurrei alto Mãe. Mãe. Tá me ouvindo? Mãe. Mãe. Sou eu. Você tem que ir pra casa da Renuka hoje porque vai acontecer alguma coisa ruim no Pub. Mãe. Acorda. Por favor acorda.

E continuei falando mas a Mamãe não acordou então eu fiquei quieto quando escutei a descarga no outro banheiro e passos de menina passando pela porta de novo.

Aí eu olhei pro Fantasma do Papai e perguntei num sussurro O que eu faço?

E fiquei preocupado achando que ele fosse apagar mas ele nem estava piscando mais ali.

# O Micro-Ônibus

O Fantasma do Papai olhou pra mim com a cara mais séria que eu já tinha visto tipo o Norman Osborn no primeiro *Homem-Aranha* na hora do gás dos nervos antes de ele virar o Duende Verde e ele falou Perto do telefone tinha umas chaves.
    E eu disse O quê?
    Ele falou Perto do telefone do Sr. Rosen tinha umas chaves. Devem ser as chaves de um dos micro-ônibus.
    A minha cara agora estava mais séria ainda que a do Fantasma do Papai porque eu estava com muito medo do que ele ia dizer e do que eu ia dizer e foi uma daquelas vezes em que você sabe as palavras antes de dizer mas você diz mesmo assim que nem se estivesse lendo um livro e as palavras foram as seguintes.
    Ele falou Você precisa pegar as chaves.
    Eu perguntei Por quê?
    Ele falou Você vai ter que dirigir o micro-ônibus.
    Eu disse Eu não sei dirigir.
    Ele falou Eu te ensino. Vou te dizendo o que fazer. Você já dirigiu antes. Lembra que te mostrei lá no estacionamento com o Ka da Mamãe?

Eu disse Era um carro pequeno, não um micro-ônibus, e eu só dirigi uns dez minutos e muito mal e isso é roubar e vai dar problema.

Ele falou Às vezes a gente tem que fazer alguma coisa que é errada pra chegar numa coisa maior que é certa. A mamãe está muito encrencada, Philip. Muito encrencada. Uns caras vão aparecer no Pub mais tarde, Philip. Eles têm bastões de beisebol e um deles tem uma arma. Você precisa ir até lá pra salvar a Mamãe.

Eu disse Não dá tempo.

E ele falou Dá. Eles vão aparecer no Pub às 4h30 quando todas as ruas estiverem silenciosas. Ainda é meia-noite e dá pra chegar em três horas se você dirigir rápido.

E pensei em outras coisas que eu podia fazer como contar pra um professor mas eles não iam acreditar em mim ou ligar pra Renuka ou pra Vovó mas eu não tinha os números. Eu podia ter ligado pro 118 118 pra pedir o telefone da Renuka mas ela não botava o número na lista por causa dos trotes e eu não conseguia me lembrar do endereço da Vovó. O Fantasma do Papai estava lendo minha mente porque ele falou Não tem outro jeito.

Voltei pro corredor.

O silêncio gritava e eu cheguei na porta e girei o trinco e segurei a respiração como se fosse mergulhar. Abri e fechei a porta mas não toda e o Fantasma do Papai me atravessou e foi na frente apontando pro chão onde estavam as chaves. O Sr. Rosen roncava e eu me abaixei sem respirar e minha mão desceu até encostar no carpete e aí eu tateei que nem o ARANHA e toquei num metal frio e peguei as chaves com o punho bem fechado e levantei e comecei a sair ainda no meio da escuridão e o Sr. Rosen se virou e perguntou meu nome Philip? E eu olhei pro Fantasma do Papai e o Fantasma do Papai falou Diga que você está indo no banheiro e eu disse Estou indo no banheiro e o Sr. Rosen fez um barulho que era tipo Tá bom mas ele estava caindo no sono de novo e o Fantasma do Papai apontou pro meu tênis e pra minha blusa no chão e eu peguei os dois e fui saindo e fechei a porta clique.

A gente entrou de novo pelo corredor de Bombril andando rápido e sem fazer barulho e um pé do meu tênis não queria roubar o micro-ônibus e estava escapando debaixo do braço. Passei bem rápido pelo quarto da Sra. Fell e pelos banheiros e pelo quarto das meninas mas no fim do corredor o tênis caiu com tudo no chão. Eu catei ele e empurrei a porta que era mais pesada que meu livro de matemática e aí virei à direita e passei pelos pôsteres da Muralha de Adriano e das Housesteads e pelo alarme de incêndio e cheguei na outra porta que tinha um trinco especial que eu tive que girar mas o Fantasma do Papai só atravessou.

Lá fora estava FRIO e eu sentei no degrau debaixo da luz e calcei meu tênis. Ele parecia esquisito porque eu estava sem meia e eu vesti minha blusa mas ainda sentia frio porque estava com a calça do pijama.

O Fantasma do Papai já estava na metade do caminho pro estacionamento e acenando pra eu me apressar então levantei e corri e comecei a bater mais forte com os pés no chão quanto mais longe do prédio e das luzes a gente ficava. E aí eu vi o Fantasma do Papai ficar branco e virar uma forma estranha com um monte de linhas retas se mexendo no ar e elas vieram na minha direção e é assim que os fantasmas voam. E quando chegou perto de mim ele aterrissou e parecia o Fantasma do Papai de novo e ele disse Tem dois micro-ônibus.

Eu falei É, eu sei.

Ele disse Vamos ver essas chaves.

Mostrei as chaves e ele falou Acho que são do micro-ônibus vermelho e não do branco.

Eu cheguei no estacionamento e não consegui ver o micro-ônibus vermelho porque não dá pra enxergar as cores no escuro mas eu conseguia enxergar o branco então fui pro outro micro-ônibus.

# Tumtumtum

Estava ventando MUITO agora e tinha umas árvores perto do estacionamento que eram só umas sombras pretas que nem pescoços magros que saíam do chão segurando caras redondas com cabelos grandes e o vento fazia balançar essas cabeças e cabelos como se eles estivessem dizendo Não faça isso. Não roube o micro-ônibus.

Olhei pra trás pro prédio e pro outro prédio e pro estábulo e pensei em todo mundo lá dormindo e me senti mal mas pensei na Mamãe e isso era mais importante. Cheguei no micro-ônibus vermelho e coloquei a chave na porta e minhas mãos tremiam não só por causa do FRIO e o Fantasma do Papai estava certo porque era a chave certa.

Olhei pra cima não sei por que e as nuvens no céu eram que nem fumaça preta mas tinha um buraco e umas estrelas tipo fantasmas indo embora da terra e eu subi no micro-ônibus e a porta era pesada e o Fantasma do Papai já estava lá dentro.

O banco era alto e eu estiquei as pernas como se fosse elástico e meus pés mal conseguiam tocar nos pedais. O Fantasma do Papai apontou e disse Aquela é a embreagem e aquele é o freio e aquele é o acelerador que nem no Ka da Mamãe.

Aí ele me falou da marcha e de como usar ela e também era igual à do Ka mas MUITO PESADA.

E eu falei Ligo o farol?

Ele disse Não até a gente chegar na estrada e bem longe dos prédios.

Coloquei meu cinto clique mas o Fantasma do Papai não precisava e fiquei pensando se ele não estava tendo uma lembrança ruim da ponte em Kelham mas se estava ele não disse. Virei a chave e o motor ligou e veio um ar quente e eu comecei a obedecer ao que o Fantasma do Papai dizia e o micro-ônibus andou e eu comecei a manobrar e era bem difícil e eu não conseguia girar muito o volante porque não sou o Dominic e não consigo fazer nem uma só flexão.

Era que nem a Corrida de Bigas no Circo Máximo quando os escravos romanos morriam porque não conseguiam controlar os quatro cavalos.

E quando eu fiz a volta o Fantasma do Papai gritou PRA DIREITA PRA DIREITA PRA DIREITA porque as rodas estavam subindo no gramado do estacionamento e quase entrando no canal. E ele tentou agarrar a direção e esqueceu que era um fantasma e a mão dele atravessou direto mas eu me concentrei no Homem-Aranha e fiquei mais forte e o micro-ônibus não saiu do estacionamento e aí a gente embicou pra estrada que era tipo uma cobra bem fina e cheia de curvas. Estava fazendo um barulhão e o Fantasma do Papai falou A gente está rápido demais pra primeira marcha.

Parecia que eu já tinha dirigido por quilômetros mas o albergue ainda estava ali bem atrás da gente e aí a gente escutou um ruído como se o motor estivesse ficando mais alto. Foi quando o Fantasma do Papai disse Ah, meu Deus.

Eu falei O quê?

Ele disse Eles estão vindo atrás.

Olhei no espelho e vi o farol do micro-ônibus branco atrás da gente e crescendo bem rápido e ele era brilhante e emitia raios que nem o Fantasma do Papai quando voava.

O Fantasma do Papai falou Pisa fundo rápido.

E eu pisei e o negócio que parecia um relógio passou pelos números 15 20 25 30 e as margens da estrada eram um borrão mas o farol lá atrás estava bem perto agora e eles começavam a me ultrapassar. E quando o micro-ônibus deles emparelhou com o nosso eu consegui ver o Sr. Rosen e a Sra. Fell gritando pela janela e o Sr. Rosen estava dirigindo e a Sra. Fell abanava os braços e ela estava de pijama e eu não conseguia ouvir mas sabia que eles queriam que eu parasse e a Sra. Fell parecia assustada.

E eu estava olhando pra cara deles e o Fantasma do Papai dizia MAIS RÁPIDO e foi aí que o micro-ônibus saiu muito pra esquerda e a gente entrou no acostamento de grama mas eu não conseguia sair e tudo começou a balançar e eu chacoalhava no meu banco e o Fantasma do Papai falou FREIA mas meu pé estava tremendo muito. E aí a gente deu um pulo como se o chão fosse um cavalo e aterrissou mas não muito bem por causa da cerca que raspou na lateral e parou o micro-ônibus com um solavanco e minha cabeça foi pra frente e meu pescoço doeu. Olhei pra esquerda e o Fantasma do Papai tinha ido embora e ouvi a porta abrindo e o Sr. Rosen dizendo Philip, Philip, está me ouvindo?

Eu estava ouvindo então me virei e vi o Sr. Rosen abrindo a porta. Ele subiu no micro-ônibus e soltou meu cinto e falou Você consegue andar?

Eu disse Sim, acho que sim.

Vi a Sra. Fell e ela estava de pijama no meio da estrada escura e mais em cima nos campos atrás dela tinha fantasmas de uns soldados romanos puxando carroças carregadas de pedra e um outro fantasma com as mãos na cintura e um uniforme vermelho e dourado brilhando na noite e um rosto triste e bravo que nem o do Sr. Rosen e uma barba e talvez fosse o Imperador Adriano e meu coração estava fazendo tumtumtumtumtumtumtumtumtumtumtumtumtumtumtum-
tumtumtumtumtumtumtumtumtumtumtumtumtumtum-
tumtumtumtumtumtumtumtumtumtumtumtumtumtum
tumtumtumtumtumtumtumtumtumtumtum

# Papai ai

Papai é uma palavra esquisita se a gente repete ela várias vezes tipo PapaiPapaiPapaiPapaiPapaiPapai porque parece uma arma atirando. Mamãe também é esquisito. MamãeMamãe MamãeMamãeMamãeMamãe. Parece um bezerro num livro de criancinha. Pai é esquisito se a gente separar tipo Pa i e Mãe também tipo Mã e ou Papai tipo Pap ai ou Papai ai

Pap
ai
Pap
ai
Pap
ai
Papai
ai

Quando a gente separa o nome da minha cidade que é Newark fica new ark que parece New York mas se a gente pegar cidade e misturar as letras fica dadeci que não significa nada.

## Sra. Palefort

Não aconteceu nada com a Mamãe nem com o Castelo. O Fantasma do Papai tinha mentido pra mim e agora ia ser uma Grande Encrenca. Estraguei o micro-ônibus e o Sr. Rosen e a Sra. Fell foram parar na lista negra da Sra. Palefort.
    A Sra. Palefort é a diretora e ela quis ter uma conversa comigo e com a Mamãe quando voltei da Muralha de Adriano então fui até a sala dela que fica do lado esquerdo de quem entra na escola antes de aparecer o corredor que vai dar na biblioteca e no salão grande onde a escola inteira se reúne nas segundas e nas quintas e nas sextas.
    A Mamãe bateu na porta toque-toque e eu vi que ela estava sem os anéis. A gente esperou e a Mamãe olhou pra mim e ela estava usando o Terninho Preto dela e o cabelo preso e ela fechou os olhos e soltou o ar pelo nariz e de trás da gente vinham umas risadinhas e olhares e cochichos que queimavam e queimavam em mim.
    Esperamos e esperamos do lado de fora da porta MARROM sentindo o cheiro enjoativo do CHÃO limpinho e brilhante misturado com o perfume da Mamãe e aí uma voz abafada saiu do nada e disse Entrem.

A Mamãe fez assim com a cabeça pra eu abrir a porta então eu abri e a sala foi aparecendo até que eu consegui ver a Sra. Palefort com a pior cara DELA e as mãos juntas feito a sentiNELA de uma igreja mas uma igreja meio caída de lado em cima da escrivaninha.

A Sra. Palefort tem um cabelo castanho-escuro e grisalho preso num coque e uma testa grande e grandes óculos quadrados que amolecem a parte de cima da cara dela mas a parte de baixo continuava dura que nem se estivesse congelada.

Tinha duas cadeiras vazias do outro lado da sala e a Sra. Palefort mexeu um milímetro a cabeça e isso queria dizer Sentem aí.

A Sra. Palefort disse Bem, tenho certeza de que não preciso explicar por que vocês dois estão aqui.

A Mamãe falou com aquela voz de falar difícil dela Não, a senhora não precisa.

E aí a Mamãe e a Sra. Palefort olharam as duas pra mim até os olhos delas juntarem forças suficientes pra me fazer abanar a cabeça. Quando os olhos da Sra. Palefort conseguiram o que queriam eles se voltaram pra Mamãe e ela disse A senhora sabe quantas crianças nesta cidade frequentam escolas públicas fora de Newark?

A Mamãe falou Não, não sei.

1.000 era a resposta, e então a Sra. Palefort disse A senhora consegue imaginar o tamanho do estrago que um incidente como esse provoca em nossa reputação? Já perdemos metade das crianças da nossa região para Lincolnshire. A metade melhor, para ser bem sincera. E tudo o que eu não preciso é de alunos do Sétimo Ano roubando micro-ônibus em excursões da escola um mês antes da inspeção do ministério. A senhora consegue entender?

A Mamãe disse Sim, consigo.

A Sra. Palefort fez um barulho e aí prendeu as palavras dentro da boca e caiu num longo silêncio assim

e aí ela voltou do silêncio e falou Em circunstâncias normais não teríamos escolha senão remover o Philip da escola, temporária ou definitivamente.

Quando ela falou isso a Mamãe começou a dizer alguma coisa mas a Sra. Palefort ergueu o queixo como se quisesse passar por cima das palavras da Mamãe e disse Sra. Noble, entendo que estas não sejam circunstâncias normais e que o Philip ainda estava sofrendo pela perda do pai. Também compreendo que o Philip podia estar sonâmbulo ou ao menos não totalmente consciente do que fazia. Por esse motivo, ele continuará conosco por enquanto. Sob condições, claro.

A Mamãe esqueceu o jeito de falar difícil dela e disse Condições? Que condições?

Eu não escutei a primeira condição porque estava olhando o meu reflexo cheio de curvas num dos troféus da prateleira na parede. Mas depois a Mamãe falou que a condição especial era que eu precisava ir conversar com a orientadora da escola uma vez por semana mas isso não tinha problema porque a orientadora da escola era a Sra. Fell, que é orientadora e também professora.

E aí eu parei de olhar pro troféu e ouvi a Sra. Palefort falando e ela estava dizendo Mas obviamente se essas dificuldades persistirem nós talvez tenhamos que considerar a opção do REFORMATÓRIO e isso significaria tirá-lo da escola. Mas tenho certeza de que com o tempo o Philip começará a se ajustar ao nosso ambiente escolar e duvido que voltemos a presenciar incidentes envolvendo os micro-ônibus da escola. Não é, Philip?

Ela queria um Sim então falei um pra ela.

# Rudyard Kipling

A Sra. Fell ensinou pra gente sobre a Primeira Guerra Mundial e sobre um cara chamado arquiduque Franz Ferdinand. Ele levou um tiro e foi assim que a Guerra começou e aí milhões e milhões de homens morreram por causa disso e isso significa que tem milhões e milhões de fantasmas de soldados na Europa toda e só um fantasma do arquiduque Ferdinand e aposto que os fantasmas dos soldados ficaram bravos com ele.

A Sra. Fell deu pra gente uma folha com Informações sobre a Guerra e no alto das Informações tinha algumas frases de um cara chamado Rudyard Kipling que ficou famoso por causa do *Livro da selva* que eu via quando era pequeno mas não vejo mais porque estou muito grande e porque é um vídeo não um DVD e nele tem o *Baloo, o urso que canta* Sim, verdade, eu quero ser como você, e a frase na folha era

*"Se alguém perguntar por que morremos,*
*Diga que foi porque nossos pais mentiram."*

"Epitáfios da guerra" (1914-1918)
Rudyard Kipling (1865-1936)

Eu não sabia o que era Epitáfio nem conhecia aquele poema mas gostei dele porque meu pai mentiu pra mim que tinha pessoas indo até o Pub e não morri mas me meti numa GRANDE ENCRENCA. E o poema dizia que eu devia contar a verdade sobre o Fantasma do Papai ter mentido e me mandado pegar o micro-ônibus. Mais tarde naquele dia eu estava com a Sra. Fell outra vez e ela não era minha professora agora, ela era a orientadora, mas parecia a mesma só a cabeça dela ficava mais de lado quando ela era a orientadora.

Ela perguntou Por que você fez aquilo, Philip?

Eu falei Porque meu pai mentiu.

Ela disse O quê?

E eu falei Se alguém perguntar por que morremos diga que foi porque nossos pais mentiram.

Ela ficou olhando pra mim um tempão com a cabeça bem de lado mas mesmo assim ela era bonita, principalmente quando enrugava o nariz ao mesmo tempo.

A Sra. Fell é a professora mais bonita porque ela tem olhos verdes que enxergam dentro da gente e um cabelo preto cacheado e um sorriso grande e o lábio de cima dela é que nem um M só que achatado e o lábio esquerdo de baixo é maior que o lábio direito de baixo e ela usa batom e tem uma pele branca e macia. Ela usa roupas legais tipo jeans e uma camiseta rosa que diz ATHLETIC e uma correntinha com uma cruz pequena e dourada que nem aquela em que Jesus morreu pregado. E ela é de Ollerton que fica perto de Newark mas ela não tem sotaque de Nottinghamshire e isso é triste porque as palavras saem

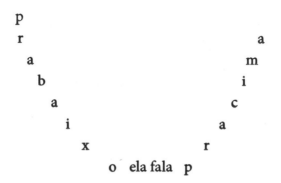

mas mesmo assim ela não deixa as palavras caírem*. Ela só ficou olhando pra mim meio de lado que nem eu olho no meu aquário pra ver se algum peixinho morreu.

Depois de um tempão ela falou bem baixinho como se meu ouvido fosse feito de casca de ovo e ela disse Isso é um poema, Philip.

E eu falei É, meu pai morreu.

Ela falou Sim, eu sei.

Eu disse Não é meu pai mentindo pra mim.

---

*O original traz um trocadilho intraduzível com o nome da professora, Sra. *Fell* (cair, em inglês). O recurso do trocadilho, uma das características mais marcantes do texto shakespeariano, e por isso mesmo presente em vários momentos deste romance, foi acolhido com moderação na presente tradução: foram usados trocadilhos em português, quando possível; rodapés, quando absolutamente necessário; e suprimidos ou ignorados os trocadilhos originais em alguns casos. (*N. do T.*)

Ela sorriu e os ombros dela baixaram mas ela parou de sorrir quando eu disse É o fantasma do meu pai.

Ela falou Philip, lidar na sua idade com uma coisa terrível e difícil como essa por que você está passando pode deixar a gente um pouquinho confuso sobre algumas coisas.

Eu disse Ele aparece pra mim às vezes e fala comigo mas não fica aqui o tempo inteiro. Ele acende e apaga que nem uma lâmpada com defeito.

Ela suspirou e enrugou o nariz de novo e apertou um pouco os olhos e falou Philip, você tem uma imaginação excepcional e isso é bom, de verdade. Mas você precisa separar as coisas reais das coisas que não são reais.

Eu disse A senhora acredita em fantasmas?

O nariz dela se encolheu um pouco como se a pergunta fosse uma bolada na cara e ela falou Não, não acredito.

Eu disse Nem eu; até ver o Fantasma do meu Pai.

Ela falou Philip.

Eu disse Não estou inventando.

Ela falou Sei que você não está, Philip. É só que às vezes é difícil saber o que é real e o que não é quando coisas ruins acontecem.

Eu disse Ele me falou que a Mamãe estava em perigo e que eu precisava roubar o micro-ônibus.

Ela escreveu alguma coisa num papel e olhou pra mim de novo por mais um Tempão e segurou a cruz entre o polegar e outro dedo e deslizou a cruz pela correntinha. Aí ela disse E quando você voltou sua mãe estava com problemas?

Eu falei Não.

Ela disse Então.

Eu falei Ele estava mentindo.

Ela disse Philip, você tem que tentar ignorar essas coisas, porque elas são parte da sua imaginação.

Eu falei Não consigo.

Ela disse Não existe isso de "não consigo", Philip. Você precisa fazer.

Eu falei Não tenho escolha.

Ela disse Você sempre tem escolha. A vida é cheia delas, Philip, tudo o que fazemos são escolhas. Você pode ignorar tudo o que escolher ignorar e logo aquilo vai embora.

Aí eu disse E os soldados?

Ela falou Que soldados?

Eu disse Da Primeira Guerra Mundial. Aqueles que os pais mentiram.

Ela falou Isso é outra coisa.

Eu falei Por quê?

Ela disse Isso é História, Philip, e não Imaginação. Na verdade é um poema, então são as duas coisas.

Eu falei Então quando eu for velho e estiver morto e entrar pra História eu vou ter razão?

Ela disse Philip, você sente muita falta do seu pai. Quer falar sobre isso?

Eu falei Não.

Ela disse Você quer conversar sobre o seu pai? Sobre como ele era?

Eu falei Ele fazia umas vozes.

As sobrancelhas dela se juntaram que nem bichos cabeludos fininhos que queriam se beijar mas não podiam e ela falou Umas vozes?

Eu disse É. Quando ele comprava um peixe novo pra mim ele imitava a voz do peixe tipo os Barrigudinhos que sempre falavam difícil e as Joaninhas que falavam assim

Aí eu fiz a voz das Joaninhas pra ela e ela quase riu.
E falei Mas o fantasma dele não é engraçado porque ele está sempre triste e fica nervoso.
Eu não queria contar sobre a Sociedade dos Pais Mortos ou sobre os Terrores. Ela não acreditava em fantasmas então não ia acreditar na Sociedade dos Pais Mortos ou nos Terrores. E não ia contar pra ela o que o Fantasma do Papai tinha dito do Tio Alan porque eu não sabia se ele tinha mentido sobre isso também e se ele não tivesse mentido ela podia contar pra Mamãe e fazer o Tio Alan ficar mais perigoso.
A Sra. Fell falou Sua mãe sabe disso tudo?
Eu disse Não.
A Sra. Fell falou E o que você acha que ela vai pensar?

pensar

pensar

Eu disse Que eu sou bobo.
A Sra. Fell falou Então por que você me contou?
Olhei pro braço dela. Tinha umas pintinhas e uns pelinhos macios e eu queria tocar na pele dela mas não toquei.
Eu disse Não sei.
A Sra. Fell falou Você disse que o fantasma do seu pai estava nervoso. Por que você acha que ele estava nervoso?
Pensei que aquela era uma pergunta estranha porque a Sra. Fell não acreditava que existisse um fantasma do meu pai então

pra quê era importante saber por que ele estava nervoso mas não contei a verdade pra ela e disse só Não sei.

Aí a Sra. Fell me perguntou outra coisa esquisita que foi Quando foi a última vez que você viu o fantasma do seu pai?

E eu falei Não vejo ele desde o dia da Muralha de Adriano.

Ela sorriu como se eu tivesse dado a Resposta Certa.

# Anjo Rainha

Todos os peixes são a mesma coisa e nenhum é melhor que o outro na verdade, mas se tem um melhor de todos é o Anjo Rainha. O Anjo Rainha que eu tenho tem 15 centímetros e listras azuis e amarelas no corpo redondo e fino dele. O nome verdadeiro do Anjo Rainha aparece no meu livro sobre peixes tropicais e é *Holocanthus ciliaris* e isso é latim que nem os romanos falavam mas eu chamo ele de Gertie que é o apelido de GERTRUDE e é um nome engraçado.

O Anjo Rainha é um peixe difícil de cuidar porque é exigente e precisa de água entre 26 e 28°C pra continuar vivo senão ele derrete ou congela. Só tenho um Anjo Rainha e isso é ruim porque os Anjos Rainhas são melhores em pares quando acham um companheiro e ficam juntos pra toda a vida.

O Anjo Rainha que eu tenho veio da
BACIA DO RIO AMAZONAS
   na América do Sul onde tem uma água bem quente que nem no meu aquário.

O Anjo Rainha é de uma família chamada *Chaetodontidae*. Acho que os peixes não sabem que têm esses nomes tão compridos.

A melhor coisa dos Anjos Rainhas é que mesmo quando eles são grandes eles podem desaparecer porque são tão finos que quando a gente olha de frente pra eles não consegue ver, mesmo com eles bem ali na cara da gente.

# Os Caras que Arrebentaram o Pub

O barulho entrou no meu sonho.

No meu sonho eu estava jogando Futebol num morro e jogava contra um time inteiro e eu era muito bom tipo quando eu estava no Primário mas o campo ia ficando inclinado que nem uma montanha e toda vez que eu chutava a bola ela voltava pro meu gol ou pra escanteio e eu estava perdendo de 20 a 0. O Papai era o juiz e eu tentava falar pra ele que o campo era uma montanha que inclinava mas ele dizia Quem é pereba culpa o campo, Philip. Quem é pereba culpa o campo.

E aí eu escutei o sinal da escola no meu sonho mas não era bem um sinal de escola e o campo ficou muito inclinado como um alçapão se abrindo e eu caí e aterrissei na cama.

Ainda estava escuro e meu despertador mostrava 4h27 e ouvi o barulho de novo. Vinha lá de baixo. Era o barulho de uma coisa que espatifava e vibrava como alguém quebrando vidro.

Levantei e saí da cama e do quarto no escuro.

Desci pelo pedacinho da escada mais perto da parede porque não rangia e fui descendo mais e veio outro barulho de uma coisa se espatifando mas não era uma janela. Esperei na escada e não sabia o que fazer e aí vi o Fantasma do Papai pela primeira vez desde a Muralha de Adriano e o Fantasma do Papai disse Faça eles pararem.

Eu falei Como?
Ele disse Grite.
Eu falei Não quero.
Ele disse Grite.
Eu falei Não quero.
Ele disse GRITE.
Eu falei NÃO QUERO!!!!!

E aí os caras que estavam arrebentando o Pub devem ter ouvido porque eles disseram alguma coisa e eu vi um deles pelo vidro rajado da porta e ele estava todo de preto e até a cara era coberta com um negócio que se chama

balaclava

e aí eles correram pra fora do Pub e eu não conseguia me mexer nem ver meus dedos e depois disso eu só me lembro de ver a Mamãe atrás de mim na escada com um cabelo de quem acabou de acordar e a mão no pescoço e uma cara de assustada.

Ela passou por mim e pelo Fantasma do Papai sem notar nenhum de nós dois e correu escada abaixo e eu não escutei nada por um segundo e aí a voz dela que vinha da porta disse Desgraçados desgraçados desgraçados de merda.

E aí o Fantasma do meu pai foi até ela e eu também e foi quando eu vi o Pub.

O Pub estava todo destruído e as garrafas todas e a porta arrebentadas e o caixa estava aberto e todo o dinheiro tinha sumido. A Mamãe estava sentada no chão atrás do bar e embaixo do caixa.

O Fantasma do Papai estava ali e ele falou Diga pra ela levantar.

Eu disse Por quê?

A Mamãe não reparou que eu estava falando sozinho.

O Fantasma do Papai disse Ela vai se cortar nos cacos.

Eu falei Mãe, levanta. Você vai se cortar nos cacos.

Ela me olhou como se não soubesse que eu estava ali e aí ela levantou e estava tremendo.

O Fantasma do Papai disse Diga pra ela ligar pra polícia.

Eu falei Ligo pra polícia?

A Mamãe disse Não. Não. Eu vou ligar.

E ela foi andando descalça no meio dos cacos e quando ela estava no telefone o Fantasma do Papai falou Eles devem ter mudado de ideia.

Eu disse O quê?

E ele falou Adiaram um mês. Mas com certeza eram eles, Philip.

Eu disse É e falei pra mim mesmo que ia acreditar no Fantasma do Papai a partir de então.

# Barbárie

No outro dia, quando cheguei em casa, o Tio Alan estava lá fechando com madeira as janelas quebradas e batendo pregos.
Ele falou Tudo bem, filho?
A palavra filho me deu coceira por dentro e eu olhei pro pretume nas mãos que ele nunca lavava e pensei que ia ser difícil matar alguém com umas mãos enormes que martelavam pregos com tanta força. As mãos dele são grandes que nem o maior tipo de Anjo Rainha, que é muito grande pro meu aquário.
Entrei e a Mamãe estava fazendo chá na cozinha.
Tentei agir normalmente e aí peguei meu livro *Os romanos na Inglaterra*, do Graham Fortune, mas só consegui ler uma frase. A frase era

Para os soldados romanos, a Muralha de Adriano era mais do que simplesmente uma defesa contra as tribos da Caledônia — também representava a linha divisória entre um mundo conhecido, de ordem e civilização, e um desconhecido, de caos e barbárie.

Eu não sabia o que barbárie queria dizer. Parecia que tinha alguma coisa a ver com barbeiro mas isso não fazia sentido. A figura do livro mostrava as tribos com cabelos compridos e desgrenhados e os romanos com cabelos curtos ou capacetes então talvez barbárie tivesse a ver com barbeiro.

Não consegui ler mais então fui dar comida pros peixes.

Tinha acabado de terminar e estava olhando os cinco Barrigudinhos e vendo eles virem até a superfície pra pegar as pelotas maiores que são grandes demais pra eles. Aí os Neons lá embaixo comem os pedacinhos que descem devagarzinho pela água caindo da boca dos Barrigudinhos. E eu estava sentado na cama olhando pras pelotas e tirando o cheiro que ficava nas calças e aí vi o Fantasma do Papai no vidro.

Me virei e ele falou Oi, filho.

O rosto dele estava mais triste do que antes e eu sabia que era porque ele tinha sido atormentado aquele tempo todo pelos Terrores.

Aí ele disse Desculpa.

Eu falei Por quê?

Ele disse Por causa do micro-ônibus. Por ter errado o dia.

Eu falei Tudo bem.

Ele disse Sua mãe não estava em perigo. Mesmo ontem à noite vocês dois estavam seguros.

Eu falei Os caras arrebentaram o Pub. Eles podiam ter arrebentado a gente também.

Ele disse Não. Não era o plano dele. Ele só queria assustar vocês. Deve ter dado um jeito no circuito interno de TV. Ele sabia que a polícia não ia poder fazer nada.

Eu falei Eram três caras.

Ele disse Eu sei. Mas só um teve a ideia. Ele pagou pros outros dois. Provavelmente só vai acrescentar o pagamento ao salário deles. Os dois trabalham com ele na Oficina.
Eu falei Não.
Ele disse Sim. Meu irmão. Meu sangue.
Eu falei Por quê?
Ele disse Ele quer o Pub, Philip. Quer a sua mãe. O Fantasma do Papai começou a apagar mas eu captei as últimas palavras que ele falou com uma voz séria de fantasma

                vocês com medo

                ele vai voltar

                mais cedo

E aí o Fantasma do Papai foi embora.

# Pecado

A Mamãe chamou Alan! Philip! O chá está pronto!
    Eu não queria que o Tio Alan ficasse pro chá mas não podia impedir porque agora ele ficava pro chá quase todo dia.
    A Mamãe tinha feito *chilli sin carne*. A Mamãe diz que *chilli sin carne* é um *chilli* vegetariano e o livro de receitas dos Vigilantes do Peso que a Mamãe usa diz que SIN significa "sem" em espanhol que é a língua que falam no México que é de onde veio o *chilli*. E CON significa "com" e carne é carne mesmo e ela tinha feito com tofu em vez de carne porque tem menos gordura e o Tio Alan ficou falando sem parar e ele só falava, falava, falava.
    Você não está SEGURA sozinha.
    E se acontecer de novo?
    O Brian iria gostar de te ver SEGURA.
    Eu podia dormir no quarto de hóspedes.
    A minha casa? Não se preocupe, eu podia alugar.
    Mais dinheiro.
    Viu? Minha loucura tem método.
    Eu podia dar uma força por aqui.
    Não vou ficar no seu pé.

Vou estar na Oficina a maior parte do tempo todo santo dia. Trabalho na Oficina de dia e ajudo no Pub à noite.

A coisa mais tranquila do mundo.

E o Fantasma do Papai estava de pé perto do fogão e vendo o Tio Alan falando com aquele meio-sorriso e os olhos dele pra cima da Mamãe.

O Fantasma do Papai disse pra mim Ele fica aí com esse sorrisinho. O vilão do demônio. Se insinuando feito um verme. Sorrindo, sorrindo, sorrindo. Olhe pra ele, Philip. Olhe pra ele. Sorrindo, o bandido desgraçado.

Olhei pra ele. Olhei pro preto das mãos dele que estavam por cima das mãos da Mamãe.

A Mamãe olhou pro jeito que eu olhava e aí olhou pro meu prato e disse Você não vai comer?

E eu falei Não.

A Mamãe disse Philip, é desperdício.

E o Tio Alan falou Anda, Philip, faça o que sua mãe está mandando. Coma.

E eu olhei pro Fantasma do Papai e pensei que ele ia dizer pra eu não comer mas ele não disse. Ele falou Coma, Philip, você precisa ficar forte.

E aí eu peguei meu garfo e comecei a comer e a Mamãe sorriu pro Tio Alan pensando que ele tinha feito eu comer e isso me deixou muito bravo e o Fantasma do Papai percebeu que me deixou bravo mas a Mamãe não percebeu, como se o que eu sentia fosse um fantasma. Ela não percebeu e antes que eu soubesse que alguma coisa ia acontecer o prato de *chilli* voou e atravessou o Fantasma do Papai e se espatifou no armário da pia e tinha *chilli sin carne* pelo chão todo.

Aquilo parecia uma foto. A Mamãe e o Tio Alan e até o Fantasma do Papai não se mexeram. Eles só ficaram lá de pé ou sentados com a boca formando um O. E eu saí dali e ouvi a Mamãe dizer Philip! Philip! Volte aqui!

Mas eu não voltei. Fui pro quarto e o Fantasma do meu pai foi também.

Fechei a porta e o Fantasma do Papai disse O que você está fazendo?

Eu falei Eu odeio ele.

O Fantasma do Papai disse Você precisa se acalmar. Tem que manter o controle.

Eu falei Não consigo odeio ele não consigo.

E bateram na porta e a Mamãe disse Philip?

Ela abriu e falou Philip, com quem diabos você está conversando?

E o Tio Alan estava por trás com aquela camisa azul de botão dele e olhava pra mim e pra dentro de mim mas não deixei ele ver as coisas que eu sabia que nem a Mamãe quando deixa ele ver tudo nos olhos dela.

E a Mamãe disse Philip, o que está acontecendo? É por causa do seu pai?

E eu olhei pro Fantasma do Papai e falei Num sei.

Ela fez um monte de perguntas e eu só fiquei falando Num sei.

Num sei.

Num sei.

Num sei.

Num sei.

Num sei.

Até que ela disse Tá bom e voltou pra cozinha com o Tio Alan e limpou toda a sujeira e o Fantasma do Papai foi atrás pra vigiar eles e eu fiquei escutando na porta e ouvi uns Resmungos mas sabia que os Resmungos tinham a ver comigo.

E eu sabia que o Tio Alan ia ficar morando no quarto de hóspedes e que a Mamãe queria isso e que era minha culpa.

Eu não consegui evitar. Saí do quarto e fui à cozinha e o Fantasma do Papai estava ali balançando a cabeça e dizendo Não.

Mas não consegui evitar e falei Foi ele foi ele foi ele!!!

E eu apontava pro Tio Alan mas sem olhar e meu corpo estava tremendo e a Mamãe me segurando e tinha baba saindo da minha boca e enfiei a cara no moletom dela e fechei os olhos e cheirei o moletom quentinho dela que tinha um cheiro bom de flor.

# O Sr. Fairview e a Truta

Cheguei cedo na escola antes de quase todo mundo da minha turma menos o Nigel Curtain que mora numa fazenda a uns 25 quilômetros e nas quartas vem de carona porque o pai dele é quem traz ele quando está indo pra Feira de Gado.

Antes de eu ter quebrado a janela e gritado dormindo e roubado o micro-ônibus o Nigel era quem mais era zoado na escola por causa do uniforme que é a mãe dele que faz pra ele e por causa do cabelo dele e por causa do jeito dele de falar com uma voz baixa sem mexer a boca como se as palavras viessem de outro lugar.

Mas agora quando o ônibus chega e traz todo mundo de Winthorpe Road e Yorke Drive como o Dominic Weekly e o Jordan Harper eu fico sozinho e nem o Nigel Curtain vem falar comigo.

E hoje de manhã quando eu vi todo mundo chegando eu saí do banco onde eu estava e fui andando na direção da escola porque às vezes eles me deixam entrar mais cedo. Mas enquanto eu andava alguém agarrou a mochila que estava nas minhas costas e me puxou e começou a me rodar. Vi alguém rindo e as cores que ele estava usando e a jaqueta preta da Adidas e a cara magrela e rosada e os olhos de peixe e o cabelo escuro e era o Jordan Harper então eu sabia que era o Dominic Weekly que estava me rodando. O Dominic Weekly é mais forte que o Jordan e maior também e quer ir pro Exército e na mochila dele está escrito bem grande em preto Tropa de Elite e agora estava tudo rodando muito rápido e eu dizia Por favor.

O Jordan estava se dobrando de tanto rir e o Dominic disse Por favor o quê?

Eu falei Para por favor.

Ele disse Tá bom.

Ele me largou e eu saí voando e aterrissei com a palma da mão raspando e ralando e queimando no chão e senti lágrimas nos meus olhos mas segurei a tempo e o Dominic falou Vou te dar uma pá aí você pode desenterrar seu pai e contar pra ele.

Ele cuspiu em mim e o Jordan ficou rindo.

E eu tive meu encontro com a Sra. Fell mas não falei nada sobre o Dominic Weekly ou sobre ter jogado o *chilli sin carne* ou ter visto o Fantasma do Papai de novo mas contei que o Pub tinha sido destruído e foi quando ela disse que eu devia escrever tudo isso.

Ela falou que passar tudo pro papel ou pro computador ajuda mas que papel ela achava melhor. Perguntei Por que e ela disse que era porque quando a gente escreve com uma caneta é que nem se fosse uma parte da gente escrevendo, que nem se fosse um outro dedo. Gostei daquilo e aí eu disse que a tinta da caneta era como sangue e ela disse que era azul então eu devia ser que nem o príncipe William.

Ela disse que às vezes escrever é mais fácil que falar mesmo sendo mais demorado e que é mais fácil porque a gente pode fazer isso sozinho e dizer coisas que só não tem medo de falar se estiver sozinho mas se a gente fala sozinho pensam que a gente é maluco mas se escreve as mesmas coisas pensam que a gente é inteligente.

A Mamãe foi me buscar na escola porque estava chovendo bem forte e a Renuka estava no banco da frente de roupa de ginástica e falando a mil por hora e elas tinham ido malhar e eu sentei atrás e olhei pros pingos de chuva nadando juntos que nem peixes no vidro e eu não disse nada porque tinha razão e o Tio Alan estava morando com a gente no quarto de hóspedes.

E pensei que isso era ruim mas ainda tinha mais de um mês pra matar ele antes que o Papai tivesse que sofrer pra sempre com os Terrores.

Depois do chá o Tio Alan se recostou na cadeira do Papai e foi engolindo a comida e disse A gente está perdendo uma boa oportunidade neste lugar, sabe?

E a Mamãe não sabia então o Tio Alan falou Eu podia te ajudar a dar uma virada pra valer nesse negócio.

A Mamãe disse Como assim?

O Tio Alan soprou o ar pelo nariz peludo dele e então disse Essa história de cerveja premium, por exemplo.

A Mamãe falou O que tem?

O Tio Alan cruzou os braços ainda soprando pelo nariz e disse Não dá retorno.

A Mamãe falou Mas

O Tio Alan ergueu a mão e disse Sei o que você vai dizer, mas os fatos falam por si. O pessoal quer cerveja normal. Marcas que eles conheçam e preços que possam pagar.

A Mamãe falou Mas

O Tio Alan disse Escute. Não sou o Bill Gates mas entendo alguma coisa sobre como ganhar um troco.

A Mamãe falou Mas

O Tio Alan disse A cabeça precisa mandar no coração. Não o contrário. A última coisa que o Brian ia querer é ver este lugar fechar as portas.

A Mamãe falou Eu sei. Eu sei. Quando você fala assim

E eu disse Mãe, posso ir pro meu quarto?

O Tio Alan falou Tudo que eu estou pedindo é que você me dê essa chance por um mês. Estou cheio de ideias.

Eu disse Mãe, posso ir pro meu quarto?

A Mamãe falou Que é, Philip?

Mas a minha pergunta tinha entrado na cabeça dela e ela disse Claro que você pode.

Fui pro quarto.

E mais tarde o Sr. Fairview apareceu.

O Sr. Fairview é amigo do Tio Alan e Sócio dele na Oficina mas ele não trabalha lá e não tem aquele preto nas mãos e usa umas roupas que saíram de uma máquina do tempo e o cabelo bem colado na cabeça.

O Sr. Fairview e o Tio Alan são amigos faz um tempão e sempre vão pescar juntos com um outro cara chamado Terry que eu não conheço mas o Tio Alan tira sarro do Sr. Fairview pelas costas porque o Sr. Fairview faz parte do Exército de Deus e só fala de Bíblia o tempo inteiro.

Ele veio visitar o Tio Alan e eram 7 da noite e eu estava no meu quarto e a Mamãe apareceu e disse Venha dizer oi ao Sr. Fairview.

Na verdade ela queria que eu fosse ver a Leah que é a filha do Sr. Fairview e está no Oitavo Ano e isso quer dizer um ano na minha frente e eu não conhecia a Leah mas já tinha visto ela quando reuniam todas as turmas. Ela é alta e tem um cabelo comprido castanho com umas partes vermelhas e um sorriso meio caído nos cantos que é legal.

E quando eu entrei na cozinha e comecei a conversar com ela a Mamãe e o Tio Alan arregalaram os olhos como se a gente fosse namorado e o Sr. Fairview só olhou pra mim com aquela cara velha e comprida dele parecendo mais o avô dela do que o pai. A Mamãe estava com um monte de Maquiagem e as sobrancelhas dela estavam finas que nem traços e aí eu reparei que em cima da pia tinha um peixão prateado.

A Mamãe falou Veja o que o Sr. Fairview trouxe pra gente, Philip.

Olhei pro peixe e pro sorriso triste dele.

O Sr. Fairview falou Uma Truta de Newark direto do rio Trent. Não se compra uma desse tamanho nas peixarias da cidade.

O Sr. Fairview é um homem que parece que já nasceu homem e não um menino porque a cara dele não parece que algum dia foi a cara de um menino e parece que Deus fez a pele dele do número errado porque tem muitas rugas e fica pendurada nas bochechas que nem nos cachorros.

Os olhos do peixe morto estavam olhando pra mim e isso fez eu me sentir esquisito e eu pensei que tinha visto a boca dele se mexer e dizer Peixarias mas fechei os olhos bem forte e abri de novo e eu sabia que era minha imaginação

pei

xa

rias

E comecei a conversar com a Leah outra vez e ela estava olhando pra mim como se me achasse engraçado e a Mamãe falou Por que você não mostra seu quarto pra Leah, Philip?

O Sr. Fairview disse Vai, Cordeirinha, você não está a fim de ficar aqui com estes adultos chatos.

E aí eu levei ela pro meu quarto e ela falou Uau você tem peixinhos!

Ela se abaixou e o cabelo dela quase encostou no chão e ela apontou pro Anjo Rainha e disse Ele é lindo.

Eu falei É um Anjo Rainha.

E aí ela disse Você roubou um micro-ônibus.

E eu fiquei vermelho da cor do micro-ônibus e falei É.

E ela disse Que engraçado e aí ela levantou e riu e caiu pra trás na cama e eu sentei na beiradinha.

E a gente conversou e conversou e conversou sobre como era o meu pai e ela falou que o dela era normal mas falava demais de Deus e achava que sabia tudo e adorava o som da própria voz e eu pensei tal pai tal filha mas isso eu não disse e ela falou da escola e continuou dizendo que eu era engraçado e eu não sabia que eu era mas gostei bastante daquilo e aí depois de séculos ela falou Você já beijou alguém?

E eu disse Não sei.

E ela falou Você é engraçado.

Aí ela disse Vou te mostrar se você quiser. Fecha os olhos.

Eu falei Por quê?

Ela disse É o que a gente faz quando beija.

Eu falei Tá bom.

Então eu fechei os olhos e senti os lábios dela tocarem os meus e foi esquisito e a gente abria e fechava a boca que nem peixes e ela me afastou e disse Você está mexendo a boca muito rápido.

Então a gente fez de novo. Quando eu estava beijando ela tentei não pensar sobre todas as Coisas Horríveis e um milhão de pequenas criaturas que vivem na boca e o litro de cuspe que a gente produz todo dia e minha boca foi mexendo mais devagar e eu pensei no Homem-Aranha e no Peter Parker beijando a Mary Jane e me senti bem e fiquei imaginando se a Sra. Fell beijava que nem a Leah.

E aí a gente parou de se beijar e aí ela disse Você podia ser meu namorado.

E eu pensei que tinha que matar o Tio Alan e falei Não sei.

E ela disse Você tem que dizer sim. Não é legal se você não disser.

E ela parecia meio chateada e fez um beicinho e eu disse Tá.

Achei estranho ela gostar de mim porque a maioria das meninas não gostava mas ela era diferente da maioria das meninas do Sétimo Ano e acho que da maioria das meninas de todas as Séries.

Ela bateu palminhas e disse Pega na minha mão.

Eu falei Por quê?

Ela disse É o que os namorados fazem.

Eu falei Por quê?

Ela disse Você é engraçado.

E a gente sentou de mão dada na beirada da cama e lá fora eu via pela janela o Fantasma do meu pai no escuro e ele estava conversando com alguém invisível perto das Latas de Lixo Reciclável e aí eu imaginei que a conversa era com a Sociedade dos Pais Mortos.

E aí a Leah falou Você tem uma caneta?

Peguei a caneta que estava junto com a minha lição de casa e ela puxou a manga da blusa do colégio e escreveu no braço dela e o que ela escreveu foi LEAH + PHILIP e ela fez isso no meu braço também. E aí do nada ela disse O Dominic Weekly é um frouxo.

Eu falei O quê?

Ela disse Sei que ele gosta de sacanear você na escola mas ele é um frouxo. Ele tem medo de mim e não vai mais mexer com você.

E eu fiquei pensando se o Dominic realmente tinha medo de uma menina. Mesmo uma menina mais velha. E eu achava que não mas olhei pra Leah e pensei que talvez sim e continuei segurando a mão dela.

## As Quatro Camadas da Terra

Quando o Papai morreu a Mamãe não usou o creme bronzeador ou a Maquiagem dela mas quando começou a ver mais o Tio Alan ela passou de novo o creme bronzeador pelo corpo inteiro e a Maquiagem até no café da manhã e voltou pra ginástica com a Renuka e quando não ia na academia ela fazia ginástica vendo um DVD que se chama *Malhação das Estrelas* com Nancy e Bobby.

E fui falar com ela um pouco antes de ir pra escola e ela estava com a cara no carpete e os braços e as pernas pra cima. O Bobby musculoso dizia Este movimento se chama Super-Homem porque com os braços e as pernas sem tocar o chão você se sente como se estivesse voando.

E eu disse Mãe, quanto tempo o Tio Alan vai ficar aqui?

E a Mamãe estava tossindo com a cara no carpete e falou Ele está sendo muito gentil, Philip.

E essa resposta era pra uma pergunta diferente então fiz a pergunta de novo e ela disse Philip, por favor, estou fazendo meus exercícios.

No caminho pra escola fiquei pensando como ia fazer pra matar o Tio Alan porque o tempo da Quarentena estava acabando e acabando a cada dia.

Quando cheguei na escola todo mundo sabia que eu estava Ficando com a Leah e ela estava certa porque o Dominic Weekly e o Jordan Harper não pegaram no meu pé. Na verdade eles riram um pouco da minha cara mas não fizeram mais nada. E Ficar é só ficar de mão dada no recreio e sentar no banco com as amigas da Leah que são que nem ela mas não tão bonitas e tudo mais e todas pensam que eu sou engraçado mesmo quando eu estou sério. Principalmente quando eu estou sério. E acho que todo mundo estava começando a esquecer a história do micro-ônibus porque ninguém me chamava mais de Biruta e os meninos falavam comigo de novo não só o Nigel Curtain mas outros meninos tipo os gêmeos Ross e Gary que são filhos da Carla Garçonete. O Ross e o Gary são bons no Futebol e são iguaizinhos menos a sobrancelha do Ross que tem um traço.

Joguei três-dentro-três-fora com eles na hora do almoço e a Leah ficou assistindo mas não joguei muito bem mas eles não riram muito de mim e a Leah não riu nem um pouquinho. O Gary deixou eu escutar um pouco de música no fone dele e era o 50 Cent que é um rapper de Nova York e a gente tem que balançar a cabeça pra frente quando escuta ele então balancei a cabeça.

Não vi o Fantasma do meu pai o dia todo então ele devia estar sendo atormentado pelos Terrores ou conversando coisas de fantasma com os pais mortos e esse foi o melhor dia na escola desde que ele bateu o carro e morreu. A aula que eu tive era de francês e aprendi que *la bibliothèque* é a biblioteca e *la gare* é a estação de trem e a gente ouviu uma música chamada "Quelle est la date de ton anniversaire?" que significa Quando é o seu aniversário? e não era nada parecido com o 50 Cent. Cent significa cem em francês. E depois a gente teve geografia com o Sr. Rosen e aprendi sobre as quatro camadas da Terra. A gente só enxerga a camada de cima que é a crosta que nem a do pão. Embaixo da crosta tem uns pedaços de rocha derretida chamados Magma e embaixo tem rocha sólida que é muito muito quente e a terceira camada é metal derretido e bem no centro fica o NÚCLEO INTERNO que é de metal sólido e é a parte mais quente da Terra. Então a crosta com todos os campos e os mares e as casas é tipo a Maquiagem por cima das rochas quentes vermelhas borbulhantes e dos metais embaixo dos pés da gente.

Fui pra casa caminhando com a Leah pela Maquiagem da Terra e ela disse Deixa eu ver seu braço.

Eu falei O quê?

Ela desabotoou minha camisa e puxou a manga pra ver meu braço e ele estava normal e ela mostrou o dela e ainda estava escrito LEAH + PHILIP. E ela me deu uns socos porque eu tinha deixado apagar mas uns socos de brincadeira e ela me contou sobre o irmão dela chamado Dane que tem 16 anos e é grande e musculoso e usa um brinco na sobrancelha e uma blusa da Kappa e tem a cabeça raspada. Ele está no 11º Ano e a gente encontrou ele na esquina da Harcourt Street e ele estava fumando e fechava um pouco os olhos como se o cigarro machucasse ele por dentro e usava a camisa meio pra dentro meio pra fora da calça.

A Leah disse pro Dane pra ele ser legal comigo.

O Dane falou Quer dar um trago?

E ele estendeu o cigarro com a ponta vermelha que nem lava e eu disse Não.

Ele falou Não esquenta, tô só brincando.

Todo mundo ficou quieto até a Leah que normalmente fala bastante mas não na frente do irmão dela. E naquele silêncio eu fiquei pensando se o Fantasma do Papai não tinha entendido errado que o Tio Alan tinha matado ele porque a Leah e o Dane eram legais e isso significava que o Sr. Fairview devia ser legal e o Sr. Fairview é o melhor amigo do Tio Alan então o Tio Alan devia ser legal também e não um assassino. Mas aí tive um pensamento na minha cabeça que foi Não posso amolecer de novo.

E o Dane falou Então você é o que roubou aquele microônibus.

Eu disse É.

Ele falou Aquilo foi bem legal.

E aí ele disse Sinto muito pelo seu pai.

Eu falei Tudo bem.

Ele disse Nossa mãe morreu.

Eu falei Ah.

E aí o Dane disse pra mim De que tipo de música você gosta?

E eu não sabia o que dizer porque não ouvia música desde que o Papai morreu, só olhava meus peixes e fazia a lição. Eu costumava ouvir as músicas do Papai tipo Marvin Gaye mas lembrei na hora e falei 50 Cent.

O Dane concordou com a cabeça então era a Resposta Certa. E ele me contou que o 50 Cent tinha levado um tiro e mesmo assim continuava vivo e me contou sobre outros rappers tipo o Eminem que odeia a mãe e o Jay Z que adora a dele e o Can Yay West que ele falou que é legal mas só faz uns raps sobre Jesus.

E a gente conversou e a Leah foi andando atrás e a gente passou por um arbusto cheio de jornais que o Dane deveria ter entregado na Ronda de Jornaleiro dele e aí chegou perto da casa deles e os dois não falaram mais. Pensei que ia ser uma casa chique porque o Sr. Fairview é rico e era uma casona mas meio caída com a pintura da porta seca que nem a pele do braço da Carla Garçonete.

O Sr. Fairview estava na janela e afastou as cortinas e ficou me encarando e encarando a Leah e encarando o Dane. E quando ele saiu da janela o Dane atirou o cigarro no jardim que tinha muito MATO e a ponta vermelha como Magma aterrissou no chão mas não apagou.

E a Leah disse Até amanhã.

O Dane falou que nem num filme Seja legal com ela.

E eu disse Tá.

## Ross e Gary

Os gêmeos Ross e Gary estavam no Pub sentados numa mesa com latas de refrigerante esperando a mãe deles. Normalmente eles me ignoram e eu vou lá pra cima mas hoje eles estavam meus amigos e me deixaram ouvir música com eles no intervalo do almoço e jogamos três-dentro-três-fora.

O Ross me viu quando eu estava no hall e fez com a mão Vem aqui e aí o Gary fez com a mão Vem aqui então eu fui e os dois disseram juntos E aí?

Eu falei E aí?

A cabeça do Gary estava inclinada pra direita e a cabeça do Ross estava inclinada pra esquerda então parecia que tinha um espelho separando eles se não fosse o traço na sobrancelha do Ross.

O Gary disse Deve ser muito louco morar num Pub.

Eu falei Acho que sim.

O Ross disse Você rouba uns salgadinhos?

Eu falei Não.

O Gary disse Se eu morasse num Pub eu ia roubar uns salgadinhos direto.

O Ross disse Você rouba uns amendoins?

Eu falei Não gosto de amendoim.
O Gary disse Você não gosta de amendoim?
Eu disse Não.
O Ross disse Amendoim é bom à beça.
O Gary disse Amendoim é bom demais.
O Ross deu um arroto em três tempos. Primeiro baixo depois médio depois alto. Aí o Gary deu um arroto menor e os dois riram e aí eles olharam pra mim e eu engoli ar e tentei arrotar mas não consegui e então eles riram mais alto mas aí eles olharam pro bar e a Carla e o Tio Alan estavam lá e eles pararam de rir e sorriram como se gostassem de mim.
O Ross disse Você está namorando a Leah?
O Gary disse Ela é gostosa.
O Ross disse Ela tem bafo quando você dá uns amassos nela?
Eu falei Não.
O Gary disse Ela enfia a língua?
Eu falei Não.
O Ross disse Você fica de pinto duro quando beija ela?
Eu falei Não sei.
O Gary deu um gole no refrigerante dele e disse Ela peida?
Eu falei Não.
O Ross disse Ela nunca peida?
Eu falei Não sei.
O Gary disse Meninas que peidam são nojentas.
O Ross disse Odeio meninas que peidam.
O Gary disse Fiquei sabendo que a Charlotte Ward peidou uma vez.
O Ross disse A Charlotte Ward?
O Gary disse É, na aula de matemática.
O Ross disse A Ward? Na aula de matemática?

O Gary disse É.

O Ross disse Pensei que a Charlotte Ward não peidasse nunquinha.

O Gary disse Ela peidou.

O Ross disse E como foi o barulho?

O Gary disse Tipo só um assobio. Que nem um rato.

O Gary fez um barulhinho de rato.

O Ross disse E fedeu?

O Gary disse Eu estava no fundo então não senti.

O Ross disse Aposto que tinha cheiro de flor.

O Gary disse O Jamie Western sentiu.

O Ross disse E o que ele falou do cheiro?

O Gary disse Tipo normal mas não tão forte.

O Ross disse pra mim Você já ouviu a Charlotte Ward peidar alguma vez?

Eu falei Não.

O Gary disse É errado as meninas peidarem.

O Ross disse Se eu fosse o Terry Blair eu proibia todas as meninas de peidarem.

O Gary disse Eu também.

O Ross disse E de terem cê-cê.

O Gary disse Você já sentiu o cheiro da Amanda Barnsdale?

Eu falei Já.

O Ross disse É uma catinga.

O Gary disse Eu tive que sentar perto dela no ônibus. Prendi a respiração o caminho todo.

O Ross disse O caminho todo?

O Gary disse Aham.

O Ross disse O caminho todo leva 22 minutos.

O Gary disse Eu fiquei tudo isso sem respirar?

O Ross disse Você prendeu a respiração por 22 minutos?

O Gary disse Eu tive que prender senão ia ser nocauteado. Você estava numa boa no segundo andar do ônibus.

O Ross disse Mesmo no segundo andar dá pra sentir o fedor.

O Gary disse Ela é um meião usado.

O Ross disse É porque ela é ruiva.

O Gary concordou e olhou pro refrigerante dele e disse As ruivas fedem mais.

O Ross disse Os peidos delas são diferentes.

O Gary disse Não dá pra ouvir mas são venenosos.

O Ross disse Veneno vermelho.

O Gary disse Você sabia disso?

Eu falei Não.

O Gary disse É verdade.

Aí a Carla apareceu de minissaia com os cigarros SUPER-KING dela na mão e disse pro Ross e pro Gary Vamos pra casa, seus pestinhas.

E o Ross e o Gary viraram o resto dos refrigerantes e disseram Até mais, cara.

Eu falei Até mais.

E eles e a Carla foram embora e eu olhei pro Tio Alan no bar e ele também foi embora e depois que todos saíram aquela palavra ficou ali na fumaça de cigarro Cara Cara Cara e eu gostei disso.

# O Bom Pastor

Mais tarde quando a Mamãe estava trabalhando no Pub eu fui ver a Leah e bati na porta.

O Sr. Fairview apareceu pelo vidro rajado meio apagado que nem um fantasma.

Ele abriu a porta e olhou pra baixo pra mim com aquela cara velha e comprida dele e sem piscar e numa voz triste falou Mas se não é o pequeno Philip?

Eu disse Oi, a Leah está, por favor?

E ele falou Sim, ela está, entre.

Eu entrei e era uma casa muito muito esquisita com imagens de Jesus olhando pra mim e orações e cruzes na parede e a casa cheirava igual ao professor de religião da escola Sr. Davidson e igual a igreja. Parecia o cheiro de Deus, que é um cheiro de papel velho.

E a gente foi pra sala mas era esquisito porque não tinha TV e o Sr. Fairview apontou com a mão velha dele pra uma cadeira velha de Vovô e eu sentei nela e pensei que devia ser esquisito pra Leah ter um pai que é tipo um vô e o Sr. Fairview gritou pra escada Cordeirinha, seu amigo está aqui.

Olhei em volta da sala procurando pistas do dinheiro do Sr. Fairview e é só por isso que o Tio Alan gosta dele mas ali não tinha coisas caras. Olhei pra calça marrom e pra camisa branca do Sr. Fairview e acho que daquele tipo a gente não consegue comprar em qualquer lugar da cidade e o Sr. Fairview disse Você segue o bom pastor, Philip?

Eu falei Quem é o bom pastor?

O Sr. Fairview disse O grande consolador, Philip. O grande consolador. Aquele que conhece e partilha nosso sofrimento.

Eu ainda não sabia quem era então o Sr. Fairview falou Nosso Senhor Jesus Cristo.

Eu disse Ah.

O Sr. Fairview falou O bom pastor que deu a vida pelo seu rebanho.

A cara do Sr. Fairview se transformou na de um cordeiro por um segundo e ele falou Bééé Bééé e eu fechei os olhos bem forte e abri de novo e ele voltou ao normal e gritou pra escada Cordeirinha, seu amigo está aqui.

E dessa vez a Leah escutou porque ela disse Tô indo.

O Sr. Fairview olhou pro teto como se tivesse palavras escritas ali que só ele conseguia ver e ele leu as palavras invisíveis e falou Nenhum homem vai ao Pai senão por mim, Jesus disse.

E a Leah começou a descer a escada num galope como se ela fosse a Cavalaria que vinha me salvar.

O Sr. Fairview continuou olhando pra cima e disse Eu sou a luz do mundo e aquele que me seguir não caminhará na escuridão mas terá luz Bééé Bééé.

Aí todas aquelas cruzes viraram fogo e fumaça na minha mente como a cruz que o imperador Constantino viu no céu antes de ganhar a Guerra e fazer o mundo inteiro virar cristão.

Aí a Leah entrou na sala e fez tudo ficar normal de novo e ela disse Pai, a gente vai subir agora pra fazer o dever de casa, tá?

A voz dela estava mais suave e triste do que eu me lembrava e pensei que isso era engraçado porque a Leah finge ser uma menina durona mas ela é meiga na verdade e até deixa o pai dela chamar ela de Cordeirinha.

E o Sr. Fairview disse olhando nos meus olhos e não pro teto Claro, claro, não quero atrapalhar.

Aí ele falou Mais vale uma criança sábia e pura do que um rei velho e tolo.

A gente subiu pro quarto da Leah e lá tinha uns pôsteres e não era que nem o resto da casa. Eu não sabia onde era o quarto do Dane.

A Leah falou Desculpa pelo meu pai.

Eu disse Ele é legal.

Ela fechou a porta junto com o cheiro de Deus e falou Ele não era assim.

Eu disse Ele não acreditava em Deus?

Ela falou Não do jeito que é hoje. Quando a Mamãe ainda estava aqui.

E eu não disse nada porque pensei que ela não queria falar sobre aquilo mas ela continuou falando mesmo assim.

Ela disse A Mamãe morreu de câncer. Ela ficou séculos doente e quando morreu o Papai ficava bêbado o tempo inteiro e achava que a gente não percebia que ele esbarrava nas coisas e que a gente não reparava mas um dia ele simplesmente parou de beber e começou com esse negócio de Deus.

Eu falei Ele te obriga a ir na igreja?

Ela disse Obrigava. Até começarem a pegar no pé do Dane na escola por causa disso. Ele não força mais a gente agora. Deixa a gente fazer o que quiser na verdade.

Eu falei Pegavam no pé do Dane?

Ela disse É, quando ele estava no Nono Ano mas depois de um tempo que ele brigou com todo mundo que dizia que ele era um Chato Bíblia pararam de chamar ele assim.

Eu falei Ah.

Ela falou Eu odeio Deus.

Eu falei O quê?

Ela falou Eu odeio Deus.

Eu disse Por quê?

Ela falou Porque ele diz que a gente não pode fazer coisas tipo não pode roubar. Mas ele rouba. Ele rouba das pessoas. Roubou do Papai e deixou a Mamãe morrer e viu ela sofrer e viu ela rezar mas não fez nada. Deus só olha as pessoas aqui embaixo pedindo a ajuda dele e não faz nada porque sabe que se elas sofrerem vão querer acreditar mais ainda nele e não dá pra gostar de alguém assim então por que gostar dele só porque é Deus?

Eu disse Seu pai gosta dele.

Ela falou Ele quer acreditar que a Mamãe está no céu.

Eu disse Você acredita?

Ela falou Às vezes. Você acredita que seu pai está no céu?

Eu disse Não, não ainda.

Ela falou Como assim?

Eu disse Antes eu preciso fazer uma coisa.

Ela falou Como assim? Rezar, esse tipo de coisa?

As palavras estavam me dando coceira na ponta da língua e eu queria deixar elas saírem e queria contar pra ela. Mas sabia que ela podia querer me convencer a não fazer nada e eu não podia deixar o Papai ser atormentado pelos Terrores pra sempre então eu disse É, tipo isso.

Ela parou com as perguntas e pulou pra fora da cama e falou Não saia daí.

Dez segundos depois ela voltou e tinha um cigarro na mão e eu falei Onde você conseguiu isso?

Ela disse É do Dane.

Aí ela tirou um isqueiro azul-claro e falou A gente pode soprar a fumaça pra fora da janela.

Eu disse Não podemos não.

Ela falou Por quê? Quem disse? Deus?

Eu falei Seu pai pode pegar a gente.

Ela disse E daí? Ele nem ia perceber.

E fiquei imaginando se a gente morria se fumasse aos 11 anos mas ela já estava abrindo a janela com o cigarro apagado na boca e lá fora estava um vento frio frio FRIO então fiquei de casaco mesmo e a Leah colocou o dela que tinha o capuz forrado de pele. Colocou o capuz e desse jeito ela parecia um animal que sobe em árvores.

E ela pôs metade do corpo pra fora da janela e acendeu o cigarro e lá do frio ela falou Vem.

Aí eu também coloquei metade do corpo pra fora da janela com os joelhos apoiados na cama dela e a gente olhou pra Newark e pra igreja iluminada na escuridão com a torre que era tipo um punhal saindo de dentro da Terra.

Virei pro Homem da Lua com a cara triste dele olhando pra baixo e a Leah disse Sua vez.

Ela me deu o cigarro e eu prendi ele entre os dedos e ela riu e falou Você é engraçado.

Chupei a ponta marrom e puxei a fumaça de lava e tinha gosto de caminhão e jardim misturados. Me queimou por dentro e tossi pra caramba mas quando a tosse parou dei outra puxada pra Leah não pensar que eu era um bebê. Segurei as tossidas e dei o cigarro de volta pra ela e olhei outra vez pra cidade e pras luzes tipo olhos dourados.

A Leah disse Você gosta de Newark?

Eu falei Não sei.

Queria dizer mais alguma coisa mas estava enjoado.

A Leah falou Quando eu crescer vou morar na Nova Zelândia, onde minha tia mora. Ela mora perto do mar.

Minha pele coçava e minha língua fedorenta coçava e o enjoo empurrava uns arrotos pra cima e eu disse O mar.

E a Leah falou O Papai não levou mais a gente pra tirar férias depois que a Mamãe morreu. Da última vez a gente foi pra Rhodes.

Minha língua que coçava disse Eu fui pra Rhodes fui pra Rhodes fui com o Papai.

A Leah olhou pra mim e falou Você é um fantasma.

Eu disse O quê?

A Leah falou Sua cara está branca.

Eu disse Não sou um fantasma.

A Leah falou Você vai vomitar?

Eu disse Não.

A Leah falou Certeza?

Eu disse Sim.

Desviei o rosto da fumaça e olhei pro céu e vi umas linhas brancas voando na minha direção e elas pararam e aí o Fantasma do Papai apareceu flutuando no ar.

Ele falou É insuportável, Philip. É insuportável. Os Terrores são insuportáveis. Você precisa me ajudar, Philip. Você precisa me ajudar.

Vomitei pela janela uma coisa branca e doce e falei com uns fios brancos na boca Desculpa, desculpa.

Ela jogou fora o cigarro que nem uma estrela cadente vermelha e disse Tudo bem, vou pegar água ou qualquer outra coisa pra você.

# Barulhos de Cachorro

Acordei no meio da noite e ouvi um barulho feito um cachorro chorando. Fiquei deitado no escuro imaginando o que era aquilo. Escutei a bolha subindo no aquário e os barulhos de cachorro que vinham da parede. Quando eu ouvia com mais cuidado parecia a Mamãe mas meio esquisita como se ela estivesse chorando de trás pra frente.

Olhei em volta e o Fantasma do Papai não estava no quarto e saí da cama e olhei pra fora pela cortina e o Papai não estava nas Latas de Lixo Reciclável então talvez ele estivesse sendo atormentado pelos Terrores. Passei pelo aquário e parei perto da porta e pensei E se o Tio Alan estiver matando a Mamãe que nem ele matou o Papai?

Saí do quarto pro corredor e o barulho estava mais alto e era a Mamãe. Procurei uma arma mas não achei nada e caminhei no carpete e estava bem escuro e os desenhos do carpete se mexiam e meu coração fazia tum tumtum e eu estava com MUITO MEDO.

A porta da Mamãe estava aberta só um pouquinho e eu passei por ela pra poder enxergar pela fresta. E no chão estava o sutiã dela que era da marca Fortinbrás e pela fresta eu vi o espelho da penteadeira e todos os potes e tubos e frascos da Mamãe que nem uma cidade cheia de Arranha-Céus. E no espelho eu vi a Mamãe e um homem e o homem era o Tio Alan e eu demorei dois segundos pra entender o que era aquilo. No primeiro segundo eu pensei que era o Tio Alan lutando com a Mamãe mas no segundo segundo eu já sabia que eles estavam fazendo sexo.

Eles estavam sem roupa e a luz do abajur estava ligada e as sombras eram como monstros gigantes na parede atrás do espelho. Eles não conseguiam me ver porque eu estava no escuro e os olhos da Mamãe estavam fechados e a cabeça do Tio Alan era a parte de trás da cabeça dele. E eles estavam sem roupa e a Mamãe mordia o lábio como se ela não quisesse fazer os barulhos mas ela estava fazendo. E uma mão dela com as unhas brilhantes estava nas costas gordas dele e a outra por baixo da mãozona suja dele e eu vi a bunda vermelha dele tremendo e as pernas morenas dela em volta dele que nem um abraço mas com as pernas e não com os braços. E o cabelo louro da Mamãe todo espalhado como se ela estivesse debaixo d'água e foi quando eu vi o Fantasma do Papai parado perto deles assistindo.

Não sei se ele tinha acabado de acender naquele lugar ou se tinha estado ali o tempo todo porque eu olhava só pra cama sem ouvir nada só os barulhos e ele ficou ali brilhando que nem um vaga-lume.

Ele me viu e falou Não odeie ela, Philip. Não odeie a sua mãe, Philip. Ela não consegue ver que está botando um Câncer podre dentro de casa. É uma aberração mas ela está muito frágil. Ele seria capaz de matá-la. Ele seria capaz de matar você. Depende de você, Philip. Depende de você executar minha Vingança e impedir que ele

O Fantasma do Papai parou porque a Mamãe começou a fazer barulhos mais altos dizendo Ah Ah Ah.

O Fantasma do Papai fechou os olhos e então disse Mate ele, Philip. Ele é uma cobra. Se você tinha algum amor por mim, mate ele. Porque cada som que eu ouço neste quarto me mata de novo e de novo. É o inferno, Philip. Estou no inferno.

Pensei que aquilo era esquisito porque ele estava agindo como se fosse pior que os Terrores e eu achava que nada podia ser pior que os Terrores.

Eu não disse nada. Só fiquei parado ali e o Fantasma do Papai apagou e continuei vendo a Mamãe e a boca dela abrindo cada vez mais e mais e mais e as mãozonas dele agarrando ela e aí acho que a Mamãe abriu os olhos só um pouquinho e acho que ela conseguiu me ver mas não falou nada só Ah Ah Ah.

Voltei pelo escuro até o meu quarto e não tinha mais nada na minha cabeça só SE VOCÊ TINHA ALGUM AMOR POR MIM e os barulhos de cachorro.

Quando voltei pra cama li o livro da Mamãe que eu tinha deixado debaixo da cama desde antes da Muralha de Adriano e o livro se chamava *Assassinato covarde* escrito por Horatio Wilson. É um livro sobre assassinatos de verdade e pessoas que podem ter sido assassinadas.

Fiquei a noite inteira acordado e li o livro pra ver como ia fazer pra matar o Tio Alan. Dei uma olhada e tinha um monte de histórias sobre pessoas diferentes. Tinha uma sobre o Marvin Gaye e eu parei de ler porque o Marvin Gaye era o cantor favorito do Papai. O Marvin Gaye teve uma briga com o pai dele e aí o pai do Marvin Gaye matou ele com um revólver e ele não era um rapper então morreu logo.

Tinha fotos de cadáveres e falava um pouco de pessoas que podem ou não ter sido assassinadas que nem o Napoleão Bonaparte que era francês e talvez tenha morrido ENVENENADO ou de câncer no estômago que nem o Vovô. Tinha um cara chamado Edgar Allan Poe que rima com Cocô e ele escrevia histórias de fantasmas e pode ter virado um mas todo mundo pensou que ele morreu só porque tinha ficado muito bêbado. E tinha a Marilyn Monroe que a Mamãe gostava de assistir umas coisas sobre ela na TV e a princesa Diana que a Mamãe gostava também e um cara chamado Christopher Marlowe que ninguém sabe por que foi morto e que pode ter sido um espião.

   E a última história do livro era sobre uma mulher chamada LANA TURNER que era uma estrela de cinema em Hollywood séculos e séculos e séculos atrás e ela ganhou o prêmio máximo do Oscar e apanhou naquela mesma noite de um gângster que fez sexo com ela. A filha dela chamada Cheryl Crane matou o cara por VINGANÇA. E eu sabia o que a Cheryl Crane ia fazer com o Tio Alan, ela ia matar ele naquele exato instante. Não ia esperar mais, e ela era uma menina!

# Homem-Aranha 2

De manhã eu estava sentado na privada. Já tinha feito e me limpado mas não queria sair dali. Fiquei sentado olhando a poeira na luz formar um universo com estrelas e planetas e sóis dourados. Sentei olhando pro Espaço não sei por quanto tempo sem saber o que fazer e aí depois de uns minutos o Fantasma do meu pai atravessou a porta trancada. Ele olhou pra mim por um tempo e não disse nada. Depois de um tempinho ele falou Ser ou não ser, eis a questão, Philip.
    Eu disse Como assim? e os passos pesados do Tio Alan passaram pela porta.
    O Fantasma do Papai disse Você precisa acabar com isso, filho. Isso precisa acabar.
    Eu falei Mas
    Mas foi só o que eu falei porque ele apagou. Fiquei lá sentado mais um pouco ainda sem dar a descarga e sentindo o cheiro do meu cocô e pensando sobre o que o Fantasma do Papai tinha dito e o que ele queria dizer e eu sabia que ele queria que eu matasse o Tio Alan o quanto antes e nem esperasse até o aniversário dele.

Tentei pensar no que eu devia fazer e pensei no que outras pessoas fariam e não só a Cheryl Crane. Foi quando pensei onde mesmo eu tinha visto alguém que precisava matar outra pessoa pra Vingar o pai e me lembrei do Homem-Aranha.

O Homem-Aranha mata o Duende Verde que na verdade é o Norman Osborn que é o pai do Harry Osborn. O Harry quer matar o Homem-Aranha e se Vingar. Mas o Homem-Aranha é na verdade o Peter Parker e o Peter Parker é o melhor amigo do Harry. No *Homem-Aranha 2* o Harry descobre que o Peter Parker é o Homem-Aranha. Ele não sabe o que fazer mas aí ele vê o fantasma do pai dele num espelho dizendo pra ele Mate o Homem-Aranha. Aí o Harry quebra o espelho e acha a roupa de Duende Verde e tudo mais e nos quadrinhos do Homem-Aranha o Harry vira o segundo Duende Verde e planeja a Vingança.

Mas essa história do Homem-Aranha é um pouco diferente do meu problema. Eu não tenho poderes especiais que nem o Duende Verde e também o Harry está bravo com o Peter Parker não só por causa do pai dele mas por causa da Mary Jane. A Mary Jane é muito bonita e ela era namorada do Harry. Mas aí o Peter Parker ficou com ela e o Harry falou que tudo bem pra ele mas na verdade não estava tudo bem porque ele ainda era a fim da Mary Jane.

E isso é diferente do que está acontecendo comigo e com o Tio Alan porque o Tio Alan não agarrou a Leah, ele agarrou a minha mãe. Eu não sou a fim da minha mãe porque mesmo ela sendo bonita é NOJENTO ser a fim da própria mãe!

Levantei da privada e dei a descarga e lavei a mão e saí do banheiro e no corredor vi o Tio Alan e ele me assustou e me fez voltar pro banheiro. E ele estava fingindo que saía do Quarto de Hóspedes mas eu tinha acabado de escutar os passos pesados dele saindo do quarto da Mamãe e a Mamãe ainda estava na cama.

Ele falou Bom dia, Philip.

O roupão dele estava aberto e na camiseta tinha a Cruz de São Jorge e estava escrito GLÓRIA INGLATERRA.

Eu não disse nada.

Ele falou Bom dia, Tio Alan querendo dizer que era pra eu responder isso mas eu não disse nada.

Só fui passando por ele e a mãozona dele parou no meu ombro e aquela mão congelou meu corpo.

Ele falou Você vai ser um bom menino, não vai, Philip? Vai ser um bom menino e com certeza fazer sua mãe feliz?

Num cubo de gelo invisível que saiu da minha boca eu disse Sim.

Ele falou Que bom.

# A Escola Quer Me Devorar

Olhei pra manteiga. Ela estava cheia de farelos porque o Tio Alan larga farelos por tudo. Ele não limpa a faca e a Mamãe costumava implicar quando o Papai deixava farelos na manteiga ou na geleia mas ela não reclamou dos farelos do Tio Alan. Não tirei os olhos dos farelos enquanto a Mamãe olhava pra mim mas ela não disse nada.

Ele raspou a torrada com um barulho que parecia uma escova de cabelo me raspando por dentro e disse com a boca cheia de torrada A gente tem sorte, né, Philip?

Com as sobrancelhas eu perguntei Por quê?

O Tio Alan falou A maioria dos caras tem que tomar o café todo dia com um bando de brutos e a gente tem essa pintura pra admirar.

Eu disse A Mamãe não é uma pintura.

A torrada do Tio Alan tinha sido toda triturada em mil pedacinhos na boca dele e ele falou Isso é linguagem figurada, Philip. Linguagem figurada.

Ele tomou um gole do chá com um ruído e fiquei enjoado pensando na torrada e no chá dentro da boca dele misturados e a Mamãe disse Se eu sou uma pintura é daquelas do Picasso.

E ela riu.

O Tio Alan falou Um daqueles troços com os olhos na bunda.

E ele também riu.

A chuva batia na vidraça como se não tivesse gostado da piada e a Mamãe disse Ah, Philip, você não pode ir a pé pra escola com esse tempo.

Eu falei Posso.

E o Tio Alan disse Por que eu não deixo ele no caminho pra Oficina?

E eu tinha umas 75 respostas na minha cabeça e a primeira era Porque você é um assassino que quer me matar que nem matou meu pai e eu ainda não sei como vou matar você.

A Mamãe falou Que boa ideia!

Eu disse Tudo bem, eu coloco o capuz.

A chuva assobiava no vidro e o Tio Alan falou Não, EU te levo pra você não se afogar lá fora, moleque.

Os olhos dele diziam bico calado então não consegui dizer mais nada.

Ele terminou a torrada e terminou o chá e foi botar o macacão azul dele e a Mamãe olhou pra mim e sorriu e disse num sussurro Obrigada.

Eu falei Por quê?

Ela disse Por tentar ser legal com o Alan.

Eu falei Ele é o Tio Alan.

Ela disse Você está sendo muito legal, Philip, está sendo muito forte.

Eu falei Quero ir a pé pra escola.

Ela disse Agora chega. O tempo está muito ruim. Certo, você não quer me ajudar a colocar essas coisas na lava-louça?

Eu olhei pro pescoço da Mamãe e pro rosto dela e disse Por que você está tão marrom?

Ela falou Como assim, Philip?

Eu disse O rosto. O pescoço. Os braços.

Ela falou É só um pouco de St. Tropez que eu passei.

Eu disse Por causa dele?

Ela falou Não. Não foi, seu metidinho. Foi pra mim mesma.

Eu disse Por quê? E por que ele trouxe aquilo pra cá? Apontei pra vara de pescar encostada na geladeira.

Ela disse Você é bem curioso às vezes, Philip, sinceramente.

Eu falei Você ama ele?

Numa voz sussurrada ela tentou me fazer entender que dizia Philip.

Eu falei Ele vai ficar aqui pra sempre, não vai?

Ela disse Pare com isso, Philip.

Eu falei E o Papai?

Ela disse Philip, por favor.

O Tio Alan grande gigante azul entrou na sala e interrompeu o papo com um lance de sobrancelhas e falou Certo, vamos.

Ele sorriu de um jeito Mostre o Sorriso, Mamãe e isso fez a Mamãe endireitar as costas e levantar o queixo que nem uma gata.

E ele chegou perto e beijou a bochecha dela e passou a mão na bunda dela e isso era o Tio Alan dizendo que ele era o novo Rei do Castelo.

Ele disse Vou chegar um pouco tarde hoje.

A Mamãe me olhou um pouco assustada e os olhos dela diziam que o Tio Alan ia ficar ali pra sempre e ela falou Ah, tá.

Segui o grande gigante azul pela escada pensando Eu posso matar ele eu posso matar ele. A gente saiu na chuva e ele desligou o alarme com um bipe e eu entrei no carro e odiei me sentir molhado dentro do carro seco e queria ter ido a pé na chuva e aí o Tio Alan sentou ali do meu lado e colocou o banco pra trás e a chuva no rosto dele escorria que nem lágrimas.

Ele girou a chave e o carro acordou e ele disse Carros são como pessoas, Philip. Eles têm diferentes personalidades e este aqui é um velho tolo e reclamão que acorda meio preguiçoso.

E eu pensei Não dê uma de bonzinho não dê uma de bonzinho.

Ele ligou o aquecimento e depois o limpador de para-brisas, que não dava conta da chuva, e se curvou e fechou um pouco os olhos pra ver se não vinha nenhum carro. Ele disse Você não está confortável comigo, né, Philip?

Eu falei O quê?

Ele disse Você anda desconfiado.

Ele encostou o carro.

Eu não disse nada.

Ele falou Eu não sou seu pai, Philip. Nunca vou ser.

Eu não disse nada.

Ele falou Só que eu me importo muito com a sua mãe. Com vocês dois.

Limpador de para-brisa limpador de para-brisa.

Ele disse Sei que você quer o melhor pra ela, e eu também.

Palavra chuva palavra chuva palavra chuva.

Ele falou Não vou fingir que isso é fácil pra você.

Mata Papai quebra Pub come Mamãe.

Ele disse Quase chegando.

Eu falei Você pode me deixar aqui.

Ele disse Posso te levar até o portão.

Eu falei Não precisa.

Ele disse Você vai se encharcar, moleque.
Eu falei Não faz mal.
Ele disse Vou te levar até o portão.
Eu falei Posso descer aqui.
Ele disse É logo ali depois da porra da esquina.
Eu falei Quero descer.
Ele disse Deus do céu.

Ele parou o carro na rua com outro carro buzinando atrás e eu tirei o cinto e disse Tchau e ele falou Tchau que nem um eco e arrancou o carro e ficou me olhando dobrar a esquina e lá estava a escola e eu fui caminhando mais devagar porque hoje era dia de Rúgbi. Então deixei a chuva tamborilar no meu casaco enquanto os outros passavam correndo por mim na direção das grades do colégio que eram que nem dentes prontos pra devorar mais um dia deles e mais um dia meu.

# 160 quilômetros

No recreio não estava mais chovendo então a gente sentou na grama molhada perto da cerca dos fundos no campo de esportes a uns 160 quilômetros da escola. O barulho dos meninos jogando bola estava lá longe parecendo o barulho dos passarinhos e a Leah arrancava a grama que nem se fosse cabelo e o chão ia ficando mais marrom e menos verde. Contei pra ela sobre a Mamãe e o Tio Alan fazendo sexo e ela disse Que nojento.

Pensei que precisava matar o Tio Alan e disse Você fugiria comigo?

E ela falou Fugir? Você pirou?

Eu disse Fugiria?

Ela falou Pra onde?

Eu disse Pra qualquer lugar, qualquer lugar que seja legal.

E ela falou Pra onde?

Tentei pensar em lugares que fossem legais e pensei em Sunderland que não é legal e em lugares onde tinha ido nas férias tipo Rhodes e Orlando e Maiorca, que são legais mas ficam fora do país e muito longe e então eu disse Nottingham.

A Leah parou de arrancar a grama por um segundo e olhou pra mim e falou Nottingham?

E eu disse Ou Derby ou Lincoln.

Ela falou Nottingham ou Derby ou Lincoln?

E eu disse É.

Ela falou Esses são muito perto. Que tal Needham?

Mas pareceu que ela disse Ninho De como se Ham fosse um passarinho e a gente pudesse ir morar no ninho dele e aí ela me contou sobre a irmã do pai dela que tinha se mandado pra Nova Zelândia. E sobre o quanto ela queria ir morar na Nova Zelândia um dia.

Eu disse E aí, você quer fazer isso?

Ela não disse nada por um teeeempão e parecia triste pelo jeito de olhar que nem ela fazia quando falava do pai dela mas depois de bastante tempo ela disse Não.

Eu falei Tá bom.

E aí o sinal tocou bem longe mas deu pra ouvir e a gente voltou andando pelo campo.

# Rúgbi

O Papai era da minha escola quando era criança porque ele fez um teste e passou e o Tio Alan fez o teste e foi reprovado então o Tio Alan foi pra uma escola de gente burra e o Papai pra uma escola de gente inteligente chamada escola avançada e nas escolas de gente inteligente eles jogavam Rúgbi e nas escolas de gente burra jogavam Futebol.

Agora a nossa escola não é nem de gente burra nem de gente inteligente, é as duas coisas mas ainda querem que ela seja de gente inteligente e fingem que é uma escola chique então a gente joga Rúgbi pra fingir e o Rúgbi é o esporte mais idiota do mundo, mais idiota que Críquete e que Beisebol.

Eu estava na fila perto do H que é aquela trave grande junto com os outros meninos na aula de esportes que hoje era de Rúgbi e me sentia que nem um Gladiador que vai morrer nos Jogos do Coliseu.

O Sr. Rosen era o professor de esportes hoje e ele mandou o Jamie Western e o Jordan Harper escolherem os times. O Jordan Harper olhou pra fila com aqueles olhos de peixe dele e falou Dominic e o Dominic foi pro time do Jordan. Aí o Jamie Western olhou pra fila com aqueles olhos meio fechados dele e disse Scott e o Scott é gigante e é o melhor amigo do Jamie então eu sabia que o Jamie ia escolher ele primeiro. O Jordan falou Luke e eu pensei que tudo bem porque o Jordan nunca ia me escolher porque ele me odeia. O Jamie Western estudou comigo no primário e eu fui na casa dele em Beacon Hill uma vez e a mãe dele fez palitinhos de peixe pra gente e a gente também tomou Sunny Delight e ele gostava de mim mas agora me ignora. Ele disse Paul e o Paul foi pro time dele.

Olhei pros dois lados pra ver quem tinha sobrado na fila e vi o Nigel Curtain usando um calção que era que nem uma saia e entalado numa camiseta de Rúgbi tão apertada que colava na pele e com aquele cabelo enrolado dele que parecia uns rabiscos e pensei comigo O Nigel por último, não eu. E pensei que talvez porque eu estava ficando com a Leah eu não ia ser o último pelo menos dessa vez mas o Rúgbi era diferente do resto das aulas e tinha regras diferentes.

O Jordan e o Jamie continuaram chamando os nomes.

Jake.

Robbo.

Siraj.

Kirk.

Me escolhe me escolhe me escolhe.

Jay.

Michael.

Shaun.

O Nigel por último, não eu.

Tyrone.

Sam.

Jules.

Eu eu eu eu.

Liam.
Daniel.
O Nigel não o Nigel não o Nigel não.
Benji.

E só tinha sobrado eu e o Nigel e o Saco de Merda e o Saco de Merda era o Andrew Kingsman que todo mundo chamava de Saco de Merda porque ele era tipo um saco cheio de porcaria. E era a vez do Jordan de escolher e ele começou a rir e falou pro Sr. Rosen Tudo bem, professor, a natureza cuida desses aí.

E aí todo mundo começou a rir de mim e do Saco de Merda e do Nigel Curtain e um avião passou no céu e eu queria estar naquele avião, não importava pra onde ele fosse.

O pescoço do Sr. Rosen mostrou que ele estava bravo com o Jordan e o Sr. Rosen disse Se você quer ficar de castigo até as 5, continue dando uma de palhaço.

Aí o Jordan falou Saco de, quer dizer, Andrew.

O Saco de Merda foi pro lado do Jordan e só sobrou eu e o Nigel lá de pé que nem os soldados da Primeira Guerra Mundial quando eram fuzilados porque não queriam lutar e eu enchi o peito com um pouco de ar tentando parecer maior mas parecia só um ponto final perto do H.

E o Jamie olhou pro Nigel e olhou pra mim e aí ele olhou pro Nigel e olhou pra mim e era como se ele estivesse olhando pras alfaces e pras cenouras do prato dele depois que já tinha comido os palitinhos de peixe frito e eu era as alfaces.

O Jamie falou Philip.

E por cinco segundos eu fiquei feliz por não ser o Nigel Curtain e porque a Leah era minha namorada. Fui pro time do Jamie e o Nigel com a saia dele esvoaçando foi pro time do Jordan e a gente jogou Rúgbi. Eu não sabia as regras só sabia que quando a gente pega a bola todo mundo pula em cima então não queria pegar a bola.

Fiquei no final do campo mas o Sr. Rosen gritou pra mim Philip, entre no jogo, rapaz. Entre no jogo.

Aí eu corri um pouquinho e o Jamie estava com a bola e todo mundo correu pra ele então ele deu meia-volta e não conseguiu ver ninguém do time dele só eu então ele jogou a bola pra mim e ela bateu na minha cara mas eu peguei ela e a bola me transformou num ímã e todo mundo correu pra cima de mim.

Aí eu vi ele no campo. Ele estava atrás dos meninos que corriam pra cima de mim e eu não me mexi simplesmente fiquei lá que nem uma estátua segurando a bola e olhando pro Fantasma do Papai.

E alguém agarrou minhas pernas e eu fui atropelado por mais ou menos uns dez meninos e aí eles estavam todos em cima de mim e ficou tudo preto e senti meus ossos esmagados.

O Rúgbi é esquisito porque permite que os outros machuquem a gente e pulem em cima e se fizessem isso meia hora antes na hora do recreio iam levar uma bronca mas no Rúgbi é o que todo mundo tem que fazer.

É tipo nas Guerras quando mandam os soldados matar outros caras mas se eles matassem os mesmos caras fora da Guerra iam virar Assassinos. Mas ainda assim estão matando os mesmos caras com os mesmos sonhos que comem a mesma comida e cantam as mesmas músicas quando estão contentes mas se for na Guerra tudo bem porque são as regras da Guerra

Então não tem nada a ver se o cara é bom ou mau e só depende do nome que se dá e é tipo no tempo dos romanos quando os Imperadores deixavam o povo assistir aos Jogos do Coliseu onde os escravos se matavam e a galera vibrava.

Os corpos saíram de cima de mim e eu levantei e a bola não estava comigo agora e o Fantasma do Papai ainda estava ali e ele falou Você precisa jogar, Philip.

Eu disse Não consigo.

Ele falou Vai atrás da bola, filho.

Meu pai jogou naquele mesmo campo quando ele tinha 11 anos e ele era bom e ele era do time da escola e eu queria que ele ficasse contente comigo porque sabia que ele estava Bravo por eu não ter matado o Tio Alan ainda.

Ele disse Vai.

Comecei a correr atrás da bola como todos os outros meninos e o Siraj estava com ela e todo mundo corria pra cima dele e agarrava as pernas dele e o Siraj estava gritando Raaaaaaa e tentando avançar.

O Fantasma do Papai falou Pegue a bola, Philip.

Olhei pro Fantasma do Papai e ele disse Tire da mão dele.

Segurei a bola e o Siraj agarrou ela mais forte mas continuei puxando e o Siraj não dava a mínima que eu estava namorando a Leah e falou Philip, sai fora, seu imbecil.

O Fantasma do Papai disse Força, Philip, força.

Puxei com força enquanto os outros meninos tentavam derrubar o Siraj e a bola foi saindo devagar das mãos dele que nem o ovo sai da galinha. Ela deslizou e era minha e eu não sabia o que fazer.

O Fantasma do Papai estava gritando e agitando os braços como um Técnico de Futebol e me ajudando pra eu ajudar ele a Descansar em Paz e escapar dos Terrores. Ele estava dizendo Pra esquerda pra esquerda.

Então corri pra esquerda.

Aí ele falou Pra direita pra direita.

Corri pra direita bem a tempo de escapar do Dominic Weekly e ele aterrissou de peito no chão e eu continuei correndo e o Fantasma do Papai disse Cuidado atrás.

Virei e vi o Jordan correndo rápido com os Reebok dele e aqueles olhos grandes de peixe e a língua pra fora do lado da boca.

O Papai disse Corre, Philip, corre.

Então troquei de marcha e corri muito rápido.

O Papai falou Pra esquerda pra esquerda.

Então saí pra esquerda e vi que as mãos do Jordan passaram pertinho do meu tornozelo.

O Papai disse Cruze a linha, filho.

Aí eu continuei correndo e passei por baixo do H e coloquei a bola no chão e fiz o ponto e ouvi o apito do Sr. Rosen e escutei a comemoração na minha cabeça. O Fantasma do Papai fazia sim com a cabeça como que pra dizer que estava orgulhoso e eu fiquei esperando todo mundo correr e pular em cima de mim e dizer Boa que nem fazem quando qualquer um marca o ponto mas não fizeram nada mas o perna-peluda do Sr. Rosen sorriu e disse De onde veio isso?

Eu falei Não sei.

Ele disse Boa jogada, Philip, comece a vir aos treinos de quinta depois da aula.

E ele olhou pra mim não mais com os olhos de quem estava bravo por causa do micro-ônibus e a mão cabeluda dele bateu no meu ombro quando eu voltei pro campo e eu virei pra ver o Fantasma do Papai mas ele tinha ido embora.

# Halloween e os Fantasmas Grã-Finos e Terry do Olho Sonolento

A Mamãe falou Philip, você pode atender a porta, querido?
Desci a escada e eu ainda estava com o uniforme da escola e abri a porta e vi um esqueleto e o Duende Verde.
O esqueleto falou Doces ou Travessuras?
O Duende Verde disse Doces ou Travessuras?
Eu falei Não sei.
O esqueleto riu e o Duende Verde riu.
O esqueleto falou É a gente, seu mané.
O Duende Verde disse Quem é quem?
O esqueleto falou É, quem é quem?
Apontei pro esqueleto e disse Gary e aí apontei pro Duende Verde e falei Ross.
O esqueleto tirou a máscara de crânio dele e era o Ross com o traço na sobrancelha e ele disse no meio de um arroto Quase.
E o Gary Duende Verde falou Você não vai sair?
Eu disse Não sei. E aí gritei Mãe! Mãe! Posso sair pra brincar de Doces ou Travessuras com o Ross e o Gary?

E a Mamãe veio do bar enxugando um copo e a Carla estava trabalhando no Pub então a Mamãe falou Tudo bem mas não demorem mais de uma hora.

Ela apertou os lábios e parecia que queria dizer mais alguma coisa mas não disse.

O frio lá de fora me despertou quando a gente saiu e eu falei Não tenho uma fantasia.

O Gary falou Põe a gravata na cabeça.

O Ross esqueleto disse É, põe a gravata na cabeça.

O Gary falou Amarra em volta.

O Ross disse É, amarra em volta.

Tirei a gravata e amarrei ela em volta da cabeça e o Gary falou Maneiro.

Fomos pela London Road e passamos pelas casas chiques e eu disse Por que a gente não está batendo nas portas?

O Gary falou Aqui a gente só consegue biscoito.

O Ross disse Os grã-finos nunca dão dinheiro. Dão biscoito ou um pedaço de torta. E só umas porcarias, nunca Kit Kat e essas coisas.

O Gary apontou pra uma casona de três andares e janelas altas e estreitas do outro lado da rua e disse A gente bateu naquela lá no ano passado e um grã-fino veio e deu pra gente uma banana e tipo uma laranja pequena. Todo satisfeito como se aquela porcaria fosse uma nota de 10 paus.

O Ross falou Aí é que a gente fez mesmo uma Travessura com ele.

O Gary riu e abanou a cabeça Uma banana!

Descemos pela Winchelsea Avenue e tinha casas menores bem juntas com janelas normais e cortinas simples e a gente bateu na primeira porta.

Uma mulher atendeu. Era uma grávida alisando o barrigão com o bebê dela, e o Ross e o Gary disseram ao mesmo tempo Doces ou Travessuras?

E aí eu falei Doces ou Travessuras?

E a mulher soprou inflando as bochechas e disse De novo não.

A mulher deixou a porta aberta e sumiu dentro da casa e a gente esperou na entrada e o Gary deu um arroto em dois tempos e o Ross meteu um soco no braço do Gary e falou Cala a boca, seu retardado.

O Gary meteu um soco ainda mais forte no braço do Ross e a mulher voltou com uma bolsa vermelha e procurou nela e encontrou e aí deu 50 centavos pra cada um e olhou pra mim e pra minha gravata e disse Que fantasia é essa?

Mas eu não achei as palavras na minha cabeça pra responder.

O Gary falou Ele é um Zorfmunger.

O Ross disse É, ele é um Zorfmunger.

A mulher falou O que é um Zorfmunger?

O Gary disse É um monstro terrível.

O Ross falou Se você olhar nos olhos dele por cinco segundos morre.

A mulher disse Esses Zorfmungers, eles usam a gravata da escola em volta da cabeça?

O Gary falou Só os líderes dos Zorfmungers. Esses são os piores.

O Ross disse Eles fritam o seu cérebro.

A mulher continuou olhando pra mim e falou Eles não falam muito, né?

O Gary disse Eles só falam a língua zorf.

O Ross falou É mais difícil que francês.

A mulher concordou e alisou o barrigão com o bebê dela e disse Tá certo. Que bom que vocês me explicaram. Tchau, meninos.

E o Gary e o Ross disseram Tchau.

E eu falei Tchau mas não em zorf.

E aí a gente viu dois fantasminhas com um homem atrás deles vindo pela rua.

Eles não eram fantasmas de verdade mas só uns lençóis com buracos pros olhos e uns círculos de caneta preta em volta dos olhos e estavam brincando de Doces ou Travessuras com o pai deles e eles vinham pelo outro lado da rua.

E o fantasminha menor falou Papi Papi mais uma por favor.

E o pai disse Tá bom, mais uma.

E a gente viu eles irem até uma casa e dizerem Doces ou Travessuras?

Até o pai disse.

O Ross falou numa voz de grã-fininho de escola chique Papi Papi mais uma por favor.

O Gary riu.

Mas eu só pensava que meu pai nunca saiu comigo pra brincar de Doces ou Travessuras quando eu era pequeno porque ele estava sempre trabalhando no Pub. E pensei no pai do Ross e do Gary que eu nunca tinha visto e que o Ross e o Gary nunca mais viram desde o Divórcio da Carla e depois que ela parou de cair e se machucar.

E a gente foi até a próxima casa do nosso lado da rua.

O Gary bateu fazendo um ritmo e a gente esperou. Enquanto isso o Ross virou pra mim e falou Puxa.

Puxei o dedo dele e ele peidou e aí um segundo depois a porta abriu.

Doces ou Travessuras?
Doces ou Travessuras?
Doces ou Travessuras?

O cara atendeu a gente de moletom e de mau humor e bateu a porta na nossa cara e aí o Gary puxou uma caixa do bolso. Uma caixa azul. Tirou alguma coisa de dentro dela. Era alguma coisa de plástico que parecia uma injeção de vacina mas sem a parte da agulha.

Eu falei O que é isso?

E o Ross olhou pra mim e disse Bomba de Fedor.

Ele apontou pra caixa de correio do cara e o Gary preparou a injeção sem agulha e ela estalou e aumentou de tamanho e ele jogou ela pra dentro da caixa de correio e o Ross falou Debandar!

Aí a gente correu pra rua e o Ross e o Gary riam jogando a cabeça pra trás e então a gente ouviu uma porta abrir e fechar atrás da gente e aí uma voz disse Ei, seus merdinhas, voltem aqui.

Era o cara de moletom e eu olhei pra trás e a rua estava vazia agora porque os fantasmas grã-finos e o pai deles tinham ido embora e só estava o cara de moletom. E ele estava correndo atrás da gente e chegando mais perto na continuação da rua e o Ross viu uma passagem entre as casas e falou Por ali.

Olhei pra passagem e na escuridão eu vi ele. Era o Fantasma do Papai parado lá na frente pra onde a gente corria. Dava pra ver pela cara dele que ele estava bravo comigo e o Ross e o Gary atravessaram ele correndo na direção das caçambas de lixo.

O Ross disse Qual portão?

O Gary fez com os ombros Sei lá.

O Ross foi abrir o portão da esquerda e o Fantasma do Papai disse Não!

Então eu disse Não!

O Gary falou Por quê?

O Fantasma do Papai disse Tem um cachorro. Um Dobermann.

E antes de eu dizer isso o Dobermann rosnou e latiu atrás do portão e o Ross e o Gary e eu e o Fantasma do Papai passamos pelo outro portão e entramos no quintal de alguém.

O cara de moletom entrou pela passagem e a voz dele estremecia as paredes Eu mato vocês, seus filhos-de-uma-putinha. Mato.

Entramos no quintal e eu estava me sentindo mal com o Fantasma do Papai vendo aquilo mas não queria ser pego e o cara entrou no quintal também e estava quase alcançando a gente e tinha um muro nos fundos e a gente pisoteou as flores que eram umas rosas e o Ross e o Gary treparam no muro num segundo e eu demorei uns dois porque meu pé ficou preso e o Fantasma do Papai disse Rápido, Philip, rápido.

Corri por outro quintal com o cara ainda correndo atrás e o Fantasma do Papai voando na minha frente e apontando pro portão por onde o Ross e o Gary tinham acabado de passar e eu passei pelo portão e saí pra rua. Eu não sabia onde o Ross e o Gary estavam e eles tinham sumido porque corriam mais rápido que eu e o Fantasma do Papai falou Pro parque!, então eu atravessei a rua e quase fui atropelado biiiipe! e entrei pelo parque e continuei correndo atrás do Fantasma do Papai.

Mas no meio do parque onde tinha umas árvores o cara me alcançou e me agarrou por trás e me puxou e eu falei Pai!

O cara me segurou pelo pescoço e me empurrou contra a árvore e disse Você acha que é engraçadinho, né?

Eu falei Não.

E o Fantasma do Papai disse Solte ele!

Mas o cara não conseguia ouvir o Fantasma do Papai.

O cara tinha um olho meio fechado como se ele tivesse sono e ele falou Eu podia espremer sua alma pra fora que nem uma porra de uma pasta de dente.

O Fantasma do Papai estava ali do lado olhando pro cara e falou Eu conheço ele, Philip. Eu conheço ele.

Olhei pro Fantasma do Papai querendo que ele fizesse alguma coisa mas ele só continuou falando.

Ele disse Ele trabalha pro Alan. Trabalha pra ele. É um dos DESGRAÇADOS que arrebentaram o Pub.

Continuei olhando pro Fantasma do Papai e o cara se virou pra olhar mas não conseguia ver ele e disse O que que você tá olhando?

O Fantasma do Papai disse Qual é mesmo o nome? Qual é mesmo o nome? Qual é mesmo o nome? Qual é mesmo o nome? Terry, é isso! O nome dele é Terry. Philip, diga Terry. Diga Terry, Philip.

Eu tinha ouvido falar desse Terry antes porque o Tio Alan foi pescar com ele e com o Sr. Fairview.

Eu falei Terry.

Saiu que nem uma tossida porque a mão dele estava muito apertada na minha garganta.

A mão soltou um pouco e ele disse O quê?

Eu falei Terry.

O Fantasma do Papai disse Diga que você sabe quem ele é.

Eu falei Eu sei quem você é.

Ele disse Ah, você sabe, né, seu merdinha?

O Fantasma do Papai falou Diga que ele trabalha pro Alan.

Eu disse Você trabalha pro Alan.

O Fantasma do Papai falou Diga que foi ele quem arrebentou o Pub.

Eu disse Você arrebentou o Pub.

O Terry arregalou um dos olhos mas o outro continuou quase dormindo.

O Terry disse Que merda é essa que você tá falando, bostinha?

O Fantasma do Papai falou Diga pra ele onde você mora.

Eu disse Eu moro no Castelo. Moro com o Alan.

O Fantasma do Papai falou Diga que você é o filho do Brian.

Eu disse Sou o filho do Brian.

Quando eu falei isso a mão do Terry saiu rápido do meu pescoço como se ali estivesse quente que nem um forno.

E o Terry disse Filho do Brian.

Mas ele falou isso baixinho tipo pra ele mesmo e esfregou a mão no moletom.

O Fantasma do Papai encostou nele e cochichou no ouvido dele Agora se manda.

E o Terry do Olho Sonolento foi embora e eu ainda encostado na árvore e com a gravata em volta da cabeça fiquei vendo ele sair do parque e aí virei pro Fantasma do Papai e disse Obrigado.

Mas o Fantasma do Papai já tinha ido.

Olhei ao redor do parque e consegui ver outros fantasmas. Tinha uma mulher de vestido preto segurando um candelabro e um homem enforcado numa árvore e um cachorro de pelo dourado com sangue no peito e um monte de outros fantasmas por toda parte mas fechei os olhos e abri de novo e eles tinham ido embora que nem o Papai.

## PlayStation

Quando eu voltei, meu coração estava batendo rápido e eu estava pensando na mão do Terry do Olho Sonolento agarrando meu pescoço lá no parque mas aí ouvi a voz da Mamãe dizer lá da Sala Philip.
    Eu falei O quê?
    Ela disse Venha aqui.
    Aí eu fui até a Sala. Quando cheguei lá tinha uma caixa grande dentro de uma sacola da Dixon's em cima da mesa e a Mamãe apontou pra ela com a cabeça.
    O Tio Alan olhava pra mim e eu falei O que é isso?
    A Mamãe estava sorrindo com o queixo encostado no pescoço e disse É do Tio Alan. Pra você. É por isso que ele demorou um pouco pra chegar. É o que você queria.
    E o Tio Alan falou Uma coisa pra te animar. Pra você não ter mais que ficar só olhando feito bobo praqueles peixes.
    Fui até a sacola e consegui ver o que era quando cheguei mais perto porque consegui ver as letras PS2 por baixo do plástico da sacola. Peguei a caixa e tentei abrir mas era muito difícil. As mãos do Tio Alan apareceram por cima da minha cabeça e abriram a caixa e aí eu tirei dela o PlayStation 2 que vinha com

uma proteção de plástico-bolha. Era um console cinza com uns cabos e vinha com instruções e o Tio Alan disse Vou instalar pra você. Virei pra Mamãe enquanto o Tio Alan se abaixou perto da TV com a bundona dele pra cima que nem as pessoas religiosas e a Mamãe disse baixinho Diga obrigado.

Aí ela falou de novo DIGA OBRIGADO como se ela estivesse gritando mas ainda sem som e atrás de uma janela. E eu não queria dizer porque o Tio Alan só estava tentando me comprar pra poder fazer sexo com a Mamãe mas os olhos dela eram que nem um controle remoto então eu falei Obrigado mas bem baixinho tipo Obrigado.

O Tio Alan virou e disse O quê?

Eu falei Obrigado pelo PlayStation.

Ele sorriu e inclinou a cabeça e falou Pra que servem os tios?

Mas era uma pergunta tipo sem resposta então não respondi.

E eu olhei pra Mamãe e ela estava olhando pra mim com a cabeça mais de lado do que a Sra. Fell e ela parecia feliz e saiu da sala e a bunda do Tio Alan ainda estava pra cima como se ele estivesse rezando pra TV.

PlayStation

PlayStation

E eu fiquei lá olhando pra ele e aí olhei pro atiçador perto da lareira que não era uma lareira de verdade mas o atiçador era. Pensei que eu podia pegar ele e bater na CABEÇA do Tio Alan e ele ia morrer. Pensei no Terry do Olho Sonolento e no Fantasma do Papai atormentado pelos Terrores e que ele ia me dizer pra pegar o atiçador e matar o Tio Alan mas aí pensei em outras coisas. Pensei que aí todo mundo ia saber que tinha sido eu e iam me tirar da Mamãe e que eu devia pensar num outro jeito de matar o Tio Alan e não depois de ele ter comprado um PlayStation pra mim.

E o Tio Alan falou É pra ter dois jogos na caixa.

E eu fui até a caixa e dentro tinha dois jogos e eles se chamavam Maldição Primitiva — Uma Jornada de Fortuna, Morte e Perigo e Miami Speedboat 5.

E a Mamãe voltou trazendo um copo de Pepsi pra mim e um copo de uísque pro Tio Alan e colocou em cima da mesa ainda sorrindo com o queixo encostado no pescoço e o Tio Alan falou Prontinho, é todo seu.

Coloquei um jogo e era o Maldição Primitiva e era pra dois jogadores e eu sentei com o joystick na mão e a Mamãe disse O Alan vai jogar com você, né, Alan?

E o Tio Alan falou. Tá.

Eu não queria jogar com ele mas queria ganhar dele e daquelas mãozonas dele que faziam o joystick parecer pequeno e sentei ali no carpete e ele sentou no sofá e a gente jogou o joguinho.

O Tio Alan era um cara com uma espada e um escudo e eu era um outro cara com uma bola de metal cheia de pontas amarrada numa corrente e eu podia usar o joystick pra girar a bola em cima da cabeça e aí a corrente esticava e a bola batia na cabeça do cara que era o Tio Alan. Cada vez que eu batia nele fazia um barulho como se o cara sentisse dor e voava sangue.

O Tio Alan falou Opa.

Ele tentou tirar a espada pra lutar comigo mas eu não dei chance e meus pontos e meu traço de vidas aumentaram e o dele só diminuiu de verde pra marrom pra vermelho. O Tio Alan só olhou pra mim e acho que ele estava assustado com o que eu podia fazer se tivesse armas de verdade e eu não olhei pra ele só continuei apertando os botões do joystick. Foi quando a Mamãe voltou e disse Parece um pouco violento.

Mas eu continuei até aparecer *Game Over*.

## DEZ MANEIRAS DE MATAR O TIO ALAN

1. Martelada na cabeça com ele dormindo. Mas vou precisar dar uma paulada forte e posso errar.
2. Facada no pescoço com ele dormindo. Mas o sangue pode espirrar na Mamãe.
3. Travesseiro na cara com ele dormindo. Mas ele é muito forte e pode conseguir escapar.
4. Jogar ele no rio Trent que tem uma correnteza forte que ia puxar ele pro fundo e ele ia se AFOGAR na água MARROM junto com a vara de pescar dele. Mas vou precisar de um impulso grande e posso cair também e ele sempre vai pescar com o Sr. Fairview e com o TERRY DO OLHO SONOLENTO!!
5. Esperar ele subir numa escada alta e puxar a escada. Mas nunca vi ele subir em nenhuma escada.
6. VENENO. Dá pra derramar veneno no ouvido da pessoa com ela dormindo e isso mata. Mas não existem mais lojas de veneno. Veneno de jardim é veneno mas não sei se dá pra derramar no ouvido.
7. Enfiar uma mala na cabeça dele pra ele não poder respirar. Mas ele ia ter tempo de tirar da cabeça dele e enfiar na minha.
8. A Oficina é de madeira por fora então eu podia botar fogo lá quando só estivesse ele. Mas. Mas. Mas

# O Sócio Discreto

Mais tarde naquela noite eu estava no sofá escrevendo no meu livro de exercícios As Dez Maneiras de Matar o Tio Alan e o Sr. Fairview estava lá mas não com a Leah e ele estava falando com a Mamãe e o Tio Alan e olhou pra mim e disse E você não dá nem um pio, não é, pequeno Philip?

O Tio Alan falou Ele é um moleque calado.

O Sr. Fairview concordou com a cabeça e disse Não se preocupe por ser tímido. Sabe o que diz o Livro Sagrado?

Olhei pra Mamãe e pro Tio Alan que só com os olhos estavam conversando alguma coisa sobre o Sr. Fairview e falei Não.

E o Sr. Fairview disse Os mansos herdarão a terra.

Eu falei Ah.

O Tio Alan perguntou pro Sr. Fairview Você vai pescar amanhã?

Me perguntei se o Terry do Olho Sonolento ia pescar com o Tio Alan também e se ele ia contar pro Tio Alan sobre o negócio do parque e da Bomba de Fedor.

O Sr. Fairview ia dizer alguma coisa mas freou as palavras e falou Eu eu eu não sei.

Olhei pro Sr. Fairview e não entendia como metade da Leah podia ter vindo dele. Imaginei o que acontece no tempo entre a gente ser criança e virar pai.

O Tio Alan disse É que eu e o Terry vamos até a eclusa pra ver o que a gente consegue. Parece que tem umas Carpas das boas.

O Sr. Fairview falou Eu vou vou estar ocupado no sábado. Ajudando na igreja. Estou meio com pressa na verdade, Alan. Acho que não vou poder pegar aqueles livros agora.

Os livros que ele falou não eram de histórias ou de história ou sobre assassinatos mas uns azuis que tinham um adesivo na capa dizendo Oficina Contabilidade. O Tio Alan entregou os livros e coçou atrás da cabeça e disse Leitura leve.

O Sr. Fairview não disse nada só falou Melhor ir andando.

O Tio Alan foi levar ele até a porta e voltou pra dentro e encolheu os ombros olhando pra Mamãe e disse Ele é meio pirado da cabeça.

A Mamãe falou Melhor eu descer pra ajudar no bar.

O Tio Alan ficou balançando a cabeça e olhando pro carpete e disse Só Deus sabe pra que ele quer aqueles livros. Nunca pede.

A Mamãe estava se olhando no espelho em cima da lareira e passando batom e sem mexer a boca ela falou Você confia nele ou não?

O Tio Alan falou Ele está se comportando de um jeito esquisito ultimamente. Fazendo umas perguntas estranhas. Desde que eu não deixei ele pular fora do novo contrato.

A Mamãe disse Que tipo de coisas estranhas ele tem falado?

O Tio Alan sentou no sofá e começou a ler o catálogo da Argos e falou Sei lá. Só umas coisas estranhas sobre o meu horário de trabalho e o do Terry. Acho que ele pensa que eu ando ocupado com outras coisas. Trabalhando aqui também, queria o quê? Foda-se ele. Nunca mostrou uma ponta de interesse até hoje. Sempre pegou a parte dele e ficou de bico calado como tem que ser um sócio discreto. É o que ele é, um sócio DISCRETO.

A Mamãe passou mais batom e fez uma boca de peixe e disse Talvez você devesse ficar de olho nele.

O Tio Alan levantou a vista do catálogo da Argos e olhou pra mim mas falou pra Mamãe Já tem quem faça isso.

A Mamãe desabotoou a camisa e disse O quê?

O Tio Alan falou Você não precisa se preocupar com esse pessoal do Exército de Deus porque eles já têm o Cara Lá de Cima que está de olho. São Pedro anotando tudo. Vou te dizer que quem inventou esse negócio de religião sabia o que estava fazendo. Funciona melhor que circuito interno de TV.

A Mamãe falou Vou descer pra dar uma mão no bar. Vocês dois, meninos, podem ficar batendo um papo.

Olhei pro Tio Alan e ele ergueu o catálogo da Argos e disse pra mim Você pode me dizer o que vai querer ganhar do Papai Noel.

Eu não queria nada do Papai Noel porque não acredito em Papai Noel mas a Mamãe sorriu pro Tio Alan como se ele estivesse sendo legal e não tentando me comprar que nem um Escravo no Fórum Romano com uma placa no pescoço dizendo Se você me comprar vai poder fazer sexo com a minha mãe o tempo todo e ficar com o Pub e ser o meu pai e não o meu tio gordo balofo e ninguém nunca vai descobrir que você é um assassino. Um gordo balofo assassino.

A Mamãe disse Não é legal, Philip? Philip? Philip? Não é legal? Philip?

Eu falei Tenho que fazer o dever de casa.

O Tio Alan disse Está passando futebol.

Eu falei Não posso.

O Tio Alan disse É a Copa dos Campeões. Melhores momentos.

Eu falei Não posso e peguei meu livro de exercícios e fui pro quarto e a Mamãe ficou gritando um monte de Philips atrás de mim Philip Philip Philip mas fechei a porta e ninguém mais abriu.

Nem o Tio Alan nem a Mamãe.

# Sábado na Boots

Era sábado de manhã e eu só tinha mais um mês e dez dias pra matar o Tio Alan se eu quisesse livrar o Fantasma do Papai dos Terrores mas ainda não sabia como ia fazer isso.
 O Fantasma do Papai falou Você tem que dar um jeito, Philip.
 Eu disse Tá.
 O Fantasma do Papai falou Não pode perder tempo.
 Eu disse Tá bom.
 A Mamãe chamou da escada Philip? Philip?
 Eu disse Quê?
 Ela falou A Leah está aqui.
 Olhei pro Papai e ele estava bravo comigo e falou Se livre dela, Philip.
 Eu disse Mas
 Ele falou Não aguento. Não aguento os Terr
 Mas ele apagou e foi tomado pelos Terrores então desci pra ver a Leah e a gente assistiu T4 e jogou Miami Speedboat 5 no PlayStation e ela mandou mensagens de texto pra 2 mil pessoas e a gente foi pro centro e ela disse Vamos fazer umas compras.

Pensei no Fantasma do Papai atormentado pelos Terrores e falei Não tenho dinheiro.

Ela disse E daí? Eu também não.

E aquilo me deixou preocupado e a preocupação paralisou minha cara e ela riu e falou Você é engraçado.

A gente encontrou umas meninas que a Leah conhecia e eu fiquei ali parado sem falar nada e elas Ah como se eu fosse um cachorrinho ou um bebê e não só um ano mais novo. Menos de um ano. Meio ano. Por que as meninas têm que achar tudo fofinho? Coisas são só coisas. E as meninas mostraram pra Leah uns troços tipo grampos de cabelo e gloss pros lábios que estavam nas bolsas e outros que não estavam.

E aí a gente ficou só nós dois de novo e eu vi o Siraj e ele estava com a mãe dele e me ignorou e aí eu e a Leah fomos até a Body Shop que é uma loja de menina. Quando a Leah saiu de lá a gente foi andando pela rua e ela disse Olha só.

Olhei e era um Esfoliante de Menta Para os Pés e ela não tinha comprado ele e quando a gente passou por uma lixeira ela jogou dentro.

Eu falei Você não queria?

Ela disse Não.

Eu falei Então por que pegou?

E ela disse Pra ver se eu conseguia.

Eu não falei nada e aí ela disse Agora você.

Eu falei O quê?

Ela disse Quero só ver se você consegue.

Ela enrolou com o dedo uma ponta vermelha do cabelo e arregalou os olhos e fez uma cara que eu gostava e não gostava ao mesmo tempo. A Leah dava mais medo ainda no sábado do que nos dias de semana mas era um tipo legal de medo e não o medo que eu tinha do Dominic.

Ela falou Tudo que você precisa fazer é fingir que está fazendo alguma outra coisa tipo olhando outra coisa e aí colocar no bolso.

E eu disse Mas isso é roubo.

Ela falou Você é engraçado.

Eu disse E se eu for pego?

Ela falou Fique invisível.

Eu disse O quê?

Ela falou Eles só te pegam se te enxergarem.

Eu disse Não consigo ficar invisível.

Ela falou Consegue sim. Eu já vi.

E eu não sabia do que ela estava falando porque eu não sou um Anjo Rainha ou um fantasma que pode desaparecer bem na frente dos outros.

Ela falou As pessoas só te veem se elas quiserem te ver. É por isso que te pegam.

Eu disse O quê?

Os cílios dela mexeram que nem borboletas e ela falou Se você demonstrar que não quer que as pessoas te vejam aí elas vão te ver. Foi assim que pegaram a Jenna na Superdrug.

Eu não sabia quem era Jenna mas não perguntei.

Ela falou Quando você vai afanar alguma coisa tem que se comportar como se não se importasse que as pessoas estão olhando porque aí elas não vão olhar.

E então ela entrou na Boots e eu fui atrás e tentei ficar invisível mas senti como se todo mundo estivesse me olhando. Até os xampus estavam me olhando. Eu não sabia por que ia pegar alguma coisa mas sabia que ia pegar então procurei uma coisa pequena. A menor coisa que eu vi foi um Creme Antissinais Para os Olhos Nivea aí eu olhei pra uma outra coisa que era um tal Óleo de Olay e coloquei o Creme Para os Olhos no bolso. Não entrava porque o meu jeans era apertado e a Leah começou a rir um riso que não era invisível e aí o troço entrou no meu bolso e eu queria sair dali mas virei e vi uns brincos de argola e a Carla Garçonete e ela disse Tudo bem, Philip? Parece que viu um fantasma.

Eu falei Não. Eu não. Eu só estava

E olhei pras prateleiras mas a Carla me ignorou e olhou pra Leah e deu um sorriso cansado e falou Oi, gatinha.

A Leah disse Oi.

A Carla coçou o pescoço e falou pra mim Diz pra sua mãe que eu tenho que ir no médico hoje então pode ser que chegue uns dez minutos atrasada.

E eu disse Tá.

Eu estava com a mão em cima do bolso e aí falei Tchau.

Ela disse Tchau, gatinho.

E sorriu com os ombros encolhidos aquele sorriso dela de vamos animar o dia e eu e a Leah vimos ela sair da loja. Aí a gente foi andando e passou pela saída e as máquinas da porta fizeram BIIPEBIIPEBIIPEBIIPEBIIPE e a Leah falou Corre.

A gente correu pro sol frio e na direção do Calçadão e eu olhei pra trás e tinha um Segurança correndo e gritando num walkie-talkie preto. A cidade inteira estava assistindo e o Segurança era gordo e eu e a Leah a gente era mais rápido e a Leah disse Por aqui.

Ela desceu por uma ruazinha escura que dava nos fundos da Multi Storey e tinha várias saídas então a gente entrou por uma passagem que tinha umas caçambas de lixo e se escondeu atrás delas.

A Leah estava rindo e disse Isso foi engraçado.

Olhei pra cara dela e pra ponta vermelha do cabelo dela e pros lábios brilhantes tipo sábado dela e a gente ficou ali na sombra da caçamba numa parte da cidade que eu nunca tinha ido que tinha um cheiro de repolho e olhei pros olhos da Leah e pro cabelo dela todo bonito pra mim e eu amava ela porque era a primeira vez que não pensava no Papai desde que ele tinha virado fantasma como se ela tivesse entrado na minha cabeça e roubado as coisas tristes enquanto eu não estava olhando e a gente ficou ali até ver que o Segurança não ia aparecer mas mesmo assim eu não queria sair.

Voltei andando sozinho pela cidade e atravessei o parque e é lá que fica o castelo. O castelo de verdade e não o Pub Castelo. O castelo é só um muro agora e foi onde o rei John se escondeu antes de morrer séculos e séculos atrás e ele estava com medo olhando pela janela que nem a Vovó faz. Vi a Sra. Fell ali e ela estava com um cara numa cadeira de rodas e que tinha um tubo no rosto tipo um canudo enfiado no nariz e a Sra. Fell estava segurando e acariciando a mão dele e ele não conseguia se mexer direito. E espiei detrás de um arbusto e pensei que o cara era velho porque ele não tinha cabelo mas as roupas dele não eram marrom-claras tipo roupas de gente velha e ele estava de vermelho e azul e usava um tênis e não era o avô dela então podia ser que fosse o marido mas eu não sabia se era.

# A Casa Dourada

O Tio Alan entrou andando de ré pela porta do Pub e ele vinha puxando uma máquina grande em cima de um carrinho.

Ele falou Ah, minhas costas! Minhas costas! Minhas costas!

Ele largou o carrinho e colocou a mão nas costas e fechou os olhos bem apertados e um outro cara entrou pela porta com uma prancheta e o Tio Alan assinou nela ainda segurando as costas com a outra mão.

O cara da prancheta foi embora e o Tio Alan me viu comendo os salgadinhos que eu tinha roubado e disse Cadê sua mãe?

Eu falei Lá em cima.

Ele falou O que você acha da nova máquina?

Olhei pra máquina do Show do Milhão.

Eu disse Não sei.

Mas ele não estava escutando. Foi subindo as escadas com as costas doídas e dizendo Carol? Carol?

E o Fantasma do Papai acendeu e falou Philip? Philip? Que é que há?

Na minha cabeça veio uma música que o Papai costumava cantar.

Que é que há?

Que é que há?

Mas ele não estava cantando agora, ele estava olhando pra máquina e pros novos equipamentos de bombear a cerveja com luzes dentro e pro Telão e pra placa que dizia Sky Sports 1, 2 e 3 e pro quadro-negro que dizia Hoje Karaokê escrito com giz verde em letras gorduchas.

Ele falou Onde estão meus quadros?

Nenhuma das fotografias de mar e barcos velhos do Papai estava mais nas paredes porque o Tio Alan diz que Newark é o lugar mais longe da praia em toda a Inglaterra. Está pregada bem no centro do mapa. Não faz sentido ter belas fotografias do mar nas paredes.

Olhei pro Fantasma do Papai e ele disse Foi ele quem tirou.

O Fantasma do Papai olhou pra placa e falou Karaokê?

Eu disse A Mamãe falou que ele podia tentar hoje à noite pra ver se dá certo.

Ele falou Ele está acabando com a alma do lugar. E quer a alma de vocês também. Ele quer casar com ela, Philip. Pode até mesmo já ter feito o pedido. Mas ele definitivamente quer. Eu sei.

Eu disse Não.

Ele falou Você precisa impedir. Tem que agir rápido. Precisa pensar em

Ele começou a apagar e deu o Grito Silencioso.

Você precisa agir, Philip.

Precisa impedir el...

O dia passou naquele ritmo rápido devagar dos domingos e nada aconteceu fora a Mamãe ter ido até a Boots e comprado uns Sais de Banho pras costas do Tio Alan. Quando ela voltou ficou olhando pra ele e sorrindo como se eles tivessem um Segredo e aquilo fez parecer que eu afundava mas não perguntei pra Mamãe se ela ia casar com o Tio Alan porque se eu falasse podia se tornar realidade.

De noite o Pub encheu mais do que nunca com o pessoal que veio pro Karaokê.

 Eu estava sentado num banquinho atrás do bar porque queria estar lá pra vigiar a Mamãe e o Tio Alan. Mas eu preferia não ter estado lá quando o Tio Alan cantou a primeira música. Ele cantou com os olhos fechados e bem apertados como se estivesse no banheiro e o troço não saísse a cara dele ficou vermelha e ele colocou a mão fechada perto do coração e cantou muito ALTO. E quando terminou ele esperou todo mundo aplaudir que nem o Imperador Nero quando cantava umas porcarias de músicas na lira dele que era tipo uma guitarra só que menor.

 Eu pensei no Imperador Nero e no palácio que ele botou o nome de Casa Dourada e era onde ele tocava a lira e isso eu li num dos meus livros da biblioteca. Ninguém gostava da Casa Dourada porque ela foi construída depois do incêndio em Roma e por cima das construções que tinham queimado e é por isso que pensam que foi o imperador Nero que começou o incêndio. A Casa Dourada era o maior palácio de todos e tinha uma estátua gigante do Imperador Nero e não era que nem a Casa Dourada de Newark que é chinesa. Era bem maior e com um monte de ouro e pilastras.

 O Tio Alan cantou umas músicas do Elvis. O Elvis era gordo como o Tio Alan e o Imperador Nero mas cantava bem. Eu ouvi no jukebox. Mas o Tio Alan canta mal e ele cantou uma música que dizia NÃO PODEMOS CONTINUAR ASSIM / JUNTOS E TÃO DESCONFIADOS* e foi bom que ele fechou os olhos pra cantar porque todo mundo estava fazendo umas caretas. Bom, menos a Mamãe mas todo o resto do pessoal estava. Mas todo mundo aplaudiu no final porque todo mundo tem um pouco de medo dele menos o Big Vic que falou Deus ajude.

Aí depois dessa música ele falou Mais uma do Rei.

O Big Vic falou Elvis já era.

Mas o Tio Alan ignorou o Big Vic e cantou outra que dizia OS SÁBIOS DIZEM QUE SÓ OS TOLOS APAIXONADOS TÊM PRESSA / MAS NÃO CONSIGO NÃO ME APAIXONAR POR VOCÊ.* Ele estava com os olhos abertos e olhava pra Mamãe e não cantava de verdade, falava, e a Mamãe sorria e chorava ao mesmo tempo e aquilo fez eu me sentir esmagado não sei por que como se o teto tivesse baixado e espremido todo o ar pra cima de mim.

Parei de olhar pra Mamãe e pro Tio Alan e olhei em volta pras pessoas no Pub e todo mundo estava olhando pro Tio Alan. Bem, todo mundo menos a Carla Garçonete que estava coçando o braço e olhando pra mim. Quando ela viu que eu também estava olhando deu de ombros e sorriu aquele sorriso dela de vamos animar a noite mas não conseguiu animar.

O Tio Alan terminou de falar a música e começou a dizer um discurso dele mesmo que foi assim Certo, queria pedir a atenção de vocês por alguns momentos porque tenho um anúncio muito especial a fazer.

---

*Trechos das letras de duas músicas consagradas na voz de Elvis Presley, respectivamente: "Suspicious minds" ("We can't go on together/With suspicious minds") e "Can't help falling in love" ("Wise men say only fools rush in/But I can't help falling in love with you"). (*N. do T.*)

Olhei pra Mamãe e o rosto dela mudou quando ele disse anúncio. Os olhos dela estavam normais no AN aí foram ficando maiores no ÚNC e aí bem maiores no IO e os olhos do Tio Alan estavam na Mamãe mas ele não sabia que os olhos dela queriam dizer PARE porque ele continuou que nem um carro sem freios.

O Tio Alan disse Como muitos de vocês sabem, eu e a Carol ficamos muito próximos nos últimos dois meses tentando superar a TRÁGICA perda do nosso Brian.

E aí ele continuou falando mas eu não estava ouvindo porque odeio a voz dele e não gosto de deixar ela entrar no meu ouvido mas escutei o último pedaço que dizia E por isso nós dois, tolos apaixonados, resolvemos juntar logo os trapos.

Olhei em volta pras caras surpresas e pros copos sendo levantados devagar e pras luzes piscando nas máquinas de cerveja e pra Mamãe olhando pra mim. Atrás da Mamãe estava a Carla Garçonete com os lábios finos abertos fazendo um O como os brincos dela e o Big Vic falou bem alto Minha nossa e o Lesado disse baixinho Cacete. Eu tinha que sair dali e desci do banquinho e fui pro hall e daí pra escada e ouvi a Mamãe me seguindo. Fui até a Sala de Estar e vi o PlayStation e o atiçador e catei o atiçador com aquele pegador dourado tipo uma espada e agarrei ele e puxei o PlayStation pro carpete e arrebentei ele POU!

Abri o PlayStation no meio e deu pra ver todos os fios e metais e continuei arrebentando. POU! POU! POU!

E a Mamãe tinha saído do bar e corrido pra cima e ela me viu e gritou PHILIP!

E tinha outra voz e era o Tio Alan e ele falou O que...?

E eu virei apontando o atiçador espada e o Tio Alan disse Largue isso, filho.

Eu falei Eu não sou seu filho.

Ele disse Largue!

A Mamãe gritou Philip, largue isso!

E eu disse Cadê a aliança? A aliança?

O Tio Alan falou Ela não está usando porque não sabia como ia te contar.

A Mamãe disse Você não precisava contar pro Pub inteiro.

O Tio Alan falou Por que não? A gente não tem motivo pra se envergonhar.

E olhei pra Mamãe atrás do sofá cavando nele com as mãos.

E foi quando o Tio Alan me agarrou.

As mãos dele eram tão fortes que não tive escolha então larguei o atiçador e ele olhou pra mim e disse Agora escute, FILHO. O que você vai fazer a respeito?

Olhei nos olhos dele e me perguntei se o Terry do Olho Sonolento tinha contado sobre o que tinha acontecido no Halloween. Fiquei pensando se foi por isso que o Tio Alan contou pra todo mundo no Pub que eles iam casar antes de contar pra mim.

Eu disse A respeito do quê?

Ele falou Do presente que eu comprei pra você?

E a voz dele estava bem baixinha e dava mais medo do que quando era bem alta e os olhos dele estavam me odiando e não era ódio misturado com nenhuma outra coisa só ódio e mais ódio.

A Mamãe ficou ali dizendo Alan, por favor. Ele só está chateado. Ele só

O Tio Alan disse Chateado? Chateado? Vou te deixar chateado.

Eu falei Me larga.

E eu podia ver nos olhos dele que ele queria me bater. Ele estava ficando vermelho como se aquele vermelho fosse o tapa dentro dele que ele queria dar mas não podia porque a Mamãe ficou ali e ela disse Por favor.

Foi só isso que ela disse.

# Rainha Dançarina

E o Tio Alan tirou as mãos de mim e eu fui pro meu quarto e queria ver o Fantasma do Papai mas ele não estava em lugar nenhum.

Escutei a Mamãe e o Tio Alan brigando por ele ter contado pro Pub inteiro e a briga se misturava com a música lá de baixo e era uma música do Abba. Era DANCING QUEEN* que é a favorita da Mamãe. A Carla Garçonete estava cantando e ela cantava de um jeito muito triste e eu podia ouvir a voz do Tio Alan no outro quarto dizendo Isso já foi longe demais. Longe demais. Desta vez ele passou do limite.

E a Mamãe falou Tem sido difícil pra ele.

E a Carla disse Sinta o ritmo do pandeiro.*

E o Tio Alan falou mais umas coisas. Ele disse Ele precisa de disciplina.

Ele tem que saber que não pode simplesmente sair quebrando tudo.

Você é muito mole com ele, Carol.

---

*"Feel the beat from the tambourine". (*N. do T.*)

Desculpe, mas você é.

E isso não é bom pra ele.

Não é bom pra ninguém.

Ele precisa de uma dura.

E aí a Mamãe falou alguma coisa que eu não consegui ouvir e o Tio Alan disse Não é normal, Carol. Não está certo. Ele precisa

E tapei os ouvidos porque a voz dele era que nem veneno e fiquei murmurando YOU ARE THE DANCING QUEEN. Olhei pra Gertie no aquário nadando pro lado contrário dos Barrigudinhos e das Joaninhas Pretas. Quando a Gertie chegou na ponta do aquário ela fez a volta e ficou invisível mas eu sabia que ela estava lá e não tinha nenhuma luz no quarto só a do aquário mas eu não queria tirar minhas mãos dos ouvidos então fiquei no escuro. Lá fora estava Newark e a igreja e a torre como o pico de uma onda que é a batida do coração e faz biipe naquelas telas pretas que aparecem nos hospitais da TV e a igreja parecia amarelo-ouro por causa das luzes e estava bonita e triste e eu não sei por que mas estava.

Aí depois de um tempinho eu tirei minhas mãos dos ouvidos. Escutei a Mamãe e o Tio Alan ainda conversando.

O Tio Alan falou A gente devia levar essa ideia adiante.

A Mamãe disse O quê?

O Tio Alan falou O Casamento.

A Mamãe disse Casamento?

O Tio Alan falou Escute.

A Mamãe disse O quê?

O Tio Alan falou Se for como você diz, a última coisa que o pobre moleque vai querer é mais incerteza e instabilidade na vida dele. Se a gente casar De Uma Vez, ele se acostuma e pode continuar com a vida dele.

A Mamãe disse Não sei.

O Tio Alan falou Você estava em dúvida sobre o Pub também, não estava? Mas deu certo. Os números falam por si. O banco largou do seu pé.

A Mamãe disse Eu sei, mas

O Tio Alan falou É o mais sensato. Confie em mim. Daqui a um ano ele não vai mais estar quebrando as coisas e se metendo em encrenca. Tudo o que a gente quer é, sabe, resolver isso pra seguir em frente. Me deixe ir consultar um Cartório.

A voz dele ficou diferente. Ele foi falando mais devagar e mais baixo e comecei a escutar uns barulhos de beijos e aí ouvi o Tio Alan dizer Se formos até um Cartório podemos resolver tudo em um mês. É o que nós dois queremos, né? Então. O que poderia nos impedir agora?

A palavra passou várias vezes pelo meu cérebro Agora agora agora agora agora.

A Mamãe disse Eu não. Ah, eu não. Alan. Eu não sei.

Mas aí as palavras dela deixaram de ser palavras e viraram uns barulhos e eu sabia que era porque eles estavam se beijando e o Tio Alan estava comendo as palavras dela com aquele bocão dele com bafo de uísque e salgadinho.

E foi quando eu saí do quarto e desci em silêncio a escada com os desenhos do carpete se mexendo e o Big Vic estava cantando AVISA A TODO MUNDO / ESTOU INDO EMBORA HOJE MESMO* e aí eu abri a porta dos fundos.

---

*Referência à música "New York, New York", consagrada na voz de Frank Sinatra, e dois de seus versos mais conhecidos: "Start spreading the news / I'm leaving today". (*N. do T.*)

# O Fantasma do Vento

Caminhei até as Latas de Lixo Reciclável e fui até o lado direito delas e falei Meu nome é Philip Noble. Meu pai é o Brian Noble. Ele é da sociedade de vocês.
    Não aconteceu nada então eu disse Quero falar com meu pai. Vocês sabem onde ele está?
    O Fantasma do Papai podia estar com os Terrores mas achei que ele estava bravo comigo por não ter matado o Tio Alan ainda.
    Eu disse Ray Goodwin. Você sabe pra onde foi o Fantasma do meu pai?
    Olhei pra cima e depois pros vidros quebrados no chão e tinha uma sacola do Supermercado Morrison's e logo depois que eu fiz a pergunta ela encheu de ar e saiu flutuando. Foi voando pra fora do estacionamento então eu segui ela porque aquela era a Resposta.
    A sacola saiu pra rua e passou pelo Cinema Palácio e por algumas lojas e pela Casa Dourada e continuou. Passou pelo Sinal e pelo hospital e não tinha ninguém por ali só uns carros que iam e vinham bem rápido e um cara passeando com um cachorro preto que era tão preto que parecia um buraco

ambulante. A sacola passou por um buraco de verdade numa cerca viva e aí eu passei por ele também e estraguei minha roupa e continuei até chegar no cemitério com todas aquelas sepulturas como se as pessoas estivessem deitadas em camas com lençol de grama. Entendi que os Pais Mortos queriam me dizer que era lá que o Fantasma do Papai estava porque quando a sacola passou pela sepultura do Papai ela tocou ali antes de subir e voar por cima das casas que ficavam do outro lado. Olhei pra sepultura do Papai na penumbra.

### Brian Peter Noble
### 10 de Dezembro de 1963-25 de Setembro de 2005
### Amado Pai e Marido
### DESCANSE EM PAZ

E sussurrei uma palavra e não era Papai e também não era ai ai. Era alguma coisa entre os dois. Por um minuto pensei que era impossível o Papai estar morto. Ele ainda era tão real na minha mente e eu podia sentir o cheiro dele e ouvir a voz dele mas um dia até o Imperador Nero ou Júlio César ou Alexandre, o Grande foram reais que nem o Papai e espirravam e dormiam e agora não são nada. Aí olhei perto da sepultura do Papai na caixa de metal que era pra pôr flores e tinha uns furinhos em cima como um rádio. Eu conseguia enxergar mesmo no escuro e me perguntei por que não tinha flores ali porque a Mamãe normalmente põe flores mas não tinha nenhuma e foi quando eu vi uma luz branca sair pelos furinhos em linhas finas que ficaram borradas e se juntaram e formaram o desenho tipo de um homem tipo o Papai e era o Fantasma do Papai.

E o Fantasma do Papai parecia bravo e disse Philip, o que você está fazendo aqui?

Eu falei Nada. Vim te procurar porque eu queria te ver porque você tem razão. Eles vão casar. Desculpa. Desculpa.

Ele disse Você anda muito disperso, Philip.

Eu falei Por quê?

Ele disse A garota, Philip. Sua namorada.

Eu falei A Leah.

Ele disse É.

Olhei através dele pro outro lado do cemitério e tinha uns meninos gritando num banco debaixo das árvores.

O Fantasma do Papai falou Você não deve mais vê-la. Precisa dizer a ela que vocês não estão mais Namorando.

Eu disse Por quê?

Ele falou Se você quiser se proteger e proteger a ela, precisa ficar sozinho. Só você.

Eu disse Por quê?

Ele falou Você não pode se distrair com nada mais, Philip. Confie em mim. O tempo está acabando.

Eu disse Tá bom.

E aí ele falou Você precisa falar com ela o quanto antes. Você não vai poder ter amigos nem namoradas nem outras distrações até isso acabar, Philip. É pro seu próprio bem. Vou com você.

Eu disse O quê?

Ele falou Vou com você até a casa dela.

Eu disse Não.

Mas ele já estava indo na frente.

Chegamos perto dos meninos do banco e vi quem eles eram e eles me viram então congelei e o Fantasma do Papai também parou e disse Philip? O que foi?

Eu falei Espera.

O Dominic Weekly disse É o Biruta.

O Jordan Harper estava usando um boné e riu e arregalou os olhos de peixe dele e falou Olha só. Ele está falando sozinho.

O Dominic Weekly estava andando bem devagar em cima da mountain bike enquanto os outros meninos iam andando do lado dele e ele disse Ele pensa que pode falar com o pai dele. O retardado.

E o Jordan falou debochando numa vozinha fina E não está com a namorada pra proteger ele.

Tentei falar alguma coisa mas estava com medo e o Dominic Weekly desceu da mountain bike e encostou ela numa sepultura e estava tudo escuro agora.

O Dominic Weekly disse Se a gente te matar aí sim você vai poder falar com o teu pai o quanto quiser.

Um outro menino que eu não conhecia disse pro Dominic Arrebenta ele.

Não vi o que aconteceu só sei que caí no chão.

Minha cabeça estava me matando e doía tanto que era uma dor fora da cabeça e não só dentro. Como se o cemitério inteiro fosse a dor de cabeça.

Tentei levantar mas um pé me acertou e me tirou todo o ar. Outro pé chutou minha bunda e fui de cara na grama e falei Pai! Me ajuda, pai!

E vi um branco passar pelos meus olhos e era o Fantasma do Papai voando e eu tentei levantar. Fiquei meio de pé e ouvi risos e aí alguns segundos depois o Fantasma do Papai no ar dizendo Ray! Ele precisa de ajuda.

E começou. O vento. Começou a soprar muito forte e o Dominic me empurrou pro chão de novo e me deu um soco e o vento soprava com mais e mais força e mais alto e a bicicleta do Dominic tombou. Olhei pra cima e vi o Jordan inclinado pra frente e o boné dele voou pra cima de uma árvore. Ele colocou a mão na cabeça e então correu atrás do boné e o vento roubou os bonés dos outros meninos e a sacola do Supermercado Morrison's voou na cara do Dominic. Ele gritou mas não consegui ouvir o que ele dizia e aí ele se livrou da sacola e catou a bicicleta e se mandou com os outros meninos correndo atrás dos bonés.

Sentei atrás de uma sepultura coberta de limo que nem uma fatia de pão velho e ali o vento não estava tão forte e a dor ainda martelava minha cabeça. Quando o vento parou voltei pra rua e segui o Fantasma do Papai até a casa da Leah.

## Peixe no Mar

O Fantasma do Papai disse Bata na porta.

Bati na porta e apareceu o Sr. Fairview e a cara velha e comprida dele olhou pro meu uniforme todo sujo por causa da cerca e falou O que é isso, pelo amor de Deus?

E eu disse A Leah está, por favor?

O Sr. Fairview olhou pro relógio mas a Leah deve ter me escutado porque apareceu ali atrás dele e falou Pai.

Ela fez uma cara que dizia que era pro Sr. Fairview sair e o Sr. Fairview foi embora porque ele não é que nem os pais normais que são rígidos com os próprios filhos e bonzinhos com as outras crianças. O Sr. Fairview pensa que a Leah é um Anjo mas acho que ele pensa que o Dane é o Demônio porque o Sr. Fairview voltou lá pra dentro e deu uma bronca no Dane.

A Leah tossiu e disse Acho que estou ficando doente.

Ela saiu pra fora pela porta dos fundos porque ela não usa a porta da frente e veio até o quintal onde eu e o Fantasma do Papai estávamos. Ela olhou pra minha roupa e pros pedaços da cerca viva e falou Parece que você cresceu num jardim.

E o Fantasma do Papai falou Diga pra ela, agora.

Peguei o pulso dela e segurei na mão dela e o Fantasma do Papai estava atrás de mim dizendo Agora, Philip. Você precisa dizer pra ela agora.

Olhei pros olhos da Leah e eles estavam com medo de mim e eu não queria que ela tivesse medo de mim e ela falou Por que você está agindo que nem maluco?

Eu estava segurando muito forte no braço dela porque ela disse Você está me machucando. Me larga.

As palavras dela entraram devagar no meu cérebro e eu não larguei logo então ela tirou o braço e falou Diga alguma coisa.

O Fantasma do Papai falou Diga pra ela.

Minha boca abriu que nem a de um Barrigudinho mas não saiu nenhuma palavra.

O Dane gritou lá de dentro da casa Me larga, seu velho idiota!

Continuei tentando falar mas todas as palavras estavam longe demais que nem os patinhos amarelos que eu tentei alcançar com uma vara comprida na Goose Fair de Nottingham e nunca fui capaz de pegar mesmo vendo eles bem ali na minha frente.

O Papai falou Diga pra ela, Philip. Diga que vocês não podem mais se ver.

Mas os olhos dela ainda eram aqueles olhos de quando a gente se escondeu atrás das caçambas de lixo e que podiam roubar tudo de mim até minhas palavras e eu olhei pro Fantasma do Papai e ela olhou pra trás pra ver o que eu estava olhando. Ela pensou que eu estava olhando pro pai dela e não pro Fantasma do meu pai porque o Sr. Fairview tinha parado de dar bronca no Dane e espiava atrás da cortina e ela virou e disse Pai!

Ela fez com as mãos pro Sr. Fairview sair e as mãos dela entraram no Fantasma do Papai mas ela nem notou. Aí ela olhou de novo pra mim e minha cabeça estava balançando pra cima e pra baixo e eu ainda não tinha achado as palavras então suspirei e isso fez ela enrugar a testa. Aí fechei os olhos e caminhei até o portão com os olhos ainda fechados porque eu não queria ver os olhos da Leah nem os olhos do Fantasma do Papai e esbarrei no portão aí abri ele e fugi e deixei a Leah lá parada e o Fantasma do Papai veio correndo comigo até em casa.

Quando cheguei lá o Tio Alan estava bêbado no hall com todo mundo do Pub em volta. Ele falou Parece que você foi vomitado por uma cerca viva.

A Mamãe apareceu e disse Ah, Philip, por onde você andou?

Eu falei Não tem flores.

A Mamãe disse O quê?

Eu falei Não tem flores no túmulo do Papai.

A Mamãe disse Você foi lá?

Eu falei Fui.

A Mamãe disse Ah, Philip.

Olhei pro Tio Alan e tentei botar fogo nele com os olhos enquanto a Mamãe vinha até onde eu estava.

O Tio Alan não gostou que a Mamãe me abraçou e ficou catando em mim os pedaços de cerca e acho que ele estava com ciúme e aí ele disse O Sr. Fairview ligou aqui pra casa. Disse que você foi lá também. Acha que você está louco pela pequena Leah e é por isso que está estranho. A Leah te chutou, Philip? É esse o problema? Tem muito mais peixe no mar, filho. Um dia chega a sua vez. Olhe só pra mim. Só agora encontrei a mulher da minha vida.

O Tio Alan piscou pra mim de um jeito agressivo e agora que ele ia casar com a Mamãe não ia nem mais fingir que gostava de mim.

E o Tio Alan falou O Sr. Fairview é meu Sócio, Philip. Então não quero saber de você indo lá incomodar ele. Tá ouvindo?

A Mamãe parou de me abraçar e disse com um sorriso meio apagado como uma vela no vento Vamos, Alan. Foi um longo dia.

E ele olhou pras lixeiras encostadas na parede com o PlayStation numa delas. Ele ia dizer mais alguma coisa mas não disse. Ele só assobiou o ar pelo nariz e tomou o uísque dele mas continuou olhando pra mim e eu estava ficando mais e mais assustado e subi pro meu quarto e fiquei olhando pros peixes até meu coração voltar ao normal.

# O Sr. Wormwood e o Ponto de Fusão dos Metais

Levantei de manhã e não vi o Fantasma do Papai porque ele estava com os Terrores mas eu não precisava do Fantasma do Papai porque sabia o que eu precisava fazer. Tinha que terminar com a Leah e matar o Tio Alan. Mas no café da manhã eu fingi que não me importava com o casamento da Mamãe com o Tio Alan e falei Desculpa.

A Mamãe disse O quê?

Eu falei Desculpa. Desculpa pelo PlayStation.

A Mamãe disse Bem, não peça pra mim. Peça pro Alan.

A Mamãe não estava mais chamando ele de Tio Alan porque ia casar com ele. Era só Alan e ela simplesmente se livrou do Tio sem me contar que ia fazer isso.

Eu disse Desculpa, Tio Alan. Desculpa por ter arrebentado o PlayStation.

Ele olhou pra mim e aí olhou pra Mamãe lavando a louça e olhou pra bunda da Mamãe e disse Tudo bem, Philip. Tenho certeza que isso não vai se repetir.

Eu sabia que o Tio Alan só fingia que estava tudo bem porque os olhos dele diziam que ele queria me atirar da janela pro estacionamento mas eu ignorei os olhos dele e continuei comendo meu cereal cada vez mais mole no leite cada vez mais doce.

A Mamãe olhou pra ESCALA que fica pregada na parede e disse Hoje à noite a Nooks vem ajudar a Carla.

Nooks é como a Mamãe chama a Renuka e desde que o Papai morreu a Renuka está vindo dar uma mão no bar uma noite por semana e ela tira a cerveja com um colarinho enorme.

E a Mamãe disse Acho que a Carla consegue se virar sem a gente hoje. Por que não pegamos um vídeo e aproveitamos pra ficar em casa? Só nós três.

A ideia fez CABUM na cabeça do Tio Alan porque ele ainda estava bravo com o negócio do PlayStation e talvez com o negócio do Terry do Olho Sonolento também. Os lábios e a pele dele tremeram um pouco por causa da explosão mas ele falou É, por que não fazemos isso?

E a Mamãe virou pra mim com a cara cheia de Maquiagem e Fingimento e falou Philip?

E eu disse Posso pegar um vídeo na volta da escola.

Ela sorriu e aquele sorriso afetou o lugar do amor no meu cérebro e eu fiquei pesado. Mas sorri de volta e continuei fingindo.

O Tio Alan olhou pra mim com aqueles olhos que queimavam porque ele odiava o pedaço de ar que eu estava ocupando e queria que ali não tivesse nada que nem ele tinha feito o Papai virar um espaço vazio pra ficar só ele e a Mamãe.

Eu ia dar um pé na bunda da Leah no recreio mas ela tinha faltado porque estava doente e o Dane falou que ela estava com tosse e acho que ele não sabia que eu tinha ido lá na noite anterior e ouvido a briga dele com o pai.

O Dominic e o Jordan passaram por mim e riram e aí eles viram que eu estava com o Dane então não pegaram no meu pé. Mas eu ia ter que encontrar com eles de novo na aula de ciências do Sr. Wormwood e eles sentavam na fila do fundo e o Dominic falou Ei, Biruta. Tem falado com seu pai ultimamente?

Eles começaram a contar pra todo mundo que me viram no cemitério mas pararam quando o Sr. Wormwood entrou.

Todo mundo até o Dane tem medo do Sr. Wormwood e provavelmente porque o Sr. Wormwood tem 2 metros de altura e é muito magro. Ele fala bem baixinho mas de repente GRITA TÃO ALTO que faz a gente dar um pulo. Ele colocou fita preta na janelinha de vidro da porta do Laboratório de Ciências e a fita forma as barras de uma jaula e tem um aviso na porta que diz **NÃO DÊ COMIDA AOS ANIMAIS**. Ele acha isso engraçado mas não tem graça porque crianças são animais e adultos também então ele é só um animal mais velho e não o cara que cuida do zoológico. As crianças não viram animais diferentes quando crescem. Não é como se elas fossem lagartas que virassem borboletas. Elas só ficam mais altas e maiores e menos engraçadas e vão pro trabalho e contam mais mentiras que nem o Tio Alan.

Ciências é a matéria em que eu me dou pior porque eu não acredito naquilo porque as Ciências não acreditam em fantasmas e eu sei que eles são reais. As Ciências dizem que a gente sabe cada vez mais sobre as coisas e isso é mentira e que tudo pode ser explicado e isso é outra mentira. Existiu um cara chamado Sir Isaac Newton que inventou as Ciências e que disse que as maçãs caem das árvores por causa da Gravidade e todo mundo acha isso muito inteligente. Mas todo mundo sabia que as maçãs caíam das árvores antes e só não sabiam que era por causa da Gravidade. Então não interessa se é por causa da Gravidade ou se é por causa de Deus ou se é por causa de um ímã gigante embaixo da terra porque as maçãs caem das árvores de qualquer jeito. A gente pode comer elas de qualquer jeito e elas têm o mesmo gosto nojento principalmente quando elas estão machucadas e têm uns pedaços marrons que esfarelam na boca porque caíram no chão.

Na aula do Sr. Wormwood a gente não faz experimentos com maçãs. A gente só faz experimentos com Maçaricos e Tubos de Ensaio e Óculos de Proteção e esquenta uns líquidos até eles mudarem de cor.

Mas fiquei feliz de o Sr. Wormwood chegar porque aí todo mundo parou de rir de mim.

O Sr. Wormwood bateu com a régua e falou Quietos. Quietos.

Todo mundo estava arrastando os banquinhos no chão e o Sr. Wormwood disse com a voz calma dele Hoje, Deus me ajude, vamos testar as propriedades de diferentes metais.

Ele olhou em volta pros animaizinhos dele e apertou os olhos como se doesse.

Ele disse Então, todo mundo entende o que eu quero dizer com propriedades?

O Dominic Weekly disse bem alto Casas.

O Jordan riu.

O Sr. Wormwood falou numa voz que foi ficando mais alta FORA FORA PRA FORA PRA FORA OS DOIS PRA FORA!

O Dominic disse Mas

O Jordan falou Mas

O Sr. Wormwood disse FORA! Ele apontou pra porta e o Dominic e o Jordan saíram e o Sr. Wormwood foi atrás e fechou a porta e gritou com eles por uns dois minutos. Aí o Dominic e o Jordan voltaram pra sala bem pálidos e o Sr. Wormwood foi até a frente da turma alisando o cabelo com a mão.

Ele disse numa voz calma Propriedades são as características que definem alguma coisa. É o que diferencia essa coisa de outros tipos de substâncias.

O Sr. Wormwood pegou um pedaço de giz e foi até o quadro-negro e leu de uma anotação na cabeça dele e escreveu

*AS PROPRIEDADES DOS METAIS*
*Resistência (exceto o latão)*
*Conduzem calor e eletricidade*
*Ductilidade (capacidade do metal de esticar como um fio)*
*Brilhantes*
*Sonoros*

O Sr. Wormwood apontou para Sonoros e disse Alguém sabe me dizer o que significa esta palavra?

A Charlotte Ward levantou a mão.

O Sr. Wormwood falou Charlotte.

A Charlotte disse Tem alguma coisa a ver com o som que eles fazem?

O Sr. Wormwood falou O som que eles fazem. Sim. O som que eles fazem. Se você deixar cair um metal, ele vai fazer um barulho, e que tipo de barulho ele vai fazer, Charlotte? Que tipo de barulho?

A Charlotte disse Um barulho de choque?

O Sr. Wormwood falou Bom, bom. Um barulho de choque. Obrigado, Charlotte. Quando a gente deixa cair um metal no chão, ele faz um barulho de choque, enquanto se deixássemos cair o Dominic ou o Jordan, o som seria de um baque.

O Sr. Wormwood sorriu porque tinha feito uma piada mas ninguém riu porque todo mundo estava com medo.

O Sr. Wormwood disse Alguém consegue pensar em outras propriedades que os metais possam ter? Alguém? Alguém? Sim, Charlotte.

A Charlotte falou Eles são magnéticos.

O Sr. Wormwood puxou as palavras da Charlotte pelo nariz que nem se elas tivessem algum cheiro e era um cheiro que ele não sabia se gostava ou não. Ele disse Hummm, a maioria dos metais não apresenta magnetismo, na verdade. Apenas alguns. Como o ferro.

Ele escreveu outra palavra no quadro.

A palavra era

*Maleabilidade*

O Sr. Wormwood apontou pra palavra com o giz e falou Alguém? Alguém?

Mas ninguém nem a Charlotte sabia o que era Maleabilidade.

O Sr. Wormwood disse super-rápido com uma voz super-baixa Se uma coisa é Maleável é porque ela pode mudar de forma mantendo a massa quando se faz uso de uma certa quantidade de calor ou força e isso torna os metais diferentes de outros materiais sólidos como madeira ou pedra ou alunos do Sétimo Ano.

Essa foi outra piada mas ninguém riu porque todo mundo ainda estava com medo.

O Sr. Wormwood disse Nas bancadas à frente de vocês, vão encontrar um recipiente de vidro contendo um tipo de metal.

Tinha um recipiente entre a pessoa que estava do meu lado que era o Siraj e eu. O recipiente tinha um rótulo que dizia COBRE e dentro tinha um quadrado laranja brilhante de metal.

O Sr. Wormwood falou Uma das propriedades que muda de um metal para o outro é o ponto de fusão. Então vamos testar diferentes metais com uma chama.

A gente tinha que arrumar um Parceiro e o Siraj olhou em volta rápido procurando outra pessoa pra ser o Parceiro dele mas todo mundo já tinha o seu então ele teve que ficar comigo.

Eu falei O nosso é Cobre.

Ele disse O quê?

Eu falei A gente pegou Cobre.

Ele disse Sério?

Eu falei É.

Ele disse Dã.

E aí a gente preparou todo o equipamento e eu peguei o Maçarico e tirei o tubo de borracha que fica em cima da válvula que libera metano.

O Siraj gostava de mim mas não gosta mais. Se o Jordan e o Dominic não gostam de alguém então ninguém tem coragem de gostar dessa pessoa. Todo mundo imita o Dominic e o Jordan mas não são tão fortes que nem eles e é como se o Dominic e o Jordan fossem suco de laranja puro e nos outros meninos tivessem misturado água. Todos têm mais ou menos o mesmo sabor do Jordan e do Dominic mas um pouco mais fraco mas um gosto ruim do mesmo jeito e não sabor laranja mas sabor metano.

Pensei que eu não queria terminar com a Leah porque quando ela estava na escola todo mundo me deixava em paz mas quando ela não estava todo mundo só pegava no meu pé que nem lá no cemitério. Mas aí pensei no Fantasma do Papai e disse dentro da minha cabeça Vou terminar com ela.

A gente colocou os Óculos de Proteção e então a gente fez o Experimento que era eu segurando o pedaço de Cobre com a pinça e o Siraj segurando o Maçarico meio inclinado pro metal não cair pra dentro do bico.

O Sr. Wormwood falou pra gente tentar derreter o metal primeiro na chama amarela de 400ºC e eu segurei o metal com a pinça bem no meio da chama.

Eu disse Não está derretendo.

O Siraj fez uns olhos grandões dentro dos óculos dele e falou Sério?

Eu disse Não está.

A Charlotte Ward e a Sarah Keane estavam na bancada da frente e o metal delas estava derretendo e fazendo bolhas prateadas em cima da Toalhinha à Prova de Calor.

Aí o Siraj colocou o Maçarico na chama azul de 600ºC e o Cobre continuou firme porque não era o ponto de fusão dele. E eu falei Ainda não está derretendo.

O Siraj disse Sério?

E aí foi o fim do Experimento e se o metal tivesse derretido na chama amarela era porque tinha ponto de fusão baixo e se tivesse derretido na chama azul era porque tinha ponto de fusão médio e se não tivesse derretido era porque tinha ponto de fusão alto e então todo mundo teve que dizer qual era o seu e o Sr. Wormwood foi escrevendo no quadro.

*PONTO DE FUSÃO BAIXO*
*Latão*
*Zinco*
*Chumbo*
*PONTO DE FUSÃO MÉDIO*
*Alumínio*
*PONTO DE FUSÃO ALTO*
*Ferro*

Vi alguma coisa acender e apagar na janelinha de vidro que tinha o aviso **NÃO DÊ COMIDA AOS ANIMAIS**.

O Sr. Wormwood falou alguma coisa e eu não estava escutando e ele disse Terra chamando Philip Noble. Terra para Philip Noble. Tem alguém aí? Alô, Philip Noble, está me ouvindo?

E isso era outra piada mas todo mundo riu dessa vez.

Eu disse Sim, professor.

Ele falou O cobre derreteu?

A pergunta era que nem um quebra-cabeça que eu tinha que montar no meu cérebro.

Aí o Sr. Wormwood falou O. Cobre. Derreteu? No seu ritmo pra você acompanhar.

Eu disse Não, professor.

Ele falou com uma voz de bobo Não, professor.

Todo mundo riu outra vez e aí ele escreveu *Cobre* no quadro bem embaixo de *Ferro*.

Eu disse pro Siraj Não ouvi ele falar comigo.

O Siraj falou Sério?

Eu disse Não ouvi.

O Sr. Wormwood virou e já tinha atingido o ponto de fusão e disse QUIETO QUIETO QUIETO, GAROTO!

E quando o Sr. Wormwood virou de novo pro quadro o Siraj fez uma cara de retardado pra mim e o Jordan e o Dominic jogaram um lápis na minha cabeça. O lápis aterrissou no chão e o Sr. Wormwood virou e disse Philip Noble, se você não está interessado no que eu tenho a dizer, por que não vem aqui pro meu lugar?

Eu disse Não, professor.

Ele falou com aquela voz de bobo Não, professor

Todo mundo riu de novo.

O Sr. Wormwood disse Bem, nesse caso, por que você não recolhe os equipamentos de todos?

Aí eu tive que recolher os equipamentos dos outros e olhei pela janelinha de vidro e consegui ver o Fantasma do Papai olhando pra mim e todo mundo tinha se amontoado ao redor da Bancada Principal pra assistir ao Sr. Wormwood fazer um Experimento.

Coloquei todos os Maçaricos no armário e aí catei os pedacinhos de metal derretido das Toalhinhas à Prova de Calor e fui até a pia pra jogar.

O Sr. Wormwood falou NÃO NA PIA! NÃO NA PIA, SEU BOCÓ! PONHA OS RESTOS NO LIXO! NÃO NA PIA! SANTA MÃE DE DEUS!

Enquanto eu colocava os pedacinhos no lixo e as pinças na gaveta e as Toalhinhas à Prova de Calor no armário o Sr. Wormwood mostrou pra turma o que acontecia com outro metal quando a gente coloca ele na chama. Ele escreveu o nome do metal no quadro e era *Magnésio*.

E quando eu estava perto de um dos armários ouvi a turma inteira perder o fôlego. Olhei pra onde eles estavam e tinha uma chama gigantesca branca e brilhante e uma fumaça esquisita que nem algodão doce e um barulho de ar escapando.

Vi o Fantasma do Papai ainda na janelinha e ele estava fazendo com a mão pra eu ir até ele. Olhei pro Sr. Wormwood e pra turma inteira e eles estavam olhando pra chama e aí eu levantei a mão e disse Professor, posso ir no banheiro?

O Sr. Wormwood falou Não dá pra esperar?

Eu disse Estou apertado.

O Sr. Wormwood falou Pelo amor de Deus, garoto. Tá. Rápido.

Fui na direção da porta e abri e fechei ela e o Papai apontou pro armário ao lado da sala onde ficam os materiais e ele disse Está aberto.
Eu falei O quê?
Ele disse Abra.
Eu falei O quê?
Ele disse Abra.
Eu falei Mas
Ele disse Ele esqueceu de trancar.
Olhei pela janelinha pra ver se alguém conseguia me enxergar mas todo mundo estava olhando pra chama.
O Fantasma do Papai falou É a sua chance.
Eu disse Chance?
Ele falou De pegar o que você precisa pra matar o Tio Alan.
Eu disse Mas
Ele falou Você não vai me decepcionar, vai?
Pensei em quando ele me salvou do Dominic e do Jordan e disse Não.
Ele falou Então. Abra essa porta. Vou ficar de olho no seu professor.
Tinha prateleiras e mais prateleiras e mais prateleiras e caixas e garrafas e o Fantasma do Papai olhou lá dentro e apontou pra uma garrafinha de uma coisa que parecia água e falou Pegue essa.
Olhei o rótulo e dizia

ETANOL

CUIDADO: Tóxico/Inflamável

Coloquei a garrafinha no bolso e outra pequena cheia de uma coisa que parecia açúcar e nela dizia

SÓDIO METÁLICO

CUIDADO: Explosivo no contato com água

Coloquei essa no outro bolso e o Fantasma do Papai disse Rápido rápido. Ele está terminando o Experimento.

Vi uma caixa que dizia GRÂNULOS DE MAGNÉSIO e era muito grande pra colocar no bolso então segurei ela na mão e o Fantasma do Papai falou Rápido rápido rápido!

Me afastei do armário dos materiais e fechei a porta e eu não podia voltar pra sala pra pegar minha mochila porque o Sr. Wormwood ia me ver com a caixa então fui rápido pelo corredor e continuei correndo até o banheiro. Me escondi até bater o sinal e ninguém veio atrás de mim não sei por quê.

O Fantasma do Papai apareceu e disse Sua mochila ainda está na sala.

Saí do banheiro e o corredor estava quieto porque todo mundo tinha ido pro recreio. Quando cheguei na sala entrei e peguei minha mochila e coloquei as coisas dentro dela e então saí do laboratório e conferi o armário dos materiais de Ciências mas estava trancado.

# Ray Ray Goodwin

Depois eu tinha mais um encontro com a Sra. Fell e ela estava usando um grampo cor-de-rosa no cabelo encaracolado dela e uma camiseta apertada e ela sorriu pra mim com a boca mas não com os olhos porque eles estavam cansados. Coloquei minha mochila no chão com cuidado pra não vazar o veneno ou fazer o pó explodir.

Aí quando a gente sentou eu disse pra ela A Mamãe vai casar com o Tio Alan.

A cara sorridente dela ficou igual mas as pupilas mudaram e os círculos pretos ficaram maiores e quase expulsaram todo o verde.

Ela falou Ah.

Acho que ela não conseguiu pensar em alguma coisa pra dizer então ela disse Entendo. Certo.

E aí ela falou E o que você SENTE a respeito disso, Philip?

Eu falei Não sei.

Ela perguntou Você gosta do seu tio?

Fiz que não com a cabeça.

Ela disse Mas com certeza você gosta de ver sua mãe feliz.

Levantei os ombros um de cada vez e aí falei Queria impedir esse negócio.

Ela disse Você quer impedir os dois de se casarem?

Eu falei É.

Olhei pra estante dela e tinha a fotografia de um cara. Parecia um pouco o cara da cadeira de rodas que eu tinha visto no parque mas esse cara ali não estava numa cadeira de rodas.

A Sra. Fell disse Se a sua mãe quer se casar com alguém, você precisar deixar, Philip.

E aí ela falou Por que você não voltou pra aula de ciências do Sr. Wormwood? Ele disse que você ficou um tempo enorme no banheiro.

A Sra. Fell estava me olhando de um jeito como se ela quisesse me salvar de alguma coisa mas aquele olhar me fez querer salvar ela de alguma coisa e então ela não ia mais me ver só como um menino e aí ela ia me perguntar coisas diferentes.

Ela disse Meu pai morreu, sabe, Philip? Lembra que eu te contei?

Balancei a cabeça porque não conseguia lembrar.

Ela falou Ainda vejo ele saindo pela porta no último dia que o vi.

Eu disse Seu pai fazia o quê?

Ela falou Ele trabalhava numa mina. Uma mina de carvão. Tinha que descer bem no fundo da terra e trabalhar na escuridão.

Ela não falou nada por um tempo e aí falou das Greves quando as pessoas não iam mais trabalhar porque elas não queriam que as minas fechassem.

Eu disse Seu pai fez greve?

Ela falou Sim, no começo, mas minha mãe estava bem doente. Meu pai queria continuar trabalhando e ganhando dinheiro pra conseguir um tratamento melhor pra ela. E os outros ficaram bravos com ele em Ollerton, de onde eu sou, porque ele furou a Greve.

Pensei no cara da cadeira de rodas no parque perto do castelo e aí pensei em outra coisa e falei Qual era o nome do seu pai?

E ela disse Ray, Ray Goodwin.

Fiquei esquisito e minhas mãos estavam suadas e eu não sabia o que dizer e a sala ficou apertada.

Ray Ray Goodwin.

Ray Ray Goodwin.

E eu sabia que não era Ray Ray Goodwin e que era só Ray Goodwin. Era o Ray Goodwin da Sociedade dos Pais Mortos mas eu precisava conferir quando ele tinha morrido.

Ela falou Faz 11 anos.

Eu ia contar pra ela que o Ray Goodwin tinha tentado falar com ela e ia contar tudo pra ela. Mas aí pensei que o Ray Goodwin já tinha saído da Quarentena porque já tinha passado mais de um aniversário dele e então ele estava pra sempre com os Terrores. Então mesmo que ela acreditasse no fantasma do Ray Goodwin já era tarde demais pra ajudar ele a escapar dos Terrores e executar a Vingança.

Ela disse Philip? Philip? Tudo bem? Philip?

Eu falei Sim.

E pensei que se eu contasse ela não ia acreditar ou ia ficar triste pelo fantasma do pai dela e eu não queria que ela ficasse triste ou me odiasse então fiquei quieto.

Ela não falou que ele tinha sido assassinado mas eu sabia que ela estava pensando nisso porque ela fechou os olhos e respirou bem fundo e engoliu. E pensei Aposto que foi um dos caras da mina que odiavam ele mas não queria perguntar porque a Sra. Fell podia chorar.

Ela disse É muito difícil quando alguém que você ama morre, Philip. É como se um pedaço da gente morresse também. Mas a gente acaba se recuperando, Philip. Um dia.

Tocou o sinal e a Sra. Fell só olhou pra mim com uns ombros tristes. Eu queria abraçar ela e encostar a cabeça nos peitos quentinhos dela pra sempre. Mas isso não ia acontecer então catei a mochila com as minhas armas nela e saí.

# O Controlador

No banheiro no recreio eu disse pro Fantasma do Papai que o Ray Goodwin era o pai da Sra. Fell e ele falou O que você contou pra ela sobre a Sociedade?

Eu disse Nada.

Ele falou Bom. Bom. Mesmo que você contasse, ela não ia acreditar. O Ray sempre fala dela mas fica chateado porque ela não pode vê-lo.

Eu disse Por que eu consigo te ver e a Sra. Fell não consegue ver o pai dela?

Ouvi dois meninos entrando no banheiro então fui conferir se a portinha estava fechada e minha mão atravessou o Fantasma do Papai.

Eu falei Desculpa.

Ele disse Tudo bem.

Ele falou Existem diferentes tipos de fantasmas. Existem os que as pessoas conseguem ver e os que não conseguem. E os fantasmas que as pessoas não conseguem ver tentam desenvolver poderes especiais pra influenciar os vivos.

Eu disse Que poderes?

Ele falou O Ray é um Controlador.

Eu disse O que é um Controlador?

Ele falou Alguns fantasmas conseguem controlar coisas dos vivos, como o vento.

Pensei na sacola do Supermercado Morrison's e no vento que tinha soprado o Dominic e o Jordan pra longe.

Me perguntei se o Tio Alan não podia ser soprado pra longe e disse Você também vai conseguir fazer coisas assim um dia?

O Fantasma do Papai falou O Ray diz que todos os fantasmas são capazes, mas não sei. O Ray dá umas aulas na Sociedade. É difícil.

Eu disse Ah.

Ele falou Não diga nada pra Sra. Fell, Philip. Você não pode contar nada pra ninguém. Entendeu?

Eu disse Sim.

E aí ouvi umas risadas atrás da porta porque eu estava falando sozinho e o Fantasma do Papai apagou com os Terrores e deixei a portinha trancada até as risadas dos meninos sumirem.

Vi minha mochila no chão e estava em cima de uma pocinha d'água e eu não queria que as coisas que eu tinha pegado no armário dos materiais ficassem molhadas porque elas podiam explodir. Coloquei a mochila nas costas e levantei a tampa da privada e tentei fazer xixi mas não saiu nada.

# O Assassinato de Gonzaga

Eu estava com o veneno e os grânulos e os explosivos na minha mochila mas antes de matar o Tio Alan eu tinha que ter CERTEZA com certeza de que tinha sido ele quem tinha sabotado os freios do Papai.

Então eu fui até a Locadora Da Trupe como a Mamãe tinha pedido e tinha um monte de DVDs lá pra escolher. Um monte a gente só podia pegar com 18 anos e com 15 anos e mesmo eles parecendo melhores que os de 12 anos e os Livres e os Infantis eu não estava ali procurando um filme bom porque nem me importava mais com filmes. Eu estava procurando um que o Tio Alan não fosse gostar então olhei na parte de trás das caixinhas pra ver como eram as histórias.

Já estava lá fazia séculos lendo as caixinhas e aí achei um filme chamado *O assassinato de Gonzaga* que na caixinha dizia

## O ASSASSINATO DE UM IRMÃO
## A VINGANÇA DE UM FILHO

AMBIENTADO NA ITÁLIA NOS DIAS SANGRENTOS QUE ANTECEDERAM A REPÚBLICA ROMANA, *O ASSASSINATO DE GONZAGA* CONTA A EMOCIONANTE HISTÓRIA DO DUQUE FORTIMUS (JOAQUIN PHOENIX), QUE MATA O PRÓPRIO IRMÃO, O REI GONZAGA (INTERPRETADO PELO VENCEDOR DO OSCAR MEL GIBSON), PARA SE CASAR COM A RAINHA LIVIA (A VENCEDORA DO OSCAR CHARLIZE THERON) E ASSUMIR O TRONO. O FILHO ÚNICO DO REI, HONORATIUS (TOBEY MAGUIRE, DE *HOMEM-ARANHA* E *SEABISCUIT*), EXECUTARÁ SUA VIOLENTA VINGANÇA.

### "HEI DE ME VINGAR"

E minhas mãos começaram a tremer porque eu pensei que era assim que eu ia ter CERTEZA de que foi o Tio Alan que matou o Papai porque eu ia ficar olhando pra cara dele e ele nunca consegue disfarçar a cara. Olhei pra ver se era um filme de 12 anos e fui até o balcão e um cara com seios que estava assistindo uma TV pequena atrás do balcão fez biipe no meu cartão e falou Pra amanhã e eu disse Tá e fui pra casa.

Quando cheguei no Pub fui colocar minhas armas num Esconderijo embaixo da minha cama e então fui até a cozinha. A Renuka estava lá tomando chá com a Mamãe e ela falou Oi, Philip.

Eu falei Oi.

Ela disse Ah como se fosse a primeira vez que me ouvisse falar na vida e olhou pro DVD e falou É um DVD?

Eu pensei Não, é um pão com geleia mas não disse porque na verdade gosto da Renuka mas ela acha que qualquer criança tem 2 anos então falei É. É *O assassinato de Gonzaga*.

Ela disse Ah.

Eu falei É sobre um cara que mata o irmão.

A Renuka disse Ah.

A Mamãe olhou pra mim de um jeito engraçado enquanto soprava o café dela e a Renuka falou pra Mamãe É aquele com o Russell Crowe?

A Mamãe disse Não sei.

A Renuka falou Adoro o Russell Crowe. Ele e qualémesmoooutro. O irlandês. Que tem uma bunda bonita.

A Mamãe disse O Colin Farrell.

A Renuka soprou mas não o café só ar mesmo e falou Imagina os dois juntos.

Aí ela riu e disse Desculpa, Philip. Tapa os ouvidos.

A Renuka tem uma cara engraçada. É tipo um triângulo de ponta-cabeça com olhos grandes e redondos e um corpo de vareta e uma pele perfeita como se tivesse sido feita por computador e não pelo pai e pela mãe dela. Depois que ela terminou o café ela desceu e deixou ali o cheiro de sabonete dela.

Eu disse Cadê o Tio Alan?

A Mamãe falou Por quê?

Eu disse Quero ver o filme.

A Mamãe falou Ele ainda está na Oficina. Está cheio de trabalho. A gente assiste mais tarde.

Eu disse Quando vocês vão casar?

A Mamãe olhou pra xícara dela e aí levantou e olhou pra todo lado menos nos meus olhos e falou Não sei, Philip. Nós ainda não sabemos.

Eu disse Vai ser antes do aniversário do Papai?

A pergunta acertou bem no nariz dela.

Ela falou Philip, por favor.

Eu disse Dez de dezembro.

Ela falou com uma voz brava Sei muito bem que dia é. Era. É.

A voz brava da Mamãe estava esquentando e eu disse Você sabe que dia ele morreu?

Ela falou Philip

Eu disse Você sabe quando foi? Quando ele morreu? Faz quantos dias? Quantos dias?

A Mamãe pegou o pano de prato mas não tinha nada pra enxugar.

Eu falei O Tio Alan disse que faz dois meses mas é menos. O corpo dele ainda não virou um esqueleto. E ainda não vai ter virado um esqueleto quando for o Casamento de vocês.

A segunda vez que eu falei esqueleto a Mamãe começou a chorar com a cara no pano de prato e aí me senti mal então eu disse Desculpa e continuei dizendo até ter dito Desculpa o suficiente pra ela parar de chorar.

Precisei dizer nove vezes.

Mais tarde a gente assistiu ao filme com o Tio Alan sentado na cadeira do Papai segurando o copo de uísque dele com aquelas mãos sujas. Ele tinha acabado de tirar o macacão azul e colocado uma camisa de botão e a Mamãe estava com as pernas em cima do sofá tomando a Limonada DIET dela e eu peguei o controle e apertei play.

O filme começou e tinha várias partes que eu não entendia e aí tinha a parte que a rainha descobria que o rei estava morto e a rainha dizia Só uma mulher que matasse o primeiro marido casaria uma segunda vez.

Olhei pra Mamãe e ela ainda estava chateada por causa do que eu tinha dito do esqueleto do Papai então ela não gostou de ouvir a rainha dizer aquilo. Era como se as palavras tivessem um gosto e ela precisou tomar um pouco de limonada.

Aí o filme voltou no tempo até quando o rei ainda era vivo e o irmão dele dizia Vou pegar meu irmão como se pega um rato.

Olhei pra cara do Tio Alan e ela mudou como se ele estivesse rangendo os dentes e aí veio a melhor parte.

Era quando o rei estava dormindo sozinho. O irmão entrava no quarto e derramava veneno no ouvido dele que nem quando o Papai pingava remédio no meu ouvido pra tirar a cera. Olhei pro Tio Alan e a cara dele ficou mais vermelha que o normal e ela começou a tremer tipo um vulcão tipo o de Pompeia e ia logo explodir com lava saindo do topo da cabeça mas ele não era um vulcão então só levantou e disse Está muito escuro aqui.

Mas não estava muito escuro porque a lâmpada pequena perto da TV estava acesa mas o Tio Alan disse Vamos acender a luz.

Ele ligou as lâmpadas principais e aí sentou de novo. Mas era como se o filme estivesse deixando a cadeira dele muito quente porque ele ficava levantando e fazendo coisas tipo pegar mais uísque. Aí ele olhou pra fora pro estacionamento e pras Latas de Lixo Reciclável e pra Sociedade dos Pais Mortos que ele não conseguia ver e disse O Pub está enchendo, talvez seja melhor eu descer pra dar uma mão pra Carla no bar.

Ele olhou pra tela e era a parte em que a rainha casava de novo mesmo depois de dizer que não ia fazer isso.

A Mamãe falou Ah, você não quer ver o resto do filme?

Ele disse Não é bem do tipo que eu gosto. De época, sabe. Gosto mais dos modernos, na verdade. Ou então dos velhos faroestes.

A Mamãe falou Ah, tudo bem.

Aí o Tio Alan desceu.

Então foi ele! Ele sabotou o carro do Papai com CERTEZA! O Fantasma do Papai não está mentindo! Foi ele! A cara de vulcão é a prova. A prova definitiva com certeza!

Na parte final do filme o filho do rei que era o Homem-Aranha matava todos os soldados do novo rei e cortava as cabeças deles.

A Mamãe falou Ah, Philip, isso é meio violento. Tem certeza de que a censura era 12 anos?

Eu disse Tenho.

O Homem-Aranha fazia a luta final com o tio dele e nem esperava mais nada porque não era um covarde e dizia Prepare-se para morrer.

Eles sacavam as espadas e dentro da minha cabeça eu estava dizendo Vai, mata ele! Mata o seu tio!

E ele matou. Ele matou o tio e todos os homens do rei que tentaram agarrar ele. E no final ficaram só ele e a mãe dele e ela não estava brava porque sabia que o rei era mau.

E quando apareceram os letreiros no final o Fantasma do Papai acendeu atrás da TV e não falou nada só ficou olhando pra mim e pra Mamãe e escutando as palavras que a Mamãe disse pra tentar me fazer gostar do Tio Alan.

O Tio Alan amava o seu pai. Amava ele, Philip.

Sei que você queria que fosse só a gente, eu e você, Philip. Sei que é isso que você quer. Mas um dia você vai crescer e sair de casa e eu vou ficar sozinha, toda velha e enrugada, e ninguém mais vai me querer, Philip. Você não vai querer que isso aconteça, né?

O Tio Alan não vai substituir o Papai. Ninguém vai.

Preciso de alguém pra cuidar de mim pra que eu possa cuidar de você.

Ele é um bom homem. Um homem muito bom. Pode não ser o Brad Pitt, mas se preocupa com a gente, Philip.

Ele quer ajudar, Philip. Veja o que ele tem feito pela gente no Pub. Ele não precisava estar fazendo isso tudo, precisava? Precisava? Precisava? Não, não precisava.

E o Fantasma do Papai falou Não acredite, filho. Não acredite.

Então eu não acreditei.

# Escravos

Na manhã seguinte conferi o veneno e os explosivos e o Magnésio embaixo da cama no Esconderijo e aí tomei café e fui pra escola cedo.

A diretora, a Sra. Palefort, reuniu a escola toda pra falar de Liberdade e Escravidão e começou a falar sobre os tênis de marca e outras Marcas tipo Pepsi e Nike e Adidas e McDonald's e PlayStation e Reebok e KFC e Billabong e Walkers e ela disse A palavra marca vem do tempo em que os fazendeiros costumavam marcar as vacas pra mostrar a quem elas pertenciam.

Ela fez os olhos dela parecerem cubos de gelo dentro dos óculos grossos e falou Quando você usa seu tênis da Nike para vir à escola, talvez pense que está expressando sua liberdade, mas na verdade está mostrando ao mundo que você é propriedade daquela empresa ESPECÍFICA.

Pensei sobre os padeiros romanos que marcavam o pão e pensei sobre os donos de Escravos Romanos que marcavam os Escravos quando eles tentavam fugir. E pensei que mesmo que a gente nunca jamais use um tênis de marca ou nunca jamais vire uma vaca ou um pão a gente não é livre porque tem sempre alguma coisa controlando a gente. Tem o Frio que diz Coloque um chapéu ou os Professores que dizem Vá para o auditório ou a Polícia que diz Não roube da Boots ou a Bexiga da gente que diz Vá ao banheiro ou o Fantasma do Papai que diz Mate o Tio Alan. A gente nunca está livre porque está no próprio corpo e o corpo é uma prisão porque a gente acaba ficando velho e doente como a Vovó e aí a gente morre. E o cérebro da gente é uma prisão também porque não dá pra desligar os pensamentos e quando a gente dorme tem pesadelos. E quando a gente morre ainda assim pode continuar sendo uma prisão porque o Papai é um fantasma e quer deixar de ser um fantasma pra ser apenas Nada que nem antes da gente nascer. Mas ele não sabe se dá pra virar Nada outra vez ou se ele ainda vai ser Alguma Coisa. Ninguém tem certeza. Nem mesmo os cientistas tipo o Sr. Wormwood ou as Pessoas Religiosas tipo o Sr. Fairview.

No recreio fui sentar sozinho no banco do jardim porque a Leah tinha faltado de novo por causa da tosse. E o Dominic jogou a mochila dele em mim e disse Precisando de um guarda-costas?

Ele estava falando da Leah.

Eu falei Não mas por dentro sentia que Sim.

## As Cores no Aquário

Fui pro meu quarto depois da escola. Quando entrei vi que estava diferente. Estava mais quente. Tinha um cheiro de pneu queimado e pensei que cheiro esquisito mas não fiz nada. Só deitei na cama pensando se algum dia eu ia fazer o negócio com o Tio Alan ou se eu era simplesmente um covarde que faz as coisas dentro da cabeça e não na vida real. E foi quando eu vi. Quero dizer foi quando vi o aquário.

Olhei pra ele da cama e não sabia o que tinha de esquisito. Aí notei as cores e as cores eram verde e preto e azul e vermelho e eram nuvens na água que nem as que a gente faz na aula de Artes quando põe o pincel na água. Pensei Quem colocou tinta no aquário?

E saí da cama e cheguei mais perto do aquário e pensei Cadê os peixinhos? Cadê a Gertie?

E abri a tampa que estava mais quente que o normal e olhei com a cara em cima da água e estava quente como quando a gente vai tomar banho e esquece de ligar a água fria e os pés ficam vermelhos quando a gente entra. Mas estava ainda mais quente que isso e queimou meus olhos.

O cheiro estava tão forte que quase dava pra sentir o gosto e me fez ficar enjoado e eu olhei na superfície da água e estava difícil de enxergar por causa do calor e do vapor e das ondulações mas consegui fazer meus olhos enxergarem. E vi as cores se misturando.

Procurei a Gertie e falei Gertie e isso foi idiota porque os peixes não falam humanês, eles falam peixês. Aí eu vi uma coisa tipo um pedaço de papel verde na água e ele estava ficando menor e aí fiquei muito enjoado e olhei pro aquecedor e o aquecedor dizia 50 e não 27 e larguei a tampa e pensei nas Joaninhas derretendo e nos cinco Barrigudinhos derretendo e na Gertie derretendo os ossos e a pele dela derretendo.

O Fantasma do Papai apareceu no quarto e falou Foi o Tio Alan. Ele aumentou o aquecimento.

Eu gritei Não!

E eu disse na minha cabeça Ele está morto morto morto o Tio Alan ele está morto.

A Mamãe apareceu e gritou e o Tio Alan veio e aquilo continuou na minha cabeça Ele está morto morto morto.

A mão da Mamãe com as unhas brilhantes cobriu a boca dela e ela olhou pro aquário e aí o Tio Alan também olhou e fingiu que estava surpreso mas ele não fingia bem.

O Fantasma do Papai estava no quarto dizendo Não faça nenhuma bobagem, Philip. É isso que ele quer. Por isso ele fez isso. Ele quer que você fique louco para ninguém acreditar em nada do que você disser.

Então eu não agi que nem louco. Só falei O aquecedor estava em 50 e não 27.

E olhei pro Tio Alan e ele disse Deve ter estragado, Philip.

Ele me encarou como se fosse uma Pegadinha e sem tirar a mão da boca a Mamãe disse Oh oh oh.

O Tio Alan falou Acho melhor cancelar o peixe com batatas do jantar.

E ele riu ELE RIU e o Fantasma do Papai olhou pra mim e disse Fique calmo, Philip. Fique calmo.

A Mamãe falou Oh, esse cheiro.

E eu fiquei calmo e observei o Tio Alan esvaziar o tanque com uma jarra e um balde que a Mamãe tinha trazido lá de baixo e quando ele tinha tirado quase toda a água de peixe derretido ele tentou levantar o aquário mas estava muito pesado com as pedras no fundo e ele falou Minhas costas! Minhas costas!

Olhei pros cinco Barrigudinhos todos misturados na água mas fiquei calmo.

O Tio Alan disse Vou ter que dar um jeito no resto mais tarde, Carol. Tenho que terminar as perguntas.

Ele falou isso como se o Jogo de Perguntas do Pub fosse mais importante que meus peixinhos mortos.

O Fantasma do Papai disse Hoje à noite, Philip. Você pode fazer o serviço hoje à noite.

Eu falei Sim. Vou fazer.

E o Tio Alan e a Mamãe olharam pra mim como se eu fosse louco e aí olharam pro Fantasma do Papai como se ele fosse só ar e mais nada porque eles não conseguiam ver ele.

O Fantasma do Papai disse Bom menino, Philip. Bom menino.

## O Jogo de Perguntas do Pub

O Pub estava bem lotado pra noite de estreia do Jogo de Perguntas do Pub. Pensei que se o Tio Alan morresse hoje podia ser qualquer um que tinha matado ele. Então peguei a garrafinha de ETANOL e coloquei no bolso. Fui até o quarto da Mamãe e disse Posso assistir ao Jogo de Perguntas do Pub?

Ela estava no espelho passando maquiagem nos cílios e disse Não tem muito o que assistir lá. Pensei que você ia querer Dormir Cedo. Depois do que aconteceu com o aquário.

Tentei não pensar na Gertie e falei Mas posso?

Ela disse Claro que pode.

Ela esperou um pouco e aí falou A gente compra outros peixinhos pra você, Philip. Se você quiser.

Eu não disse nada. Não queria nem um pai novo nem peixinhos novos. Muito menos se fosse o Tio Alan quem fosse comprar.

Fiquei sentado na cama observando a Mamãe no espelho e falei Se o Papai voltasse hoje você dava um fora no Tio Alan?

Ela parou de passar maquiagem e olhou pra mim de verdade e não pelo espelho e disse O quê?

Eu falei Se o Papai voltasse hoje você dava um fora no Tio Alan?

Ela disse Que pergunta é essa?

Dei de ombros. Não era como as perguntas do Jogo de Perguntas do Pub então acho que era uma pergunta ÍNTIMA e não uma pergunta PÚBlica.

Ela sentou perto de mim e disse Philip, querido. O Papai não vai voltar.

Eu falei Mas e se ele voltasse?

Minhas palavras estavam virando água nos olhos dela mas ela não deixou escorrer pra fora pra não estragar a Maquiagem dela.

Ela disse Ninguém nunca vai substituir o seu pai, Philip. Ninguém. Agora vamos.

Ela deu três tapinhas rápidos na minha perna e isso significava Agora vamos na linguagem dos tapinhas.

Eu falei Eu sei.

Aí ela arrumou o cabelo com as mãos e disse Como eu estou?

Eu falei Legal.

Ela disse A gente vai visitar a Vovó no final de semana.

Eu falei Ah.

Aposto que a Mamãe ainda não disse pra Vovó que vai casar com o Tio Alan. Aposto que é por isso que a gente vai visitar ela.

A Mamãe levantou e espirrou um pouco de perfume nela e eu senti o gosto na minha boca e vi o sutiã dela por baixo da blusa branca apertada.

Ela disse Então, você vem?

Eu falei Sim.

A gente desceu e sentou na mesa que ficava mais perto do MICROFONE. Todas as outras mesas estavam arrumadas pras equipes e a maioria do pessoal conversava então eu não conseguia escutar nada só um zumzumzum.

A Carla apareceu com os brincos de argola dela e os olhos de argola dela e a saia curta dela. Ela parecia duas pessoas em uma. Uma pessoa jovem na parte de baixo e uma pessoa velha e escamosa na parte de cima. A Mamãe olhou pras pernas da Carla de um jeito que parecia que estava com medo delas.

A Carla deu uma taça de Vinho Branco pra Mamãe e um copo de Pepsi pra mim e falou Uma taça de Vinho Branco e um copo de Pepsi.

A Mamãe disse Obrigada, Carla. Você viu o Alan por aí?

A Carla coçou o pescoço e falou Acho que ele falou que ia imprimir umas coisas.

A Mamãe disse Ah, tá.

Elas olharam uma pra outra e sorriram e alguma coisa ficou no ar entre os dois sorrisos e aí a Carla voltou pro bar.

O Tio Alan apareceu segurando uns pedaços de papel que ele levantou e umas pessoas bateram palmas e alguém deu um assobio e o Tio Alan distribuiu as Folhas de Resposta e chegou até o microfone e ligou ele. O microfone fez vooooooom bem alto e todo mundo colocou o dedo no ouvido e ele tentou parar o vooooooom mas aquilo continuou por séculos e ele disse A droga da Dixon's.

Todo mundo riu e o vooooooom parou e ele deu três batidinhas no microfone tap tap tap.

Ele falou Então. O show vai começar.

Senti a garrafinha de veneno no meu bolso e vi a Carla ir até o Tio Alan e dar um copo de uísque pra ele. Alguém assobiou de novo. Foi um assobio diferente. Tipo um Uivo de Lobo e foi pra parte jovem da Carla e não pra parte velha.

O Tio Alan falou Obrigado, Carla.

Ele olhou pras pernas dela e queria dizer alguma outra coisa mas não disse porque a Mamãe estava logo ali atrás queimando as costas doídas dele com uns raios laser invisíveis saindo dos olhos dela.

Ele falou Então. A primeira rodada é sobre conhecimentos gerais. Então preparem suas canetas.

Tinha uma Folha de Respostas e uma caneta na nossa mesa mas a Mamãe só estava jogando pra se divertir e não pelas 100 libras. E eu só estava jogando pra matar o Tio Alan e VINGAR o Papai e a Gertie e as Joaninhas e os Barrigudinhos.

O Tio Alan falou Qual é o signo de quem nasce no dia 21 de junho?

A Mamãe disse Ah, eu sei essa.

Ela escreveu *GÊMEOS* na folha perto do número um.

O Tio Alan largou o uísque na mesa e piscou pra Mamãe e respirou alto no microfone. E aí ele falou Ok, questão dois. Complicadinha esta aqui. Quem foi a segunda mulher de Henrique VIII?

A Mamãe olhou pra mim e disse Você aprendeu essa na escola, Philip?

Eu disse Não.

A Mamãe disse Acho que vou chutar.

Ela escreveu *Joana D'Arc* no papel.

Olhei pro copo de uísque com as luzes dos caça-níqueis e do teto todas refletindo nele e olhei pra todo mundo em volta concentrado em escrever a resposta.

O Tio Alan falou Que cidade é conhecida como Cidade Eterna?

Eu sabia a resposta mas não disse nada.

Era ROMA.

Eu sabia tudo sobre Roma porque era minha parte favorita da história e eu tinha lido todos os livros da biblioteca sobre isso. Sabia tudo sobre o Nero e o incêndio e os cristãos e os leões. Sabia que Roma tinha começado a existir por causa do Rômulo e do Remo que eram irmãos que tinham sido protegidos por uma loba e depois encontrados por um pastor. Sabia que o Rômulo era igual o Tio Alan porque ele tinha matado o irmão e se tornado o primeiro Rei de Roma fazia 2.800 anos.

O Tio Alan falou Qual é a salada muito conhecida que tem o nome do hotel em Nova York onde ela foi inventada?

A Mamãe deu umas batidinhas com a caneta na mesa e disse Aaaaaah, eu devia saber essa, estou sempre pedindo saladas.

Ela foi dizendo os nomes das saladas em voz alta. Salada grega. Salada de atum. Salada de macarrão. Salada de alface e tomate.

Ela riu e disse Acho que não existe um hotel alface e tomate, né, Philip? Acho que essa vamos deixar em branco.

A Mamãe tomou um gole do vinho dela e então disse Ah, não. Vamos arriscar.

Ela escreveu *CEASAR SALAD* e na minha cabeça veio a imagem do Júlio César com um avental cortando tomate e pensei em como meu cérebro estava ferrado de pensar essas coisas idiotas enquanto planejava um Assassinato.

O Tio Alan falou Waterloo foi palco de uma famosa batalha envolvendo Napoleão. Em que país fica esse lugar?

A Mamãe cantou baixinho a música "Waterloo" que é do CD do Abba preferido dela e escreveu *SUÉCIA* no papel.

Ela disse pra mim Vou dar um pulinho no banheiro. E ela foi no banheiro e eu tirei a garrafinha do bolso e fiquei segurando ela embaixo da mesa.

O Tio Alan falou Mais uma complicadinha. De que peça de William Shakespeare é a fala Não há nada de bom ou mau sem o pensamento que o faz assim?

E destampei a garrafinha e esperei até todo mundo estar concentrado escrevendo a resposta e pinguei o veneno no copo ping ping ping e coloquei a garrafinha de volta no bolso.

O Tio Alan falou Qual foi o primeiro corredor britânico a correr 2 quilômetros em menos de quatro minutos?

Fiquei tentando parecer natural como a Leah tinha dito que a gente deve fazer quando rouba coisas mas não sabia pra onde olhar porque eu não queria olhar pro uísque envenenado. Mas não conseguia evitar. Era um ímã pros meus olhos.

O Tio Alan falou Na Bíblia, quantos pães Jesus precisou pra alimentar os 5 mil?

O Tio Alan olhou pro uísque na mesa como se fosse beber e aí olhou pra folha dele e disse Certo, mais duas perguntas nesta rodada. Depois um intervalinho pra umas bebidas.

Mais duas perguntas e ele ia morrer. Era esquisito. Não sei por que eu queria que tivesse mais de duas perguntas.

Ele falou Em *Canção de Natal*, de Charles Dickens, quantos fantasmas visitam Scrooge no total?

Quando ele falou em fantasmas foi que o Fantasma do Papai apareceu que nem uma lâmpada perto da porta do banheiro. Ele estava olhando pra mim e sinalizando com a cabeça que ele sabia que eu tinha colocado o veneno no copo e que estava orgulhoso de mim.

A Mamãe saiu do Banheiro das Mulheres e atravessou bem no meio do Fantasma do Papai e o Tio Alan virou e disse no microfone E lá vem ela, meu Cântico de Natal particular.

Algumas pessoas deram risada mas o Big Vic disse alto Acho que vou vomitar.

A Mamãe ficou vermelha que nem o Tio Alan mas de vergonha e não de uísque.

Ela sentou e disse Perdi alguma coisa?

Parecia que eu nunca tinha visto ela tão feliz e eu olhei pro copo de uísque e me senti culpado.

O Tio Alan falou Muito bem. Essa é a última pergunta da rodada.

Na minha cabeça eu tinha esperança que fosse uma pergunta de 5 mil palavras que ia levar séculos pra ele fazer mas a pergunta era Qual é o único rio que corre tanto ao norte quanto ao sul do Equador?

Aí acabaram as perguntas e o Tio Alan falou Muito bem. Voltamos em cinco minutos com a Rodada Musical.

Ele desligou o microfone e colocou de volta no pedestal e ergueu as sobrancelhas e sorriu pra Mamãe. Aí eu olhei pro uísque e olhei pra ele e olhei pro uísque e olhei pra Mamãe e ele estava chegando mais e mais perto do uísque e eu entrei embaixo da mesa e fingi que estava amarrando o tênis e levantei a cabeça e as costas com tudo que nem Atlas carregando o mundo nas costas e virei a mesa até os copos caírem.

O Tio Alan falou Cuidado!

A Mamãe disse Philip!

E eu saí de debaixo da mesa e o Pub inteiro estava olhando pra mim.

O copo de uísque e a taça de vinho e o copo de Pepsi tinham se espatifado no chão e as bebidas estavam escorrendo umas junto com as outras como que indo pro mar e a mesa estava balançando mas não tinha tombado e o Tio Alan se virou pro Pub com as mãos pra cima e falou Tudo sob controle.

E a Mamãe disse Francamente, Philip.

Ela ficou de pé pra enxugar o vinho branco da calça jeans dela porque parecia que ela tinha feito xixi.

Olhei pro rio de uísque envenenado com a sombra do Tio Alan em cima dele.

A Carla veio com as pernas jovens dela e limpou.

E o Fantasma do Papai estava balançando a cabeça lá perto do banheiro como se tivesse vergonha de mim.

Ele falou Ah, Philip. Você é um inútil. Inútil. O que é que há com você?

## Embaixo do H

A Leah voltou pra escola no dia seguinte que era 5 de novembro.

Ela ainda estava tossindo mas parecia um pouco melhor e no recreio a gente sentou embaixo de um dos Hs grandões do campo de Rúgbi. A Leah estava deitada com o casaco cobrindo ela como se fosse um lençol e ela disse Por que você estava agindo que nem maluco no final de semana quando apareceu lá em casa?

Eu falei Não sei Desculpa. Não sei é que

Ela tossiu na mão e disse Você tava bem esquisito.

Eu sabia que se não tivesse coragem de terminar com a Leah não ia ter coragem de matar o Tio Alan e eu queria ver o Fantasma do Papai contente de novo. Tudo o que eu tinha que fazer era terminar com ela mas fiquei preocupado da minha boca não funcionar então deixei as palavras prontas na cabeça e forcei elas pra fora dos lábios. Meu cérebro ficou empurrando as palavras até elas saírem todas bem rápido sem nenhum espaço entre uma e outra LeahagenteprecisaterminarnãodámaispragenteNamorar.

Não olhei pra ela quando disse isso porque eu não queria olhar.

Ela sentou e disse O quê?

Eu falei Leah a gente precisa terminar não dá mais pra gente Namorar.

Ela disse A gente o quê?

Eu falei A gente prec

A tosse dela passou e ela disse Você está terminando comigo?

Eu concordei com a cabeça.

Ela disse Por quê? É por causa do meu nariz?

Eu falei O que é que tem seu nariz?

Ela foi levantando e abanou a cabeça e disse Você não pode fazer isso comigo.

Eu falei Por que não?

Ela disse Você não pode.

Eu falei Desculpa.

E aí ela pegou o casaco e a mochila dela e me chutou bem forte nas costas e se afastou de mim voltando pro prédio da escola e eu fiquei embaixo do H e vi ela ir ficando menor e menor até virar um pontinho cinza e verde no pátio junto com todos os outros pontinhos cinzas e verdes e agora ela podia ser um pontinho-menina ou um pontinho-menino e continuei lá olhando pra todo mundo gritando e brincando e rindo bem longe de mim e estava quase no final do recreio então esfreguei os olhos e disse dentro do meu cérebro Para de chorar para de chorar.

## O Empostamento

As pessoas dizem Lembre-se lembre-se do 5 de novembro porque foi o dia do Golpe da Pólvora e isso faz quatrocentos anos e foi em 1605 e aconteceu muito tempo atrás quando William Shakespeare que escrevia Peças estava vivo.

A Sra. Fell falou que o Golpe da Pólvora aconteceu quando um grupo de católicos quis explodir o Parlamento da Inglaterra e o rei Jaime I junto e começou um Levante Católico pro país ficar mais justo pros católicos.

A Sra. Fell disse Foi bem como acontece hoje, quando algumas pessoas tentam cometer atos terríveis e violentos em nome das religiões delas. Ou porque pensam que é a coisa certa a fazer. Ou porque elas acreditam COM TANTA FORÇA em alguma coisa que não pensam em mais nada a não ser nessa causa e literalmente matariam aqueles que não têm as mesmas crenças.

Ela pareceu ficar triste quando disse isso e fiquei imaginando se ela estava pensando no pai dela, o Ray Goodwin.

A mão da Charlotte Ward subiu que nem um foguete e a Sra. Fell disse Sim, Charlotte?

A Charlotte perguntou Como descobriram o Golpe da Pólvora?

A Sra. Fell disse Um dos golpistas mandou uma carta pro cunhado dele, que era Membro do Parlamento, dizendo pra ele não ir ao Parlamento na Sessão Inaugural no 5 de novembro. A carta foi entregue a outro Membro do Parlamento e eles revistaram o prédio e encontraram 36 barris de pólvora num depósito embaixo da Câmara dos Lordes. Os homens esperaram ali e prenderam Guy Fawkes, que era quem ia botar fogo na pólvora quando chegasse ao depósito.

O Jordan Harper estava na aula de história e estava na carteira atrás da minha sussurrando Biruta Biruta Biruta e depois Capacete Capacete Capacete e depois Papai? Papai? Cadê meu Papai?

Ele estava atirando pedacinhos de borracha em mim e fazendo a Fila do Fundão dar risada e a Sra. Fell disse Jordan, alguma coisa engraçada? Se tem alguma coisa engraçada, por que você não faz a gentileza de compartilhar com o resto da turma? Tenho certeza de que todos nós gostaríamos de ouvir.

A minha cara ficou vermelha e queimando de um jeito que parecia que se o Jordan falasse a verdade ela ia pegar fogo mas o Jordan falou Não, professora. Só estava pensando no Guy Fawkes, professora. Se a senhora sabe o que aconteceu com ele, professora.

A Sra. Fell olhou pra mim com olhos de desculpa e os olhos dela me deixaram menor como se eu tivesse uns dois centímetros de altura e aí ela disse Ele foi levado até o rei Jaime I pra explicar por que queria matá-lo. E aí foi torturado pra entregar os nomes dos outros golpistas.

O Jordan Harper falou Que tipo de tortura?

A Sra. Fell disse A manjedoura.

O Jordan Harper falou O que é isso?

A Sra. Fell disse Era uma máquina que puxava os braços e as pernas da pessoa em direções opostas, então os braços eram puxados pra um lado e as pernas pro outro. Era muito doloroso.

O Jordan Harper falou Legal.

A Sra. Fell disse Não. Não era legal, Jordan. Não era nada legal. Era uma forma de punição muito horrível e cruel.

O Jordan Harper falou E foi assim que ele morreu?

A Sra. Fell disse Não. Ele foi enforcado e esquartejado junto com os outros golpistas. Eles o enforcaram e o cortaram em pedaços.

O sinal tocou e todo mundo saiu e a Sra. Fell falou Tudo bem com você, Philip?

Eu disse Tudo.

Ela falou Tem certeza?

Eu disse Sim.

Então eu saí pro recreio.

As folhas amareladas do pátio vieram na minha direção sussurrando coisas tipo avisos e eu saí e tinha muitas caras pra todo lado tinha caras do Sétimo Ano e do Oitavo Ano mas nenhuma queria conversar comigo agora que eu tinha perdido o campo de força da Leah.

Procurei o Ross e o Gary mas não consegui achar eles. Era como se eles fossem invisíveis. Mas eu não me importava de não ter amigos porque os amigos não te deixam pensar direito e preciso pensar direito e só parar quando conseguir parar o Tio Alan. Estava frio e garoando então fui pra parte coberta perto do Bloco de Ciências mas no meio do caminho me seguraram pelas costas e era o Jordan Harper e o Dominic Weekly e o Jordan falou Agarra as pernas dele! Agarra as pernas! Pega ele!

O Dominic fez um golpe de Judô colocando a perna dele atrás da minha e me empurrando e eles ficaram rindo e tinha mais caras assistindo.

Eles me arrastaram nas folhas molhadas em cima do cimento ralando meu casaco e o Jordan Harper dizendo Emposta ele!

Eu dei uns chutes tentando fazer eles soltarem meus tornozelos e não tinha nenhum professor em lugar nenhum só alunos do Sétimo e do Oitavo Anos e o poste preto ali na parte coberta estava chegando mais perto e as duas fileiras de caras em volta eram caras de gigantes.

O Dominic e o Jordan me levaram até o poste e meu casaco tinha ido parar nos ombros e a camisa estava levantada. O chão foi arranhando as costas e as pedrinhas molhadas entrando pela roupa e Agh! o poste bateu nas minhas bolas e espremeu elas que nem frutinhas e eles continuaram me puxando pelas pernas e a desgraçada da dor subindo como se estivessem me socando por dentro.

Ouvi uma voz mais alta que as risadas que estouravam na minha cabeça e era a voz de uma menina.

Larguem ele!

Larguem ele!

Era a Leah e eles não perceberam que era ela porque o Dominic empurrou as costas dela com o cotovelo. Isso me deixou furioso e eu dei mais chutes mas desse jeito o poste entrou mais em mim e não só nas bolas mas no osso também como se eles fossem me rasgar em dois e se eu fosse o Guy Fawkes teria dado todos os nomes bem agora e entregado todo mundo.

Aí o Dominic largou minha perna e vi o Dane e ele empurrou o Dominic pro chão e então ele virou pro Jordan e levantou os punhos e disse Vem, machão!

O Jordan olhou pros punhos maciços enormes de um cara de 16 anos que era o Dane e ficou com medo e largou minha outra perna e minhas bolas desceram de novo pro lugar e eu fiquei no chão sem conseguir respirar de tanta dor e todo mundo foi indo embora e o Dominic levantou e saiu correndo.

A Leah veio pra perto de mim mas o Dane pegou ela pelo braço e tirou ela dali e eu sem ar tentei dizer o nome dela mas ela não ouviu e eles foram embora com o cabelo liso da Leah esvoaçando na garoa só pra mim.

## Uma Explosão de Luxo

Quando cheguei em casa minhas costas ainda estavam ardendo mas tentei não pensar nisso. Deixei a Mamãe e o Tio Alan e todo mundo acendendo a fogueira e tirei a caixa de SÓDIO METÁLICO do Esconderijo. Fui pro banheiro e tranquei a porta e coloquei a caixa no chão e cheguei na banheira e olhei os xampus e os sabonetes líquidos e tinha uma caixa que dizia Lush! Uma Explosão de Luxo e achei aquilo esquisito e peguei o frasco que dizia

*SAIS DE BANHO EVANESCENTES*

Eram os Sais de Banho do Tio Alan que ele sempre colocava na água por causa da dor nas costas e eu tirei a tampa e derramei todos os Sais na pia e abri a torneira até mandar tudo pelo ralo.

Aí sentei na privada em cima da tampa fechada. Abri a caixa de SÓDIO METÁLICO e as bolinhas pareciam quase iguais aos Sais de Banho então coloquei elas no frasco até ter o mesmo tanto que tinha dos Sais de Banho. Aí eu pus de volta a tampa e o frasco na banheira onde estava antes e então saí do banheiro e devolvi a caixa de SÓDIO METÁLICO pro Esconderijo.

Fui até o quarto e olhei os machucados nas costas que tinham ficado do Empostamento. Passei os dedos em alguns deles mas tinha uns que eu não conseguia alcançar com a mão.

Troquei de roupa e vesti meu jeans e minha camisa de manga comprida e meu cachecol e meu casaco e desci pro estacionamento. Tinha uma Fogueira e todas as mesas estavam lá fora onde a Carla e a Renuka serviam as bebidas e vi o Tio Alan esfregando as costas da Mamãe enquanto eles ficavam perto do fogo e vi o Guy Fawkes no fogo e o corpo e a cabeça dele derretendo que nem a Gertie e os Barrigudinhos.

A Mamãe virou e me viu como se ela tivesse um sexto sentido.

Ela disse Querido, você está aí. Estava me perguntando por onde você andava.

Eu falei Estava só me trocando.

Ela disse Você demorou um tempão.

Deu de ombros.

Ela disse Perdeu, não viu a gente acendendo a fogueira.

O Tio Alan falou Chegou bem a tempo pros fogos de artifício. Vamos começar às 6h30.

Imaginei na minha cabeça que o Tio Alan ia virar um grande fogo de artifício da próxima vez que ele tomasse um banho. Um grande tomate de artifício voando pelos ares e pelas paredes quando a banheira explodisse BUM!!!

Eu falei Ah.

A Mamãe disse Vai ser ótimo.

O tomatão falou É melhor que seja mesmo porque esses fogos custaram bem caro.

Olhei pra cara dele brilhando da cor laranja. A carona gorda dele sorrindo ao ver o Guy Fawkes sendo engolido pelas chamas e me perguntei se ele ia me assombrar quando virasse um fantasma e se ele ia tentar se Vingar pra escapar dos Terrores mas aí pensei que não tinha ninguém que amasse ele como eu amo o Papai. E a Mamãe não ia ver ele porque ela não consegue ver o Fantasma do Papai.

Um cara apareceu e era um cara vestindo um moletom e era o Terry do Olho Sonolento.

Ele falou E aí, Alan?

O Tio Alan disse Prontos pra começar?

O Terry do Olho Sonolento falou O quê?

O Tio Alan disse Vamos começar os fogos às 6h30.

Terry do Olho Sonolento olhou pra Mamãe e sorriu como se ele estivesse nervoso e eu sabia por que ele estava nervoso. Era porque ele tinha arrebentado o Pub e tentado me estrangular e aí ele me viu e deu um pulo como se eu fosse um fantasma.

Ele disse Ei, e aí?

Eu não falei nada só saí dali e passei por trás das mesas e a Renuka estava servindo os drinques direto de uma tigelona e com uma colher grande e engraçada e ela falou pra mim Quer um pouco de ponche, Philip? Tem um bem fraquinho.

Eu disse Não.

Ela falou A fogueira não está linda?

Ela sorriu um sorriso grande na cara triangular dela como se nunca tivesse visto fogo antes e a gente vivesse há 3 milhões de anos e eu falei É.

Ela disse Que grande ideia, né? Fazer uma Fogueira no estacionamento.

Quando ela falava comigo parecia que estava trocando minhas fraldas.

Eu falei Não sei.

E aí o Lesado apareceu com a jaqueta de couro azul dele e fez uma pergunta pra Renuka com a voz grave dele e sem mexer a boca então fui desviando das pessoas pra chegar até a Mamãe.

No meio do caminho ouvi uma voz e ela disse Ei, Bomba de Fedor.

E virei e era ele. Era o Terry do Olho Sonolento e foi minha vez de dar um pulo.

# O Guarda-Chuva de Estrelas

Olhei pra Mamãe e o Terry do Olho Sonolento falou Tá tudo bem. Não sou um vampiro. Não mordo.

Pensei Não morde mas aperta pescoço que nem tubo de pasta de dente.

Olhei pra Renuka e ela estava servindo ponche pro Lesado e não estava mais olhando pra mim.

O Terry do Olho Sonolento falou Só queria me desculpar pelo outro dia lá no parque.

Eu disse Ah.

Ele falou É que eu tinha tido uma noite ruim.

Eu disse Ah.

Olhei pra ele e ele parecia realmente arrependido mas isso só significava que ele era um bom ator e um bom mentiroso e não uma boa pessoa.

Ele falou A Bomba de Fedor me tirou do sério. Demorei horas pra limpar o carpete. Mas exagerei. Desculpe.

E ele não me apertou que nem tubo de pasta de dente. Só saiu dali com as mãos nos bolsos da calça de moletom e eu fui até a Mamãe e ela disse Philip, o que é que você tem hoje?

Eu falei Nada.

Ela disse Por que você foi tão mal-educado com o Terry?
Eu falei Não sei.
Ela disse Ele parece ser um cara legal.
O Tio Alan riu e falou Ele está melhorando.
A Mamãe fez uma careta que queria dizer Como assim? na linguagem das caretas.
O Tio Alan falou Ele está tendo umas aulas.
A Mamãe disse Aulas?
O Tio Alan riu e falou Ele só é um pouco temperamental. Arrebentou o carro da mulher com um taco de beisebol quando ela se separou dele.

Taco de beisebol taco de beisebol ficou apitando na minha cabeça como um alarme e eu soube que tinha sido ele com certeza que tinha arrebentado o Pub.

A Mamãe disse O quê? E você trabalha com ele? E vai pescar com ele?

O Tio Alan falou No fundo ele é um cara legal. Faz trabalhos voluntários. No St. John Ambulance.

O Tio Alan estava mentindo pra fazer a Mamãe gostar do Terry.

Ele não era do St. John Ambulance porque eles foram lá na escola e ele não estava junto e mesmo que ele fosse isso não significava nada. Ainda assim ele tinha tentado espremer minha alma de dentro de mim.

O Tio Alan foi buscar o Terry do Olho Sonolento pra eles começarem os fogos de artifício. Fiquei com a Mamãe e ela colocou o braço em volta de mim. Os fogos estavam lá perto das Latas de Lixo Reciclável e eu procurei o Papai mas ele estava com os Terrores e pensei em todos os Pais Mortos e me perguntei se quando a gente é fantasma ainda gosta de fogos.

O primeiro foi um Roda de Catarina que girou e girou fazendo um barulho esquisito. Aí o Tio Alan se abaixou e acendeu outro e não funcionou e ele voltou lá e na minha cabeça eu estava dizendo EXPLODE EXPLODE.

A Mamãe disse Cuidado.

O Tio Alan levantou e correu e apertou os olhos porque as costas dele estavam doendo e o foguete subiu pelo ar e explodiu fazendo um guarda-chuva de estrelas no céu. Todo mundo aplaudiu menos as pessoas que estavam com um copo na mão que fizeram Uuh. Outro foguete igual subiu só que mais alto. Olhei e vi as linhas de pontinhos brancos meio amarelados sumirem na escuridão da noite e teve ainda outros cinco, um rosa, outro que não subiu, outro que parecia uma flor dente-de-leão, outro que foi só um estouro e um verde que rodopiou e chiou e fez um barulho como de um bicho ferido.

E o Big Vic falou com o vozeirão dele É só isso?

E o Lesado disse com a voz baixinha e murmurante dele enquanto bebia o ponche Pão-duro.

E algumas pessoas aplaudiram um pouquinho e a Mamãe aplaudiu bastante e aí todo mundo começou a entrar no Pub. O Tio Alan e o Terry do Olho Sonolento carregaram as mesas e o Tio Alan falou Ai, minhas costas.

Pensei que ele ia tomar um banho mais tarde. Mas ele não tomou.

## As Fúrias

Os romanos pensavam que quando a gente morre vai pro Submundo. A pessoa que morria ia pelo rio Estige numa balsa até um lugar feliz chamado Hades. Mas só podia ir se tivesse sido enterrada direito porque se não tivesse sido enterrada com uma moeda na boca o balseiro chamado Caronte não deixava atravessar o rio. Então o corpo ficava no rio até virem uns cachorros pra comer ele. Tinha anjos malvados chamados Fúrias que observavam tudo e riam e gostavam de ver todo aquele sangue porque a maioria das pessoas que não tinha sido enterrada direito era porque tinha morrido uma morte feia. Algumas tinham sido CRUCIFICADAS e algumas tinham sido decapitadas ou a garganta delas tinha sido cortada e algumas como os cristãos tinham sido comidas pelos leões mas as Fúrias gostavam de ver todo aquele sangue porque pensavam que os corpos mereciam aquilo e aquilo fazia elas ficarem felizes por serem anjos e não pessoas porque os anjos são melhores que as pessoas e que os fantasmas porque os anjos não sentem dor.

# Máquina do Tempo

Acordei quando ainda estava escuro. Tinha um barulho de trem bem longe que era como se o mundo estivesse suspirando. Às vezes a gente acorda num tempo diferente que nem se tivesse entrado numa máquina do tempo e o tempo que eu estava era antes de o Papai morrer.

Tudo parecia normal e o Papai estava na cama com a Mamãe no outro quarto dormindo com o braço largado em cima dela e eu pensava sobre ir ver o jogo do Derby no sábado. Ia ser legal e meu pensamento foi acelerando e ficando menos sonolento e me empurrando no tempo até eu chegar na manhã de hoje.

Aí eu soube que o Papai não estava no outro quarto e que ele não ia me levar no Futebol e quando lembrei um sentimento pesado entrou no meu cérebro.

No futuro provavelmente vão existir balanças pra pesar as lembranças e vai ser como quando a Mamãe e a Renuka foram pros Vigilantes do Peso. Umas pessoas ou médicos ou Vigilantes do Cérebro vão dizer Essa lembrança é muito pesada e você precisa perder peso no cérebro.

Aí eles vão dizer pra gente exercitar o cérebro do jeito certo pra ele ficar mais leve.

Meu cérebro estava tão pesado hoje de manhã que achei que não ia conseguir levantar ele do travesseiro sem balançar algumas imagens que tenho do Papai na minha cabeça. Como a imagem de quando ele espirrou água em mim e na Mamãe na piscina em Rhodes quando ele ainda estava dentro d'água e a gente nas espreguiçadeiras.

Ou uma mais pesada do Natal quando o Pub fechou e ele estava usando uma coroinha de papel laranja e chorou vendo *Titanic* e falou Não estou chorando, não seja bobo mas ele estava.

Ou de quando a gente foi ver o Derby e teve que esconder nossas bandeiras porque ficamos na torcida visitante.

Ou a lembrança mais pesada de todas de quando a gente foi pra Sconce Hills na neve e a cara dele ficou vermelha e gelada mas as mãos estavam quentes nas luvas de lã e eu ainda era bem pequeno e não tinha nenhum problema de segurar na mão dele e ele foi puxando o trenó.

Ele olhou pra mim e as palavras dele faziam nuvens no ar e os flocos de neve se transformavam em chuva no nariz dele e as palavras que ele disse foram Vamos apostar corrida até o topo.

E ele largou minha mão e correu pro alto do morro e mesmo ele puxando o trenó eu não consegui alcançar. Mas aí ele diminuiu a velocidade lá no alto e me deixou passar. E quando eu passei correndo ele disse que nem na TV E Philip Noble atropela de trás pela raia 7 e garante seu lugar na história com um novo Recorde Mundial.

E aí lá no topo a gente desabou de costas na neve e riu fazendo nuvens pro céu e eu me apoiei nos cotovelos e olhei pra ele deitado na neve e me senti o menino mais feliz mas aí não consigo mais me lembrar de nada porque a imagem é de neve e derrete no meu cérebro.

# O Verdadeiro Tio Alan

Escutei água correndo que nem numa cachoeira. Era a banheira. Era o Tio Alan tomando banho.

Aí meu cérebro fez um clique de encaixar Lego e lembrei dos Sais de Banho explosivos e me perguntei se eles iam explodir o Pub inteiro ou só dentro do banheiro. Pensei que ia ser só dentro do banheiro porque as paredes eram grossas e a banheira era fina e o Tio Alan era feito de carne.

E fiquei só ali deitado na cama prendendo a respiração e tentando me impedir de impedir o Tio Alan de entrar no banho.

A água ainda estava correndo e veio uma voz do banheiro que não era do Alan só que estava dizendo Alan.

Alan.

Alan.

Alan.

Alan.

Alaaaan!

Pensei Ah, não, mas aí pensei Tudo bem porque a Mamãe não tem dor nas costas e então escutei o Alan no quarto da Mamãe e ele falou O quê?

E a Mamãe disse Coloco os seus Sais de Banho?

E não era a Mamãe que ia tomar banho. Ela estava preparando o banho do Tio Alan como se ele fosse um Rei e ela uma Escrava e pensei Ah, não, porque ela estava prestes a explodir tudo.

O Tio Alan falou Se você puder fazer essa gentileza.

Pulei da cama e corri pro banheiro e tentei abrir a porta mas não abria e esmurrei ela e o Tio Alan disse atrás de mim Que merda é essa?

Eu disse Mãe.

Mãe!

Mãe!

Mãe!

Mãe!

Mãe!

Continuei forçando o trinco e esmurrando e depois chutando a madeira e estava descalço mas não senti meus pés doendo.

Eu disse Mãe, não use os Sais! Não use os Sais! Não ponha na água!

A Mamãe desligou a torneira e disse detrás da porta Philip?

Eu falei Abre a porta Mãe abre a

Ela apareceu enrolada numa toalha verde que nem um vestido com os ombros e as pernas de fora. Ela estava segurando os Sais de Banho ainda com a tampa fechada e arranquei o frasco da mão dela e ela disse Philip? Que diabos você está fazendo?

Depois que agarrei os Sais de Banho que não eram Sais de Banho segurei eles contra o peito como uma bola de Rúgbi e ouvi a voz da Mamãe me perseguindo.

Philip?
Philip?
Philip?
Philip?
Philip?
E eu estava de pijama e descalço e corri pra baixo e passei pelo hall e pelo escritório. Abri a porta dos fundos e corri pro estacionamento e meus pés doíam com as pedrinhas que tinham no chão e fui direto pras Latas de Lixo Reciclável e coloquei os Sais na Verde. Corri logo pra longe porque o vidro quebrou e tinha água e vinho dentro da Lata de Lixo Reciclável e pensei que ela ia cxplodir tipo num filme fazendo uma grande bola de fogo e uma fumaça preta mas não explodiu só começou a fazer uns barulhos.

Ping!
Smash!
Ping!
Smash!
Ping!
Smash!
Ping!
Smash!

E foi esquisito como se todos os vidros pra Reciclagem tivessem se juntado e criado algum monstro maluco que estava vivo dentro da Lata de Lixo e quisesse escapar mas não conseguisse atravessar o metal. Depois de um tempo, a criatura chamada Homem-de-Vidro desistiu e não saíram mais barulhos de dentro da Lata de Lixo.

Eu estava parado de pé no estacionamento agora e ouvi
Biipe!

Era a Carla e os brincos de argola dela no carrinho branco dela com os faróis ainda acesos e ela estava fazendo uma careta pelo para-brisa mas não uma careta de brava.

E olhei pra ela e levantei a mão e acenei e caminhei pelo asfalto até a porta dos fundos e o Tio Alan estava lá de roupão e por baixo a camiseta GLÓRIA INGLATERRA dele mas só dava pra ver o ERRA e ele falou O que você tá fazendo, filho?

Eu disse Éeee por séculos.

Eu disse Éeee reciclagem.

O verdadeiro Tio Alan dentro do Tio Alan fingido falou com uma voz brava O quê?

Eu estava com medo mas a Carla fechou a porta do carro e estava vindo e isso fez o verdadeiro Tio Alan se esconder de novo e o Tio Alan fingido sorriu pra Carla e pros brincos de argola dela e disse E aí, querida?

A Carla falou Oi, gatinho.

Ela olhou pros meus pés descalços e o Tio Alan disse Crianças.

A Carla sorriu e pensou no Ross e no Gary e respondeu Nem me fale.

E aí perto do meu pé fez um barulho de moeda quando cai no chão. Um pedacinho de vidro verde tinha escapado da Lata de Lixo Reciclável. O Tio Alan olhou pra mim e eu ergui os ombros.

Entrei e subi e a Mamãe estava no alto da escada de toalha e falou Philip, o que deu em você? E o que você fez com os Sais de Banho do Tio Alan?

Eu disse Não sei.

Ela falou Como assim não sei?

Eu disse Pensei que o vidro estava vazio e pus na Lata de Lixo Reciclável.

Ela falou Philip, por que você está fazendo isso comigo?

Eu disse Não estou fazendo nada.

Ela falou Por que você está sendo tão difícil? É por causa dos seus peixinhos?

O Tio Alan vinha subindo a escada depois de falar com a Carla e a Mamãe começou a choramingar.

O Tio Alan disse pra mim Está vendo o que você faz sua mãe passar, moleque?

O verdadeiro eu dentro do eu fingido apareceu e falou É sua culpa! A culpa é toda sua!

E fui pro meu quarto e bati a porta e deixei a Mamãe chorando com a cara no roupão do Tio Alan.

# Pernilongo

O Papai me contou que o Pernilongo que é um tipo de mosquito é o animal mais venenoso do mundo mas ele nunca mata ninguém porque não pode envenenar ninguém sem ter dentes e ele não tem dentes. Então se todos os outros animais pegarem no pé dele e gritarem Ei, perna longa! ele não pode fazer nada. Não pode dizer Eu sou venenoso e é verdade mas os outros animais não vão acreditar porque ele nunca envenenou ninguém. Ele sabe que podia matar e ser promovido na CADEIA ALIMENTAR se tivesse dentes mas ele não tem porque Deus esqueceu de colocar. Não sei se isso é verdade ou não.

# Mesada

A Sra. Fell estava sentada na cadeira dela e disse Você pode conversar comigo, Philip. Pode me contar qualquer coisa.
 Eu falei Eu sei, professora.
 Ela disse Qualquer coisa mesmo.
 Eu falei Eu sei.
 Ela disse Assim, qualquer coisa. Como o que você está pensando agora.
 Eu estava pensando sobre como o Ray Goodwin tinha sido assassinado então falei Não estou pensando em nada.
 Ela disse O que você vai fazer no fim de semana?
 Eu falei Não sei.
 Ela disse Vai fazer alguma coisa interessante?
 Dei de ombros e foi neles que a pergunta dela se pendurou.
 Ela disse Se você pudesse fazer qualquer coisa neste fim de semana, o que você gostaria de fazer?
 Eu falei Não posso.
 Ela disse Não pode o quê?
 Eu falei Não posso fazer qualquer coisa.
 Ela disse Eu sei. Mas se você pudesse. Qualquer coisa mesmo. O que seria? Como você gostaria de gastar seu tempo?

A Sra. Fell sempre diz coisas assim. Ela é legal mas não entende algumas coisas. Ela não sabe que tempo não é que nem mesada que a gente pode gastar porque na verdade o tempo é a pessoa e a gente é a mesada que ele gasta.

Eu falei Se eu pudesse fazer qualquer coisa?

Ela disse Isso. Qualquer coisa no mundo.

Eu falei Qualquer coisa?

Ela disse Qualquer coisa mesmo.

Eu falei Eu ia querer ir pra Rhodes com a minha mãe e o meu pai.

O sorriso dela foi aumentado a cada palavra que eu dizia até que fechou de novo quando eu disse Pai.

Ela disse Certo, Philip. Certo. Sim. Certo. Mas seu pai

Eu falei Meu pai morreu.

Ela disse Sim, Philip, sim, ele morreu.

Eu falei E eu não posso trazer ele de volta.

Ela fechou os olhos e disse com uma voz suave Não. Não, Philip, acho que você não pode.

Eu falei Mas a senhora falou qualquer coisa.

Ela disse Sim, sim, eu falei.

Pensei que a Sra. Fell podia estar se sentindo mal então falei Eu queria ir pra Roma também.

Ela sorriu de novo e disse Roma?

Eu falei Queria ir ver o Circo Máximo e as bigas.

Ela disse Acho que não existem mais as corridas de bigas.

Eu falei Eu sei, que dizer, é que eu gostaria de ir pra Roma Antiga. Numa máquina do tempo.

Ela disse Ah.

Eu falei Eu queria ir ver o Coliseu e os Gladiadores.

Ela disse Isso talvez fosse um pouco violento.

Eu falei Queria ir ver os Retiários.

Ela disse E quem eram esses?

Eu falei Eram os gladiadores que usavam redes tipo de pescador e grandes tridentes.

Ela disse Você gosta de história, não gosta, Philip?

Eu falei É minha matéria preferida.

Queria dizer que a Sra. Fell era minha professora preferida mas não disse.

Ela disse A minha também.

Eu falei Tudo é história.

Ela disse É.

Eu falei A senhora sempre quis ser professora?

Ela disse com uma voz triste Não sempre. Não.

Eu falei O que a senhora queria ser?

Ela disse Ah, um monte de coisas.

Eu falei Tipo o quê?

Ela suspirou e disse Atriz.

Eu falei A senhora ia ser uma boa atriz.

Ela sorriu e os olhos dela brilharam e ela disse Por quê? Por que você acha isso?

Eu falei Porque a senhora é bonita.

Disse bem assim sem pensar. E aí já tinha saído da minha boca e estava pela sala no pote com as canetas marca-texto e no computador e nos papéis em cima da mesa.

Porque a senhora é bonita porque a senhora é bonita porque a senhora é bonita.

E minhas bochechas ficaram vermelhas e o vermelhão era contagioso e a Sra. Fell também ficou.

Ela disse Bem, não sei se isso é verdade. Mas tenho certeza de que você vai muito longe com esses galanteios, Philip.

Eu tinha que dizer alguma coisa. Eu tinha que dizer qualquer coisa pra apagar o Porque a senhora é bonita e aí eu falei Meus peixes derreteram.

Ela disse O quê?

Eu falei Meus peixinhos derreteram. A água ficou muito quente.

Ela disse Ah, Philip, isso é terrível. Sinto muito.

Eu falei Pelo quê?

E ela disse Sinto muito pelo que aconteceu com os seus peixinhos.

Não sei por que as pessoas dizem que sentem muito quando não foram elas que fizeram aquela coisa que faz elas sentirem muito. É como se todo mundo no mundo fosse um pouquinho culpado de tudo.

Eu falei Foi meu tio Alan.

Ela disse Ah, Philip, tenho certeza de que

Eu falei Ele aumentou o calor.

Ela disse Você viu ele aumentar o calor, Philip?

Eu falei Não. Mas eu sei que foi ele.

Ela disse Tenho certeza de que, seja lá o que for que aconteceu, foi um acidente. A vida é cheia de acidentes. Essa é uma das maiores lições da História.

História.

Peixistória.

Eu falei Não se a gente for religioso.

Ela disse O quê?

Eu falei Se a gente for religioso aí tudo é culpa de Deus.

Ela disse Bem, eu

Eu falei A senhora acha que foi por isso que o Imperador Nero culpou os cristãos?

Ela disse O Imperador Nero?

Eu falei Pelo incêndio em Roma.

Ela disse Não sei. Acho que não, Philip.

Eu falei Acho que sim, professora. Acho que foi por isso.

Pensei que era esquisito a Sra. Fell achar que tudo era acidente porque o Ray Goodwin pai dela foi assassinado mas pensei que a Sra. Fell não é um tipo normal de pessoa.

E aí eu falei A senhora já fez alguma coisa má? De propósito?

Ela olhou pra mim e me sugou com os olhos e demorou um tempão e disse Já, Philip, já.

Eu ia perguntar o que ela tinha feito e acho que ela ia dizer o que era mas não perguntei porque eu ainda queria acreditar na Sra. Fell que morava na minha cabeça então não falei mais nada.

## O Imperador Nero e a Mãe do Imperador Nero

Tenho medo do que vai acontecer comigo se eu matar o Tio Alan.

Não tenho medo que descubram que fui eu porque vou ser esperto e fazer parecer um acidente mas tenho medo de continuar a fazer coisas más.

Quando a gente faz uma coisa má tudo muda e a gente acaba fazendo mais coisas más que nem o Imperador Nero.

Li sobre o Imperador Nero num livro da biblioteca da escola que era sobre os romanos e dizia que o Imperador Nero era bem legal no começo. Ele tinha um professor chamado Sêneca mas provavelmente tinha que chamar ele de Sr. Sêneca.

A mãe do Imperador Nero era esquisita.

Ela casou com o Imperador Cláudio tio dela que era velho e babava bastante e ela matou ele com cogumelos envenenados pro Nero poder ser o Imperador.

Ele era bom no começo porque escutava o que dizia o Sr. Sêneca professor dele que era bom e não gostava que existissem Escravos mesmo quando todo mundo gostava. Mas a mãe dele estava sempre lá escondida atrás das cortinas e conseguindo que o Nero fizesse o que ela queria.

O Nero ainda foi bom por mais um tempo e tentou acabar com os Jogos que era quando os Gladiadores se matavam mas todo mundo adorava os Jogos então ele não conseguiu acabar com eles. Teve que fazer outras coisas em vez disso tipo condenar criminosos à morte. Ele não gostava de fazer essas coisas mas foi ficando mais e mais acostumado a fazer e uma vez teve que matar centenas de Escravos só porque um deles tinha matado o feitor porque essa era a lei. Depois que ele fez isso virou mau.

Ele colocou veneno no bolo de aniversário de uma criança pra matar o irmão dele que era o BRITÂNICO porque ele podia querer se tornar Imperador. E matar é como Chips que são os salgadinhos preferidos da Mamãe. É impossível comer um só.

Então o Nero matou a mulher dele porque queria casar com outra que era muito bonita e se chamava Popeia e acho que talvez seja como o Tio Alan porque o Tio Alan é a fim da Carla Garçonete. Eu vejo ele pegar na bunda dela quando passa por trás dela no bar pra pegar uns salgadinhos. Que não são Chips e são uns de sabor cheddar que fazem o bafo dele ficar ainda pior do que já é.

O Tio Alan pode querer matar a Mamãe pra casar com a Carla Garçonete e aí querer matar a Carla Garçonete porque o Imperador Nero ficou LELÉ e matou a Popeia. Ele deu um chute na cabeça dela quando estava bravo.

E agora o Imperador Nero estava mais velho e não tinha mais nenhuma bondade nele. Tinha acabado toda e então ele matou um monte de cristãos depois do incêndio. E aí ele precisou continuar matando pra continuar como Imperador e fez a pior coisa de todas que foi matar a mãe dele.

A mãe do Nero estava brava com ele e o Nero teve uma discussão feia com a mãe dele mas aí ele FINGIU fazer as pazes com ela e convidou ela pra uma festa e ela falou Tá bom, eu vou na festa.

Ela tinha que ir na festa de barco e então o Nero construiu um barco especial que era pra afundar no meio do mar e fazer ela se afogar. Mas o barco não afundou só quebrou. Quando os caras do barco tentaram fazer ele afundar a melhor amiga da mãe do Nero FINGIU que era a mãe do Nero e falou Me salvem, eu sou a mãe do Nero!

A amiga da mãe do Nero foi muito corajosa porque ela sabia que eles iam matar ela e eles mataram. Eles esmagaram ela batendo com os remos do barco.

A verdadeira mãe do Nero escapou e escreveu uma carta pra ele dizendo Aconteceu um acidente de barco mas estou viva, não se preocupe!!!

E o Imperador Nero ficou louco e enviou dois caras até ela FINGINDO que tinham ido ver se ela estava bem.

Eles disseram Está tudo bem com a senhora?

E a mãe do Nero falou Está.

Aí um dos caras tirou um pau grande como um taco de beisebol e começou a bater nela. Aí o outro cara tirou a espada e ela soube que tinha sido o Nero que tinha tentado matar ela então tirou a roupa e mostrou a barriga e apontou ali e disse Fure aqui porque foi daqui que o Nero saiu.

Eles disseram Tá bom.

E eles furaram ela e o Nero falou pra todo mundo Ela se matou.

Ele fingiu que tinha ficado triste que nem o Tio Alan fingiu quando o Papai morreu.

E agora o Nero não confiava em ninguém nem no Sr. Sêneca que apareceu morto. Mas não importava quantas pessoas o

Nero matava ele nunca estava seguro. E isso porque matar não é que nem uma pedra que a gente atira longe porque é como um bumerangue que a gente atira e volta e acerta a gente na cabeça.

No fim os próprios soldados do Nero queriam se livrar dele e foram atrás do Nero aí ele se matou mas não fez direito então um dos soldados precisou terminar de matar ele.

E no livro que eu peguei da biblioteca dizia no final da página

Quando Nero nasceu, um astrólogo predisse: "Ele será Imperador e matará a própria mãe."

E ele virou Imperador e matou mesmo a mãe dele. Não sei o que um ASTRÓLOGO disse quando eu nasci mas é bem louco pensar que tudo o que vai acontecer talvez já esteja escrito nas estrelas e eu não possa mudar isso e o Tio Alan não possa mudar e ninguém possa mudar. Nem a Mamãe que sempre lê as estrelas nas revistas dela e ela costumava dizer Vai ser uma boa semana. Está dizendo aqui.

Ela dizia isso toda semana e disse na semana que o Papai morreu no acidente então as estrelas devem manter algumas coisas em segredo que elas não deixam as revistas saberem. E os segredos sobre o meu futuro já estão escritos lá no céu e eu não posso mudar eles e não posso mudar nada nem estas palavras nem este ponto final.

## A Máquina de Camisinhas

O Fantasma do Papai não gostou das mudanças que o Tio Alan fez no Pub. O Fantasma do Papai não gostou dos caça-níqueis nem do Show do Milhão nem do Karaokê nem do Jogo de Perguntas do Pub nem da Máquina nos banheiros.

O Fantasma do Papai diz só a Máquina. Ele não diz o nome todo que é Máquina de Camisinhas porque ele deve pensar que eu não sei o que é uma camisinha. Uma camisinha é aquilo que os homens põem no pinto quando eles não querem ter bebês. Elas também são usadas pra fazer bombinhas d'água e lá na Muralha de Adriano o Dominic Weekly colocou uma na boca e soprou até ela estourar.

É esquisito o Fantasma do Papai pensar que a palavra CAMISINHA é mais perigosa que matar o Tio Alan mas é isso que me faz achar que o Fantasma do Papai é realmente o Papai. A Máquina tem tipos diferentes de camisinha tipo a com ESTRIAS e TEXTURA e a SABORES DE FRUTAS e o PACOTE VARIADO que tem uma SABOR CURRY.

CAMISINHA é uma palavra esquisita.
Camisinha.
Camisinha.

Camisinha.

Camisinha.

É parecido com caminha mas tem um SIN no meio mas SIN não é sim, é sem em espanhol que nem no *chilli sin carne*.

O sim engana a gente.

# Relógios Tique-Taque

Eu ia matar o Tio Alan no fim de semana porque eu tinha um novo plano mas esqueci que estava indo com a Mamãe pra Sunderland. Então meu plano ia ter que esperar mas tudo bem porque era só uma noite e ainda faltava um tempo pra acabar a Quarentena porque o Aniversário do Papai estava bem longe.

Sunderland é a pior parte da Inglaterra. A Mamãe é de lá e é onde a Vovó mora. A Mamãe sempre diz pra Vovó se mudar pra perto de Newark mas ela não quer. Ela quer continuar a morar em Sunderland e a Mamãe sempre diz A senhora tem medo de sair de casa.

A Vovó fala É a mesma coisa em todo lugar.

A Mamãe diz Não, mãe, não é.

A Vovó fala De qualquer jeito não posso abandonar o George.

O George é o Vovô e ele morreu no dia 10 de setembro de 2002 mas a Vovó sempre fala como se ele ainda estivesse vivo mas na verdade ela sabe que ele está morto.

A Vovó sempre me adora. Não sei por quê. Não faço nada. Só fico lá sentado comendo biscoito. Mas ela sempre sorri pra mim como se ficar sentado lá comendo biscoito fosse um truque incrível.

Era sábado e a gente chegou na casa dela às 11 horas e ela abriu a porta às 11h05 e me deu um beijo cabeludo.

A Mamãe parecia que calçava um sapato apertado e era porque ela estava com medo de contar pra Vovó sobre o Tio Alan.

E a Mamãe não falou do Tio Alan no começo. Ela falou de todas as lojas e casas perto da casa da Vovó que parecem mortas com madeira tapando as janelas e a Vovó disse É a mesma coisa em todo lugar.

A Vovó faz os dias espicharem na casa dela. Ela confere num relógio. O relógio fica numa prateleira em cima da lareira. É um relógio redondo com Numerais Romanos e ouro ao redor e fica num suporte em forma de sepultura. É branco e tem flores e plantas e borboletas pintadas nele e faz TIQUE-TAQUE TIQUE-TAQUE o dia inteiro mas é o relógio mais lento do mundo e demora uma meia hora pra ele sair de 12h20.

A Vovó não faz nada o dia inteiro além do tricô dela e da palavra cruzada dela e da cara amarrada dela quando assiste às notícias ou às meninas que passam com bebês pela janela dela.

Aí quando ainda eram 12h20 a Mamãe falou sobre casar com o Tio Alan e a Vovó riu como se fosse uma piada. Mas a Vovó nunca ri então acho que ela sabia que era verdade.

A Mamãe falou É sério.

A Vovó disse Ah, claro, querida.

A Mamãe falou Mãe, por favor. Escute. Nós vamos nos casar.

A Vovó tossiu em cima das palavras da Mamãe e falou É o meu peito. Está congestionado.

Ela pegou um lenço de papel. Colocou na frente da boca e catarrou nele. Ficou uns fios de baba da boca da Vovó no lenço que nem os cabos de um teleférico e aí a baba soltou e ficou no lenço e ela falou Desculpe, querida.

A Mamãe disse O Alan me pediu em casamento, e eu disse Sim.
A Vovó não falou nada e aí ela disse Nem pensar.
A Mamãe disse Já sei o que a senhora está pensando.
A Vovó falou Não estou pensando nada.
A Mamãe disse A senhora acha que é muito cedo.
A Vovó falou Um mês? Por quê? Não.
A Mamãe disse Dois meses. Faz dois meses.
A Vovó falou Bem, dois meses. Por que eu ficaria surpresa de você não lembrar nem o nome do seu Brian depois de dois meses?
A Mamãe disse Mãe, por favor.
A Vovó falou O Brian tem bastante tempo pra se revirar no túmulo. E de qualquer jeito faz todo sentido casar com o irmão dele. Você nem vai precisar mudar o nome.
A Vovó olhou pra mim e depois pra Mamãe e o olhar dela ficou sério e ela falou Você vai fazer isso com o pobre do moleque?
A Mamãe disse Fazer o quê?
A Vovó falou Só sinto mesmo é pelo pequeno.
Eu era pequeno agora. Era um homem no enterro mas agora era pequeno.
A Mamãe disse Mãe, não faça isso.
A Vovó falou O pai dele morre e você se enrabicha com o tio. O que você está tentando fazer com ele?
A Mamãe disse Philip, vá brincar no quintal.
Olhei pelo vidro da janela pro pátio e pras linhas brancas da veneziana fechada que pareciam de uma prisão.
O quintal é minúsculo e não tem nada nele. Nem uma bola que seja. Parecia frio lá fora e olhei pro céu com umas nuvens grandes que pareciam cérebros e falei Tá frio.

A Vovó olhou pra minha camiseta e falou Ele precisa se agasalhar melhor neste frio.

A Mamãe disse Ele tem a jaqueta.

A Vovó falou Ah, aquela porcaria. Tanto faz ele enfiar aquilo ou um saco de lixo.

A Mamãe disse Em Newark não é tão frio.

A Vovó falou Ah, claro. Lá é praticamente como nas pirâmides. Onde o rio Trent encontra o Nilo.

A Mamãe disse Philip, vá pro quarto de hóspedes só um minuto, enquanto eu converso com a sua avó.

Aí eu fui pro quarto de hóspedes que é no mesmo andar porque a casa inteira da Vovó fica no mesmo andar. É um bangalô porque a Vovó não consegue subir escadas por causa do quadril dela que é feito de metal. O metal se chama titânio e se a gente tivesse um ímã bem grandão podia fazer a Vovó voar na direção dele, mesmo que a gente botasse o ímã perto de uma parede e ela estivesse no outro quarto ela ia grudar na parede. Se o ímã estivesse bem alto ia levantar ela do chão e ela ia grudar na parede sem poder alcançar nada porque as paredes são finas que nem papel. São folhas grandes de papel.

O quadril de metal da Vovó faz ela fazer uma careta quando anda porque dói. Ela tem duas muletas metálicas então ela caminha como se tivesse quatro pernas longas que nem se fosse um pernilongo em cima d'água. Ela também tem dor nas costas.

Ela tem osteo alguma coisa ose.

Quer dizer que as costas dela são tipo um ponto de interrogação e ela está encolhendo. Ela era alta e agora é do meu tamanho e um dia pode acontecer de a gente aparecer na casa dela e a Mamãe dizer Cadê a Vovó?

Ela vai estar lá no carpete com um centímetro de altura dizendo Socorro socorro socorro, estou encolhendo e a gente pode perder ela de vista de novo e a Mamãe vai dizer E agora, cadê a Vovó? E eu vou olhar pros meus sapatos e a Vovó vai estar num deles presa no meu chiclete dizendo Socorro socorro, estou presa no chiclete...

## Tique-Taque Tique-Taque

A voz da Mamãe estava ficando mais alta e as palavras dela saíam do papel de parede em pedaços grandes como A senhora acha que tem sido fácil pra mim? É terrível. A senhora não sabe. O Brian deixou tudo desorganizado. Eu não tinha ideia do tanto de dinheiro que ele tinha pegado emprestado. E do prejuízo do Pub. Ele nunca me contou, droga. E, além de tudo, eu tive que resolver o negócio todo do banco. O Philip se metendo em todo tipo de encrenca na escola. Me deixando morta de preocupação com o comportamento dele. O Alan tem sido tão legal e tão gentil e tem nos ajudado com o dinheiro e

E aí as palavras dela foram baixando de volume de novo e ficando quebradas e só chegavam uns pedaços delas tio El ci gen tá endo e eu não conseguia emendar os pedaços.

Tentei ouvir mas tinha outro relógio no quarto de hóspedes tique-taque. Ficava do lado da fotografia do Vovô que não parecia o Vovô porque ele estava jovem e inteiro cinza. Era uma foto de antigamente quando tudo era cinza e elegante e os olhos dele pareciam tristes como se ele soubesse o futuro dele. Como se ele soubesse que ia acabar no sofá o tempo inteiro ficando cada vez mais magro porque não podia comer sem passar mal.

E no meio do tique-taque do relógio a Mamãe começou a chorar. Ela estava chorando o tempo inteiro agora. Eu não sabia se o choro era por minha causa ou por dinheiro ou pelo Papai. Acho que era por minha causa.

Olhei pra fora pela janela e não tinha nada só o muro do Vizinho.

Me senti esquisito e falei Olá.

Não sei por que; só queria ouvir minha voz pra conferir que eu era de verdade mas não soou como a minha voz e o relógio estava ficando mais alto TIQUE-TAQUE TIQUE-TAQUE e fui até a cama e deitei e os círculos do teto começaram a girar e minha pele começou a coçar e comecei a pensar em coisas que a gente não pensa tipo engolir e soltar o ar e parecia que se eu parasse de pensar nisso ia parar de respirar e o ar estava diferente que nem Coca é diferente de Pepsi e parecia ar de Coca-Cola e não ar de Pepsi e eu disse Olá de novo mas minha voz ainda estava bem longe de mim.

Meu coração batia daquele jeito engraçado sem parar e pensei por que eu sou eu por que eu não sou a Mamãe por que eu não sou o relógio tique-taque por que eu não sou um peixe por que eu não sou um pedaço de pão por que estou vivo e a maioria das pessoas está morta como eu sei que eu sou eu como eu sei que estou vivo e pensei deve ser bom estar morto não morto que nem o Papai mas não ser nada como quando a gente dorme mas aí pensei pode ser também um sono agitado cheio de pesadelos tipo o que eu tive na noite passada quando eu estava preso na caixa preta e aí minha mão começou a tremer e eu pensei que ia morrer e disse Mãe! Mãe! Mãe!

A Mamãe veio e abriu a porta e os olhos dela estavam vermelhos e ela olhou pra mim e falou O que foi, Philip?

E lá de longe minha voz disse Não sei. Eu estou estranho. Não sei, minha mão está tremendo.

E ela veio e sentiu minha cabeça e meu coração e sentou na cama perto de mim e disse Tudo bem, está tudo bem, Philip, é só um pouquinho de pânico, está tudo bem.

E a Vovó era um pernilongo na porta com as pernas da frente dela prateadas e ela estava dizendo Não se deixe abater, querido e a Mamãe falou Respire fundo, Philip e eu disse Eu vou morrer? E ela falou Não e isso era mentira porque eu acho que ela quis dizer Não vai morrer já e ela falou Agora vamos, respire fundo e eu engoli o ar de Coca-Cola em goles grandes e ainda estava me sentindo vazio e o relógio ficando cada vez mais alto

tique

**taque**

**tique**

# Voltando pra Casa

A gente estava na estrada voltando pra casa e a Mamãe disse Amanhã vamos ao médico, tudo bem? Vou te levar ao Dr. Crawford amanhã. Tudo bem, Philip?
   A gente andou 2 quilômetros e tinha passado um minuto e aí eu falei Tá, tudo bem.
   E a estrada não acabava nunca e a Mamãe disse Vamos nos atrasar. Melhor mandar uma mensagem de texto pra Nooks dizendo que não vou chegar a tempo pra ginástica.
   A Mamãe tirou o celular do bolso esquerdo que ficava bem em cima do peito dela e escreveu a mensagem com uma das mãos e dirigiu com a outra com os olhos indo da estrada pro celular pra estrada pro celular pra estrada.
   E pensei que a gente podia morrer ali se a gente batesse na cerca de proteção e acontecesse um Engavetamento e gostei de pensar nisso.
   Olhei pela janela pro borrão de grama passando a quase 100 por hora e pros outros carros indo quase na mesma velocidade e o carro da Mamãe ultrapassou eles e a gente passou um caminhão e o motorista olhou lá de cima pra mim quando a gente estava passando e aí a gente ultrapassou um carro e no

banco de trás tinha duas gêmeas mas eram meninas pequenas tipo de uns 8 anos.

Elas acenaram pra mim da janela.

Só olhei pra elas até que elas pararam de acenar e aí olhei pro pai e pra mãe nos bancos da frente e eles riam e a mãe se virou pras gêmeas e o pai estava dizendo alguma coisa. Não sei o que estava dizendo mas era alguma coisa legal tipo Vocês querem parar no Little Chef?

E olhei pro pai e ele estava usando uma Camisa Polo e tinha barba que nem o Imperador Adriano que tinha uma cicatriz na cara. É por isso que ele tinha barba e fiquei pensando se aquele homem tinha uma cicatriz na cara e se ele brincava de Doces ou Travessuras. Ele me viu olhando pra ele pela janela e eu sorri e ele sorriu pra mim e me perguntei se ele não podia ficar a fim da Mamãe.

Pensei que talvez sim. A Mamãe era mais bonita que a mãe do carro. A Mamãe não é tão bonita que nem a Sra. Fell mas a Sra. Fell é provavelmente a mulher mais bonita da Inglaterra.

O carro com o pai e a mãe e as gêmeas estava virando agora e o cara nunca ia conhecer a Mamãe e se apaixonar por ela e beijar ela na boca e salvar ela do Tio Alan.

Não era nem dia nem noite agora, era uma mistura dos dois e a gente passou por uma placa que dizia Newark 42 e a Mamãe disse Vamos ouvir uma musiquinha.

Ela ligou o rádio e era uma música e a mulher que estava cantando tinha uma voz como um acolchoado que você se enrola e te esquenta e olhei pra Mamãe e ela estava com os olhos brilhando de lágrimas e uma lágrima rolou pelo rosto dela estragando a Maquiagem e eu disse Por que você está chorando? porque eu queria saber por que ela estava chorando.

E a Mamãe limpou a lágrima e foi pra Faixa Lenta da estrada e falou Não sei, Philip, por favor, eu não sei.

Olhei pela janela pras nuvens roxas no céu que estavam ficando pretas e fechei os olhos e o cara parecido com o Imperador Adriano estava abrindo a porta da frente da casa e sorrindo pro cachorro dele e passando a mão na cabeça do cachorro e as gêmeas correram pra dentro de casa.

# Diazepam

Não gosto do Dr. Crawford.

Ele é o médico que cortou um pedaço do meu pinto nas Férias de Verão antes de o Papai morrer porque a pele do pinto apertava muito quando eu pensava em alguma menina. Tive que ir pro hospital e tomar injeção e cair no sono com uma enfermeira contando de trás pra frente dez nove oito sete e aí eu dormi. Depois da operação eu acordei e estava tudo branco que nem no Céu mas doía e olhei dentro do meu pijama e eu tinha levado dois pontos grandes como espinhos. Não era legal porque eu tinha que andar que nem um corcunda sem deixar encostar os fundilhos do meu pijama então tinha que esticar bastante o elástico como se eu tivesse um barrigão. Quando fui pra escola nova ainda estava um pouco doído mas não tinha mais os pontos. Eles caíram sozinhos porque eu ficava puxando quando ia fazer xixi. Na primeira semana da escola nova a gente teve aula de esportes e foi Rúgbi e o Sr. Rosen fez a gente tomar banho. Foi depois disso que o Dominic e o Jordan me apelidaram de Capacete porque o pinto parece o capacete de um soldado romano e também começaram a me chamar de Judeuzinho e eu não sabia por que e o Papai disse que os judeus têm que ser Circuncidados também e eu falei Por quê? e ele não sabia por quê.

O Dr. Crawford usa óculos. Não sei por que ele usa óculos porque ele fica olhando por cima deles o tempo inteiro com o queixo encostado no pescoço. E o Dr. Crawford é velho. Ele tem linhas pela cara inteira como se fosse um mapa que a gente não consegue entender e ele disse pra Mamãe E então, qual é o problema?

A Mamãe falou do meu coração batendo bem rápido e de eu caminhar dormindo e da minha respiração e da minha tremedeira às vezes e das minhas outras coisas e o Dr. Crawford continuou olhando pra mim por cima dos óculos e sentado na cadeira dele com as pernas compridas cruzadas e fazendo sim bem rápido com a cabeça pras palavras da Mamãe como se as palavras fossem comida e ele fosse um passarinho comendo elas.

E quando a Mamãe terminou de falar o Dr. Crawford disse Esses são os sintomas clássicos da Síndrome do Pânico, que nesse caso provavelmente teve como gatilho a morte do pai dele e as circuncisões posteriores.

Não sei se a palavra era circuncisões mas pareceu que ele disse isso.

A Mamãe disse Ah.

E ele mexeu as pernas longas de flamingo embaixo da mesa e começou a escrever num papel e a Mamãe falou Ele vai ficar bem?

O Dr. Crawford disse Sim. Tenho certeza que vai, Sra. Noble. Basta mantermos o sistema nervoso dele sob controle e regularmos a ADRENALINA que está causando esse batimento cardíaco acelerado.

A Mamãe falou Entendo. E o que são elas? Digo, as pílulas. Elas não são hmmm

O Dr. Crawford disse Chamam-se DIAZEPAM.

A Mamãe falou Elas. O senhor sabe. São. Quero dizer, tudo bem uma criança tomar?

O Dr. Crawford disse Nas doses que vou prescrever, sim, são perfeitamente adequadas a crianças da idade do Philip.

E o Dr. Crawford entregou pra Mamãe o papel e a Mamãe olhou pro que estava escrito mas não entendeu a linguagem dos médicos porque só os Farmacêuticos entendem a linguagem dos médicos então ela me levou pela rua até a Farmácia e comprou os comprimidos pra mim e falou Agora você vai melhorar, Philip. Vai ficar novo em folha.

Olá.
Olá.
Olá.
Olá.
Olá.
Olá.
Olá.
Olá.
Olá.
Olá.
Olá.
Olá.
Olá.
Olá.
Olá.
Olá.
Olá.
Olá.
Olá.
Olá.
Olá.
Olá
Olá.
Olá.
Olá.

## Vendo TV com a Mamãe

Eu estava na Sala com a Mamãe no sofá. Ela não estava trabalhando no bar porque queria ter certeza que eu me sentia bem. Ela falou num sussurro Já tomou o terceiro comprimido?
Eu disse Já.
O Tio Alan estava com o macacão azul da Oficina dormindo na cadeira do Papai e ele dormia como se fosse um rádio fora de sintonia às vezes dizendo umas palavras que eu não conseguia escutar e às vezes assobiando pelo nariz.
Assisti ao jornal com a Mamãe.
A Mamãe não gosta do jornal. Ela gosta de assistir os Famosos tendo que comer insetos na selva. A TV só estava passando o jornal porque o controle remoto estava embaixo do Tio Alan e o Tio Alan estava dormindo.
Na TV falaram de uma bomba no IRAQUE que tinha explodido e matado pessoas. Crianças e adultos e outras pessoas corriam com sangue na cara e choravam e gritavam pra tela que nem se fosse com a gente. Tinha um cara que não estava gritando e ele falou As pessoas nas ruas desta cidade começam a temer por um interminável ciclo de violência.

A Mamãe segurou minha mão e disse Este mundo é horrível. E eu não falei nada. Só deixei minha cabeça encostar no ombro dela e senti o cheiro do cabelo da Mamãe e do xampu dela que é de Essência de Ervas e o cheiro era gostoso. Ela beijou minha cabeça e eu queria que fosse só a Mamãe e eu sem o Tio Alan fazendo ruídos de rádio e meus olhos estavam cansados e a TV estava virando um borrão como se as coisas vazassem da tela pra dentro da sala então as cores do IRAQUE começaram a se misturar com o carpete vermelho numas linhas compridas e finas que nem quando o Fantasma do Papai aparece.

E eu falei baixinho com a cara na blusa dela e nos peitos dela Não casa com ele não.

Mas a Mamãe não ouviu então eu disse de novo Não casa com o Tio Alan.

Desta vez a Mamãe escutou e me tirou do ombro dela e disse num grito sussurrando Pare com isso, Philip. Por favor, pare.

Eu falei Mãe, não vai pra cama com ele. Por favor, não, Mãe. Ele matou.

E aí sem pensar eu disse.

Ele matou o Papai.

E a Mamãe só olhou pra mim e eu tinha colocado lágrimas nos olhos dela pela 200ª vez e ela disse ainda sussurrando mas chorando Philip, por que você está agindo assim? Por que você está fazendo isso comigo? Dizendo essas coisas horríveis? Por que você não para, Philip? Isso é interminável, Philip. Interminável.

E pensei que interminável estava na cabeça dela porque o cara do jornal tinha dito porque ela não diz interminável nunca jamais.

Eu falei O Fantasma do Papai me visita e ele diz que o Tio Alan estava

E a Mamãe falou por cima das minhas palavras e disse Philip, pare. Pare. Você tem que parar ou eles vão te levar, Philip. Vão te levar embora se você continuar a dizer que vê fantasmas e a quebrar as coisas, Philip. Por favor, Philip. Apenas tente, Philip. Por mim. Por mim, Philip. Por mim.

E aí ela parou de falar e de chorar e passou a mão no olho e borrou o preto da Maquiagem porque o Tio Alan estava acordando e tinha achado a sintonia do rádio e esfregou a boca e alisou a cara com as mãos sujas de motor de carro.

O Tio Alan olhou pra TV e falou Ainda essa droga de jornal?

A Mamãe disse É, o jornal, é.

O Tio Alan falou Já contou pra ele?

Senti o corpo da Mamãe se apertar.

A Mamãe falou Não.

Aí a Mamãe disse Vai poder ser no dia 22.

Eu falei O quê?

Ela disse Teve um cancelamento.

Olhei pras pessoas correndo na tela e elas ainda estavam gritando.

Ela disse No Cartório.

O Tio Alan falou Não é ótimo?

E eu olhei pra ele mas o Botão da Raiva no meu cérebro não estava funcionando. Fiquei tentando e tentando apertar ele mas a única coisa que eu sentia era que estava cansado então não fiz nada. Só caí no sono encostado no ombro da Mamãe.

morra morra morra morra morra morra morra morra morra morra
morra morra morra morra morra morra morra morra morra
morra morra morra morra morra morra morra morra
morra morra morra morra morra morra morra
morra morra morra morra morra morra
morra morra morra morra morra
morra morra morra morra
morra morra morra
morra morra
morra

## Tique-Taqueando os Dias

Tique-taque tique-taque tique-taque foi como passou o tempo antes do Casamento e o Fantasma do Papai continuou dizendo pra eu matar o Tio Alan mas eu não sabia como e meu cérebro estava ficando mais lento que o normal.

Tive a ideia de colocar o resto do Sódio Metálico no açucareiro porque o Tio Alan colocava cinco colheres de açúcar no chá dele e a caneca ia virar uma bomba e explodir na cara dele.

Mas aí pensei que era uma má ideia porque a Mamãe às vezes prepara o chá pra ele e mesmo quando ela não faz o chá dele ela às vezes está junto na cozinha quando ele prepara o chá e às vezes põe açúcar no cereal dela então ia ter que encontrar outro jeito de matar o Tio Alan.

Mas os dias continuavam tique-taqueando e o Fantasma do Papai disse Os comprimidos, filho. Eles estão te deixando lento. Tem menos de um mês pra Quarentena acabar. Faltam 29 dias pro dia 10 de dezembro. Vinte e nove dias. E menos ainda pro Casamento.

Eu disse Eu sei.

Ele falou Pare de tomar os comprimidos, Philip. Pare de tomar. Eles estão te deixando fraco.

Tique-taque tique-taque
Eles estão te deixando
E a semana ia assim sete seis cinco quatro três dois um
Eu falei Eles fazem eu me sentir melhor.

O Fantasma do Papai disse Pare de tomar, filho. Por favor. Pare de tomar.

Tique-taque tique-taque tique-taque foi como os dias passaram e aí acordei e era a manhã do dia 22 de novembro, dia do Casamento.

A Mamãe entrou no meu quarto e disse Já tomou seu remédio?

E eu falei Já.

Mas era mentira.

## Os Pings e os Póings e o Nó Windsor

O Tio Alan tinha tomado banho. Senti o cheiro dos novos Sais dele e do cocô que ele tinha feito no banheiro. Entrei na banheira e só fiquei ali deitado sem pensar em nada só escutando a torneira ping póing ping póing ping póing.

Fiquei ouvindo as vozes da Mamãe e do Tio Alan entre um ping e um póing e o Tio Alan estava dizendo Posso ficar na pinta quando quero.

A Mamãe falou Meu sapato está bom? Não está exagerado pro vestido? O salto não está muito alto? Como é que eu estou?

E o Tio Alan disse Parece uma atriz de cinema. De capa de revista.

E aí o Tio Alan passou pela porta e desceu a escada assobiando um negócio que ele vinha assobiando a semana inteira. Era assim Vou casar amanhã blim blom e os sinos vão fazer ping póing ping póing ping póing ping póing ping póing.

E a Mamãe disse detrás da porta Philip, querido. Philip? Philip?

E eu falei O quê?

E ela disse A gente tem que estar no Cartório meia hora antes, Philip. Está quase pronto?

E eu falei Estou.

E a Mamãe disse Vou ver como a Vovó está.

E eu fiquei mais um pouco na água até ficar fria que nem no banho mais frio dos romanos que era o Frigidarium que era onde eles iam depois do banho morno que era o Tepidarium e do banho quente que era o Calidarium e aí eu saí e sequei meu corpo e minha cabeça cobrindo ela com a toalha e eu gosto de ficar embaixo da toalha. É tipo um mundo diferente ali. Tipo o mundo macio da toalha verde.

O Tio Alan pegou a estrada na noite passada por quatro horas só ele e a Vovó no carro. A Vovó odeia o Tio Alan e o Tio Alan odeia a Vovó mas os humanos sempre se odeiam e fingem que não. Isso é o ser humano.

Saí do banheiro usando minha toalha verde como uma saia e fui pro quarto.

A Mamãe tinha preparado meu terno e era o mesmo terno que eu usei no enterro do Papai mas com uma camisa branca-clara e não com uma azul-escura. Olhei pro terno em cima da cama e ele parecia esquisito como se alguém tivesse me atropelado com um trator ou me achatado que nem papel.

A Mamãe estava conversando com a Vovó lá embaixo mas eu não conseguia escutar as palavras. Vesti o terno. Coloquei a camisa pra dentro da calça depois que já tinha posto o paletó e foi difícil. Meu cérebro ainda estava um pouco lento por causa dos comprimidos mas tinha começado a acelerar de novo. Então pus a gravata e enquanto colocava não olhei pro espelho mas pro ar que tinha sido água que era onde os peixinhos derreteram.

E vi a Gertie nadando no ar. Só a Gertie sozinha nadando. Tentei tocar nela mas não tinha nada ali e saí do quarto e parei no alto da escada e o Tio Alan estava subindo a escada com passos de elefante e ele disse Tudo bem, moleque?

Eu falei Tudo.

Ele estava usando o terno apertado dele com o pescoço transbordando.

Ele disse Posso arrumar sua gravata, filho?

Eu falei O quê?

Ele disse Sua gravata está toda errada.

Eu falei Ah.

Ele disse Posso fazer um nó como o meu.

Olhei pro nó do Tio Alan. Era um triângulo pequeno de cabeça pra baixo e ele falou É um nó Windsor.

Eu disse Não sei.

Ele falou É um nó especial pra Casamentos.

Eu não queria que ele fizesse um nó Windsor pra mim mas as mãozonas já estavam na minha gravata e ele estava desfazendo o nó e aí ele levantou meu colarinho e pensei que ele podia espremer minha alma pra fora do corpo que nem o Terry do Olho Sonolento quis fazer e a Mamãe e a Vovó nem iam escutar. Mas ele não fez nada.

Vi o Fantasma do Papai na escada atrás do Tio Alan e eu estava bem no topo da escada e o Tio Alan estava dois degraus pra baixo então eu podia ver o Fantasma do Papai por cima do ombro dele dizendo É agora, Philip.

Eu disse O quê?

O Tio Alan estava passando a gravata por dentro do nó e ele falou Eu não disse nada.

O Fantasma do Papai disse É a sua hora, Philip. Empurre ele da escada, Philip. Empurre com toda força, filho.

Eu falei Eu eu eu

O Tio Alan disse Tá tudo bem, filho?

O Fantasma do Papai falou Mate ele, mate ele agora, Philip. Antes que ele case com ela.

Eu disse Eu não quero.

O Tio Alan falou Estou quase acabando agora, moleque.

O Fantasma do Papai disse Vai, Philip. Faça antes que seja tarde.

E fechei os olhos e levantei as mãos e o Fantasma do Papai disse Empurre, Philip. Empurre ele.

E eu ia empurrar ele. Eu ia fazer. Mas ouvi a Mamãe dizer lá do fim da escada Quem é esse homem bonito?

# O Casamento

Abri os olhos e o Tio Alan terminou o nó da gravata e o Fantasma do Papai não estava mais lá e a Mamãe usava um vestido verde-claro e dois sapatos verdes-claros e o penteado dela era com uma presilha que parecia que estava entrando na cabeça e a cara dela estava Maquiada e as sobrancelhas pareciam as asas dos passarinhos quando a gente desenha eles voando no céu e os lábios cor-de-rosa deixaram os dentes dela cor-de-rosa também.

Ela olhou pra mim e o que ela estava vendo não era o eu de verdade que quase tinha matado o Tio Alan porque ela sorria pra mim que nem se eu fosse um menino mágico. Os olhos dela brilhavam de lágrimas de novo e a Vovó estava logo atrás com as quatro pernas dela no carpete que era azul da cor de um lago.

A Vovó olhou pra cima pra onde eu estava e disse Puxa, que elegância.

O Tio Alan passou por mim e entrou no banheiro e fechou a porta e ele começou a fazer um xixi de elefante.

A Mamãe era duas pessoas agora. Uma pessoa rápida dentro de uma lenta. Ou uma pessoa lenta dentro de uma rápida. Não sei qual.

E ela disse Philip, será que você pode ir levando a Vovó pro carro?

E aí ela falou Chaves chaves chaves.

Desci a escada e peguei a Vovó pelo cotovelo e senti a pele frouxa dela sem sangue nenhum por dentro e a Vovó fez um barulho como se doesse só de eu encostar no cotovelo dela.

Sssssssssssssssssss

A Mamãe achou as chaves e abriu a porta pra mim e pra Vovó e foi apagar todas as luzes e eu fiquei segurando o braço da Vovó.

A Vovó era duas pessoas. Ela era uma pessoa lenta dentro de uma pessoa muito lenta. Aí eu fui andando até a porta com o menor passo do mundo tão pequeno que podia entrar pro *Livro dos Recordes*.

A Vovó fazia Ee Aa Ee Aa Ee Aa Ee cada vez que ela dava um passo com as pernas ou com as muletas. Quando a gente chegou na porta dos fundos eu olhei pra fora e calculei que dava uns dez passos normais até o carro e isso dá uns cem passos da Vovó.

Ee Aa Ee Aa Ee Aa.

Eu falei A gente já está chegando no carro, Vovó.

Ela ficava olhando pro carro e rindo de mim como se eu fosse maluco e o carro estivesse a 15 quilômetros e não dez passos e o Vovô dizia que quando a gente fica velho o tempo fica mais curto e caminhar demora mais.

O Tio Alan passou pela gente ajeitando o terno e fazendo tipo um aquecimento e a Mamãe fechou a porta e veio pocotó pocotó que nem um cavalo de duas pernas e a Vovó disse pra ela Olhe só pra mim Aa atrasando todo mundo.

A Mamãe falou A senhora não está atrasando ninguém. Estamos com tempo.

A Vovó disse Se tivessem estacionado Ee mais perto.

A Mamãe falou Se a senhora esperar aí posso dar uma ré.

A Vovó disse Não quero Ee incomodar, querida.

A Mamãe falou Não é incômodo.

A Mamãe entrou no carro e deu ré e quase bateu numa das muletas prateadas da Vovó.

A Vovó riu e disse pra mim Acho que eles estão tentando acabar com a gente, Philip.

Continuei segurando o esqueleto dentro da pele dela e não ri e o carro estacionou na nossa frente e eu abri a porta pra Vovó e segurei as muletas dela e o Tio Alan falou Precisam de ajuda aí?

E a Vovó disse pra mim Umas pernas novas resolveriam.

O Tio Alan saiu do lado do carro que ele estava e ajudou a Vovó a embarcar e a Vovó foi fazendo Aa Aa Aa Cuidado Aa Aa e quando as pernas dela tinham entrado o Tio Alan pegou as muletas metálicas da minha mão e colocou no chão do carro na frente da Vovó.

Dei a volta pelo outro lado e entrei e sentei perto dela e ajudei ela com o cinto de segurança e ela estava dizendo Consigo colocar sozinha, querido mas ela não conseguia.

O Tio Alan disse Meu banco não está muito pra trás, Philip?

Eu falei Não.

Fiquei pensando que ele só era legal quando a Mamãe estava junto e aí ele sorriu pra Mamãe com aqueles olhos de quando as pessoas da TV estão apaixonadas e aquilo me deixou mal como se tivesse entrado farinha nos meus olhos.

A Mamãe dirigiu até o Cartório que é do outro lado da cidade e o céu estava cinza com nuvens baixas e a gente passou por umas casas amarelas que nem doentes e ninguém falava nada no carro. A Vovó estava olhando pra fora pra umas crianças e fazendo Sssss como se fosse um colchão de ar quando a gente deixa escapar o ar de dentro e a gente passou pela Locadora Da Trupe e pela JD Esportes e pelo KFC e pelo Fish & Chips e pelo Palácio de César que não é o Palácio do Júlio César, é um "Night Club" que é tipo o Clube de Teatro da escola mas pra quem gosta da Noite e não de Teatro e o dono deve ser alguém chamado César mas não Júlio. Talvez seja o Davi César ou o Brian César ou o Philip César.

A gente passou pela muralha do castelo e pelo castelo do parque e pelos mendigos do castelo que não têm dentes e ficam com umas garrafas dentro de umas sacolas sentados nos bancos bebendo. Um deles me viu olhando pra ele e os olhos dele ficaram olhando pra mim que nem se estivessem tentando me falar alguma coisa mas eu não sabia o quê. A gente passou pelo restaurante chinês e pela Casa da Luz Vermelha onde o Papai foi uma vez e a Mamãe gritou com ele não sei por quê e pelo pub Bottoms Up e por umas mulheres que ficam gritando umas coisas sobre Deus e pelo Lesado saindo da Ladbrokes e na nossa frente tinha um cavalo numa carroceria. Não era um cavalo grã-fino de alguma vila de gente rica, era um cavalo cigano virando pra esquerda na Toney Lane onde ficam todos os trailers dourados dos ciganos e onde moram os moleques casca-grossa que não vão pra escola normal e conseguem bater em qualquer um até no Dane só com os punhos e os anéis grandões deles e aí a gente passou pelo Supermercado Morrison's e pelas casas todas e aí chegamos no Cartório e Newark parou de se mover rápido.

O Cartório não parece grande coisa.

É só um prédio de tijolos vermelhos em que ninguém repara. É de propósito pra Deus também não reparar nele então ele não vai disparar luz pelos dedos dele e matar as pessoas que se casam de novo e que mentiram na igreja.

A Mamãe estacionou bem perto da porta pra não ficar longe pra Vovó. Na porta tinha uma mulher de uns dois metros de altura com um terno marrom e quando a gente saiu a mulher falou Alan e Carol?

A Mamãe disse Sim, somos nós.

A mulher era alta que nem o Tio Alan e ela disse Falamos pelo telefone. Sou a Ângela. Juíza de Paz.

Tinha um degrau e a Vovó olhou pro degrau e uma nuvem negra desceu na cabeça dela e a Ângela Juíza de Paz se abaixou um metro e sorriu pra Vovó como se ela fosse uma gata e disse pra Vovó Olá, meu bem, a senhora quer uma cadeira de rodas?

A Vovó falou Não, querida, não preciso de uma cadeira de rodas.

Então eu e o Tio Alan ajudamos ela a subir o degrau e ela foi fazendo Aa Aa Aa e a Mamãe disse com uma voz de quem na verdade estava brava mas com os lábios cor-de-rosa sorrindo pra Ângela Juíza de Paz A senhora tem certeza de que não quer uma cadeira de rodas, mãe?

E quando a gente entrou tinha um hall e quatro portas e cadeiras entre uma porta e outra e um cheiro forte de carpete. Eu e a Vovó sentamos em duas cadeiras e ninguém tinha chegado porque a gente estava adiantado e a Vovó ainda estava esvaziando Ssss.

A Mamãe e o Tio Alan foram falar com a Ângela Juíza de Paz e a Ângela Juíza de Paz disse Certo, as identidades de vocês, por favor.

Ssssssss

A Mamãe procurou na bolsa verde-clara dela e tirou da bolsa as duas identidades e a Ângela Juíza de Paz disse Perfeito. Agora as certidões de nascimento.

Sssssssss

A Mamãe deu pra ela as certidões de nascimento e a Ângela Juíza de Paz disse Perfeito. Certo. Posso pedir agora um comprovante de residência, por exemplo, uma conta ou a carteira de

Sssssssss

A Mamãe entregou uma folha e a Ângela Juíza de Paz olhou pra folha e disse Perfeito e aí ela olhou pra Mamãe e falou E você teria aí o atestado de óbito do seu falecido marido?

Por que as pessoas mortas são falecidas? O Papai não é falecido que parece falido. Ele está na frente de todo mundo que está vivo porque a gente começa sendo nada aí a gente vive e aí a gente morre. Então é mais ou menos assim

Nada

Vivo

Morto

e quando alguém morre com 41 anos já chegou lá antes de todo mundo.

A Mamãe entregou pra Ângela Juíza de Paz o atestado de óbito. Era só um papel e a Ângela Juíza de Paz olhou pra ele e disse Perfeito.

E aí o pessoal começou a chegar.

Estava a Renuka que me viu e fez uma onda porque eu estava de terno e a Carla Garçonete que ficou mexendo nos brincos de argola dela e parecia brava e ficou se contorcendo dentro do vestido como se tivesse pó-de-mico nele. Ela falou pro Ross e pro Gary Comportem-se, vocês dois.

Eles estavam brincando de supersocos no braço.

O Ross falou E aí, Philipeto?

E o Gary disse Essa é sua avó? como se a Vovó não tivesse ouvidos.

Eu falei É.

O Ross disse Ela tem 100 anos?

Eu falei Não.

O Gary disse Mais de 100?

O Ross falou 120?

Eu disse Não.

Eles falaram O quê? Mais velha?

E eu disse Não.

A Vovó falou Ssssss.

O Gary disse 119?

E aí a Ângela Juíza de Paz entrou por uma das portas e todo mundo foi atrás dela como se ela fosse o Flautista de Hamelin.

A sala tinha um papel de parede verde listrado e fileiras de cadeiras e um teto que ia ficando mais e mais baixo e um carpete que era alto que nem grama e o pé afundava.

Eu estava entre a Vovó e a Renuka na segunda fileira e elas eram os únicos adultos da sala que eram mais baixos que eu e eu estava me sentindo esquisito como se meu cérebro estivesse indo muito rápido e eu queria ter tomado meu comprimido.

A Ângela Juíza de Paz sinalizou com a cabeça lá do alto onde ficava a cabeça dela e arregalou os olhos pro cara no fundo da sala e disse Derek, a música e a música do Derek começou a tocar.

Aí ela disse Derek e a música parou.

A Ângela Juíza de Paz olhou pro Tio Alan e pra Mamãe ali de pé e a Renuka sussurrou no meu ouvido Sua mãe não está linda, Philip?

Olhei pras costas da Mamãe que estavam de fora onde acabava o vestido e pro pescoço dela e falei Está.

Ela falou Aposto que você está orgulhoso.

Eu não disse nada.

E a Ângela Juíza de Paz juntou as mãos e disse Gostaria de começar dando as boas-vindas a todos para

Ele estava bem atrás dela. O Fantasma do Papai.

Ele falou Você tem que impedir isso, Philip.

A Ângela Juíza de Paz disse Se algum dos presentes tem conhecimento de qualquer impedimento legal ao matrimônio de Alan e Carol, por favor, fale agora.

O Fantasma do Papai falou Diga alguma coisa, Philip. Conte do Tio Alan. Conte a verdade pra todo mundo, Philip. A verdade.

A Ângela Juíza de Paz olhou pro Tio Alan e disse Por favor, repita comigo.

Ele repetiu depois dela Declaro solenemente não ter conhecimento de qualquer impedimento legal ao matrimônio pelo qual eu, Alan Peter Noble, recebo como esposa Carol Suzanne Noble.

E aí a Mamãe disse a mesma coisa e colocou mais Nobles na sala.

Declaro Noble impedimento Noble pelo qual eu Noble recebo Noble como Noble Noble Noble.

O Fantasma do Papai estava gritando Não! Não! Não!

E o teto ficando mais baixo e mais baixo e mais baixo e o carpete crescendo crescendo crescendo e olhei pra trás e vi todas as caras olhando pro Tio Alan e pra Mamãe de costas e aí aconteceu que o grande gigante azul e a Mamãe pequena e verde viraram um pro outro e as palavras saíram da boca dele direto pros olhos dela.

Convoco os presentes como testemunhas de que eu, Alan Peter Noble, recebo-te, Carol Suzanne Noble, como minha legítima esposa e a Vovó fez Ssssss e a Renuka limpou uma lágrima e fez Oh e o Fantasma do Papai olhou pra Mamãe e disse Não faça isso não fale não fale eu ainda te amo por favor e a Mamãe sorriu pro Tio Alan Convoco os presentes Não faça isso como testemunhas de que eu, Carol Suzanne Noble Oh recebo-te, Alan eu ainda Peter te amo como meu legítimo esposo Ssssssssssssssssssssssssssssssssssss

Estou tonto e pisco e estou no carro segurando o cotovelo da Vovó e em frente está o Tio Alan levantando a Mamãe no colo e colocando ela pra dentro da porta que nem os romanos faziam e a Mamãe rindo e o Tio Alan rindo e a Vovó me olhando com os olhos dela que eram tipo dois pratinhos de leite pra um gato beber e com a boca sem lábios dela me dizendo Este negócio não vai Aa durar muito, filho.

# A Oficina

O Fantasma do Papai disse Está piorando. Os Terrores. Estão me atormentando mais.
Eu falei Eu sei. Vou fazer o negócio hoje. Vou te deixar Descansar em Paz.
Coloquei na mochila os GRÂNULOS DE MAGNÉSIO que eram minha última arma e esperei o Fantasma do Papai desaparecer no ar e aí fui pra escola.
Não queria sair pro pátio no recreio então fiquei na biblioteca lendo Histórias de Horror e depois da aula não fui direto pra casa e andei por umas ruas calmas e passei pelas janelas todas e algumas tinham pinheirinhos de Natal e Anjos e aí cheguei numa lojinha que se chamava LONDIS.
Era um lugar que eu nunca tinha entrado antes então ninguém ia me reconhecer e eu disse Uma caixa de fósforos, por favor.
E a moça estava sentada numa cadeira lendo a *Heat* que é a revista que a Renuka sempre leva pra Mamãe. A moça era branca que nem um Barrigudinho morto e fiquei pensando se alguém cortasse ela se ia sair sangue branco.

Ela tirou os olhos da revista parecendo que não tinha força pra alcançar os fósforos. Que nem se revista fosse um ímã de cores sugando toda cor dela. Ela disse A Noite dos Fogos já passou.

Eu falei Eu sei.

Ela disse Você é muito novo pra fumar.

Eu falei Não quero cigarros. Só os fósforos.

Ela levantou da cadeira e deu meia-volta e pegou os fósforos como se aquilo fosse o trabalho mais difícil do mundo e eu paguei com o dinheiro do meu lanche.

Os fósforos se chamavam Vestas.

Vesta é o deus Romano do fogo e as Virgens Vestais é que mantinham a chama acesa pra sempre num templo redondo.

Coloquei os fósforos no bolso e a mulher pálida voltou pra revista dela e saí da lojinha e fui até a Oficina.

Estava quase escuro e as sombras do dia se apagavam na noite mas tinha umas sombras que vinham do poste e piscavam que nem um fantasma.

A Oficina fica sozinha. Não tem lojas nem nada perto dela. Só a Escola Técnica. Mas não a entrada principal, só a cerca. A Oficina fica perto do Centro mas não numa rua principal. Fica depois da esquina de uma rua em L como se estivesse escondida.

A rua em L não tem nome porque não tem placa mas perto fica a Friary Road que é a rua da Escola Técnica e onde fica o parque aonde o pessoal leva os cachorros pra passear.

E a Oficina tem duas portas, uma grande tipo um paredão de madeira e a outra no meio dessa que é uma porta normal e as duas portas estavam fechadas e eram só umas tábuas do alto até embaixo mas o contorno da porta menor estava iluminado então tinha alguém lá dentro.

Tirei o Magnésio da mochila e fiz uma fileira no chão perto da porta com os grânulos e eles brilhavam mesmo ficando mais e mais noite.

Apalpei os fósforos no bolso e tirei eles. Tentei olhar pela abertura da porta pra dentro da Oficina porque não queria matar nenhum cliente nem o Terry do Olho Sonolento só o Tio Alan.

Vi uma sombra passar mas não consegui saber se era a sombra do Tio Alan. Aí escutei o Fantasma do Papai atrás de mim.

Ele sabia no que eu estava pensando e falou Só está ele, Philip. Só o Tio Alan. Só tem ele lá dentro. Todos os clientes já foram embora. É por isso que as portas estão fechadas.

Olhei em volta e o Fantasma do Papai estava de pé perto da cerca de arame da Escola Técnica e ele disse Não tem mais ninguém aí.

A voz dele falou Vai, Philip.

Vai.

Vai.

Vai.

Acende o fósforo.

Acende, Philip.

Vai.

Acende.

## Nos Braços de Morfeu

Tinha umas duzentas línguas saindo de bocas debaixo da terra e lambendo a madeira da porta e eu olhei pra elas por um minuto e meu rosto ficou quente e eu não conseguia enxergar o Fantasma do Papai mas ele disse Corre!
Eu falei Tchau, Pai. Eu te amo.
Ele disse Corre!
Ouvi alguma coisa lá dentro da Oficina. Um som de grito. E pensei É ele! É ele!
E corri do fogo e continuei correndo e ouvi um barulho tipo um estouro e aí um barulho que nem de alguma coisa sugando como se a Oficina estivesse tentando respirar e virei e vi um círculo de fogo saindo da porta.
Passei correndo pela Escola Técnica. As bicicletas acorrentadas na cerca pareciam esquisitas no escuro. Como se fossem um monte de óculos grandes me olhando. E quando cheguei na rua principal, parei de correr e procurei o Fantasma do Papai mas ele não estava em lugar nenhum. Ele estava na Oficina assistindo ao Tio Alan morrer nas chamas e depois o Fantasma do Papai ia Descansar em Paz pra sempre.

Andei pela rua principal e não tinha ninguém porque estava congelante e passei pelas quadras de tênis e atravessei o parque pra nenhum carro me ver e enxerguei a fumaça. Eram umas nuvens pretas subindo pro céu e apagando as estrelas.

Pensei Ah, não, e se o fogo não parar? E se acontecer que nem em Roma em 64 a.C. e ele continuar queimando? Ou que nem no Grande Incêndio de Londres em 1666 d.C.? E se eu tiver começado o Grande Incêndio de Newark? Ou o Grande Incêndio da Inglaterra e pegar fogo no país inteiro e todo mundo tiver que morar na ilha do lago do Rufford Park aonde eu e a Mamãe e o Papai fomos uma vez quando eu era pequeno?

Vi o Lesado na Bridge Street e ele estava com uma mulher e quando ele me viu soltou a mão dela e ele me viu olhando pra ele e soltou nuvens pela boca e disse Tudo bem, moleque?

Eu falei Tudo.

Continuei andando e aí ouvi um caminhão de bombeiro fazendo uóóóuóóó e corri pro Pub pelos fundos e subi e escutei os passos da Mamãe saindo do Pub pro hall e a voz da Mamãe subindo a escada Philip? Philip? Philip?

Eu falei Oi.

A Mamãe subiu a escada e ela disse Onde você estava, PELO AMOR DE DEUS?

Eu falei Por aí. Eu tinha saído.

As chamas torravam ele que nem um porco e ele gritava e gritava e era tarde demais.

A Mamãe falou Como assim por aí? Por aí onde?

Eu disse Por aí, só.

As mangueiras espalhavam água e chovia em cima da Oficina mas o fogo e a fumaça não paravam até o Tio Alan virar um fantasma e o Papai contar pra ele o que estava acontecendo.

Eu tinha matado o Tio Alan e queria ver o Fantasma do Papai porque ele era a única pessoa que sabia que eu tinha matado. Mas o Fantasma do Papai tinha ido embora e escapado dos Terrores e estava no Céu ou no Nada.

Deitei na cama e esperei o telefone tocar ou a Mamãe ficar preocupada mas a Mamãe não ficou e pensei no Lesado e na mulher que eu tinha visto e se eles iam contar pra polícia que tinham me visto. Fiquei pensando no Tio Alan e meu medo era que nem eletricidade dentro do meu corpo e minhas veias eram fios metálicos que CONDUZIAM essa eletricidade.

Eu tinha matado e torrado ele e agora a vida dele estava dentro de mim. Tinha tirado ela e um corpo só não dá pra duas vidas e era muita eletricidade nos meus fios então não consegui ficar deitado. Desci pro corredor e gritei Mãe.

E ela saiu do bar até o pé da escada e disse Sssh.

Eu falei Por quê?

Ela disse Você vai acordar o Alan.

Eu falei O quê?

Ela disse Você vai acordar o Alan.

Eu falei O quê?

Ela disse Você vai acordar o Alan.

Desci a escada e falei O Tio Alan está na Oficina. Ele está na Oficina.

A Mamãe disse Ele veio mais cedo hoje porque estava com dor de cabeça. Está nos braços de Morfeu. A Mamãe falou Tá tudo bem, Philip? Parece que você viu um

Corri pra cima mais rápido que a pergunta dela e entrei no quarto do Papai e da Mamãe e ele estava ali na cama deitado com o barrigão pra cima parecendo um morro e roncando como um porco mas não torrado.

Pensei que ele podia ser um fantasma e que a Mamãe não soubesse que ele era um fantasma. Mas não dava pra ver através dele e fantasmas não dormem nem afundam o colchão quando deitam e pensei Ah, não.

Lembrei do barulho na Oficina. Do barulho de grito. Ele voltou no meu ouvido Aaaaaaaaaaaaaa e meu rosto ficou quente que nem se eu ainda estivesse perto do fogo e eu pensei Ah, não. Ah, não. Ah, não. Ah, não.

Olhei em volta do quarto e vi os potes e tubos e frascos da Mamãe como uma cidade cheia de Arranha-Céus e o espelho e o Tio Alan dentro dele ainda nos braços de Morfeu. Eu queria o Fantasma do Papai mas ele não estava lá então saí do quarto e desci e entrei no Pub e todas as caras estavam rindo. O Big Vic e a Carla e a Mamãe. Pareciam Demônios. O Big Vic falou Juro por Deus que é verdade, porra.

Eles riram outra vez e aí a Carla me viu e falou E aí, Philip querido?

E a Mamãe virou e disse Você não acordou o Tio Alan, né?

E o Big Vic olhou pra mim como se eu fosse a Pergunta de Um Milhão da Máquina do Show do Milhão e ele não soubesse a resposta e foi aí que o telefone fez trim trim.

Mas era o telefone do Pub e o barulho parece mais o de um carneiro Béé béé béé béé.

A Mamãe foi até o corredor ainda dando risada e atendeu e disse Alô?

Fiquei olhando a cara e a risada dela murcharem e depois morrerem.

Não tinha mais nada no mundo só a voz da Mamãe e as palavras dela.

Sim.
Sim?
Que tipo de acidente?
Não.
Ah, meu Deus.
Não.
Tem certeza?
Na?
Não.
Tinha alguém?
Não, ele está aqui agora. No quarto.
Não acredito.
Sim, claro.
O quê, agora?
Aqui no Pub?
Só o Alan ou nós dois?
Sim.
Sim, eu vou.
Sim.
Tchau.
Tchau.

As perguntas eram que nem bocarras de crocodilos abrindo e fechando na minha cabeça.

De quem foi o Grito? Quem era? Era o Terry do Olho Sonolento? O Outro Cara que arrebentou o Pub? Um cliente? Foi só na minha cabeça? Foi só na minha cabeça sim foi só na minha cabeça sim sim foi só na minha cabeça.

Mas aí a Mamãe veio do telefone e aí veio a resposta também e ela me abocanhou de uma vez.

**O Sr. Fairview morreu.**

## As Vozes na Parede

O policial com cara de prato olhou pros anéis de Casamento no dedo da Mamãe e perguntou pra ela E onde estava seu filho naquele momento?
    E a Mamãe olhou pra mim e o Tio Alan olhou pra Mamãe.
    A Mamãe disse Ele estava aqui. Voltou da escola às 4. Subiu pro quarto dele. Enquanto o Alan estava dormindo.
    O policial escreveu isso e ele não sabia que era mentira e o Tio Alan não sabia que era mentira mas era e eu olhei pra Mamãe e ela olhou pra mim como se ela soubesse o que eu tinha feito.
    Eu falei Posso ir pra cama?
    A Mamãe disse Pode.
    O policial com cara de prato vazio só olhou pra mim e eu subi e fui pro meu quarto e o Fantasma do Papai não estava ali.
    E eu só esperei e depois ouvi a polícia ir embora e ouvi a Mamãe e o Tio Alan subindo e ouvi eles conversando sobre o Sr. Fairview no outro quarto.
    O Tio Alan disse Que Diabos ele estava fazendo lá? Ele nunca vai na Oficina.
    A Mamãe falou Vamos, tente não pensar mais nisso.

O Tio Alan disse Não faz sentido.
A Mamãe falou Essas coisas nunca fazem sentido.
O Tio Alan disse Que Diabos ele estava fazendo lá?
A Mamãe falou Só Deus sabe.
O Tio Alan disse Não faz sentido.
Cobri a cabeça com o acolchoado e as vozes foram embora mas outras coisas apareceram então pus a cabeça pra fora e ouvi a Mamãe dizer Seu uísque.
O Tio Alan falou Obrigado.
A Mamãe disse Você acha que foi algum pequeno criminoso?
Sentei na cama como quando eu tenho o sonho do inseto e meu coração estava batendo feito maluco tumtumtum e aí o Tio Alan disse E isso lá é crime pequeno?
A Mamãe falou Sei lá e aí meu coração começou a desacelerar.
O Tio Alan disse Vai saber.
A Mamãe falou Você não acha que
O Tio Alan disse O quê?
A Mamãe falou Você não acha que ele pode ter feito de propósito?
O Tio Alan disse Ele, se matar?
Houve um silêncio e o Tio Alan falou Não, não consigo ver por que ele faria isso. Tinha as duas crianças. E ele era do Exército de Deus. Não ia arriscar não ir pro Céu. E é muito estranho fazer o negócio assim. Quer dizer, se ele tivesse decidido fazer.
A Mamãe disse Mas ele perdeu a mulher, não foi?
O Tio Alan falou Foi, faz uns anos.
A Mamãe disse Ainda não consigo acreditar.

O Tio Alan falou Lembra que ele vinha se comportando de um jeito meio estranho ultimamente? Perguntando sobre os livros de contabilidade? Aposto que ele estava bisbilhotando por lá.

A Mamãe disse As crianças, coitadinhas.

O Tio Alan falou Vai dar uma boa grana, você sabe.

A Mamãe disse O que vai dar uma boa grana?

O Tio Alan falou A indenização.

Eles começaram a falar mais baixo depois disso.

Eu não conseguia escutar as palavras só as vozes que se misturavam com o barulho dos trens e dos caminhões e do vento e dos cachorros latindo e com todos os barulhos que a cidade faz pras pessoas más ficarem acordadas.

## Essa Merda de Cidade


Eu estava lá fora correndo pra fora do estacionamento e pra longe da cidade. Passei pelo cruzamento do trem e os Grã-Finos entrando no estacionamento do Supermercado Waitrose pra fazer compras de sábado.
Passei pela placa que diz

> A cidade histórica de Newark-on-Trent agradece sua visita.

mas alguém tinha feito um traço de tinta em **A cidade histórica de Newark-on-Trent** e escrito por cima ESSA MERDA DE CIDADE.
Continuei até não ter nenhuma casa só os campos que são bem amarelos no verão mas são marrons em dezembro e a calçada foi ficando mais e mais estreita até não ser mais uma calçada e continuei correndo no acostamento e estava com uma dor aqui do lado mas continuei e os carros passavam mais rápido agora e buzinando biiiipe! mas não dei a mínima pros carros, não dei a mínima.
Depois de um tempo tive que andar porque a dor parecia uma faca e minha língua estava queimando mas eu continuava

andando rápido com umas corridinhas lentas também. Era esquisito andar na estrada fora da cidade como se eu estivesse ficando menos real a cada passo e me transformando em nada.

Continuei indo e virando pra trás até a igreja ter ficado pequena e tinha chegado na Fábrica de Açúcar e a Fábrica de Açúcar ficava na metade do caminho pra Kelham.

Biipe!

Biiipe!

Biiiiipe!

A Fábrica de Açúcar tem um cheiro esquisito. Não parece açúcar e entra na boca e faz a gente ficar enjoado.

Mais pra frente começaram a aparecer as torres de eletricidade e olhei pra elas e elas eram robôs gigantes controlando a Terra e impedindo os humanos de serem tão altos como elas com as armas mortais delas que eram os fios de eletricidade cortando o céu.

Vinte minutos depois passando por todas as árvores cheguei na ponte e era a primeira vez que eu via a ponte desde que o Papai morreu sem contar aquela vez que eu vi ela no jornal da TV.

A estrada estava mais calma agora e tinha uma calçada estreita de novo e o céu ainda estava claro mas começando a ficar escuro e eu olhei pra ponte do outro lado da estrada.

O carro do Papai bateu bem no meio dela. Dava pra ver onde tinham arrumado a ponte porque os tijolos novos pareciam muito novos e os velhos muito velhos e o cimento no meio dos tijolos novos estava muito branco.

Tinha umas pedras cinzas no topo mas as pedras novas eram mais claras porque o tempo faz tudo ir escurecendo.

Olhei pra estrada pra ver se conseguia enxergar alguma marca de freada mas não tinha nada só a parte mais clara do asfalto que tinha ficado assim por causa dos carros que passam e essa parte clara ia em linha reta. Não ia direto contra a ponte porque só um carro bateu na ponte e foi o carro do Papai.

Uma moto passou por mim rugindo como um leão e quando ela tinha passado miou que nem um gato e depois que ela passou eu atravessei a estrada.

Quando cheguei lá eu me abaixei e toquei nos tijolos velhos e aí toquei nos tijolos novos e eles pareciam diferentes. Pensei no Papai sozinho no carro e alisei os tijolos novos como se desse pra refazer o que já estava feito.

A batida aconteceu na minha cabeça. Os pneus deram um grito e os tijolos voaram pelos ares e a cara do Papai era de bastante medo e eu não sabia se os freios estavam funcionando ou não mas não interessava porque ele não ia voltar pra conversar comigo ou pra gente brincar na neve.

Mesmo se o fantasma dele voltasse não era a mesma coisa e eu não queria mais o fantasma dele. Eu queria ele. Queria que tudo voltasse ao normal como era. Eu não sabia por que as coisas não podiam ficar iguais pra sempre e se elas não podiam por que então ter que começar? Por que a gente não podia ser só um tijolo ou uma árvore sem saber de nada?

Eu sempre pensei que o Papai era o melhor pai do mundo mas não sei se ele era. Ele gritava às vezes e me colocou debaixo da escada no armário escuro uma vez quando estava bravo comigo porque eu tinha quebrado o vidro.

Os pais são só homens que têm bebês mas eu sei que ele me amava porque senti isso ir embora de mim quando ele bateu o carro. Era que nem ar ou sangue ou ossos ou alguma coisa que fizesse eu ser eu e não estivesse mais ali e eu só tivesse metade daquilo agora sem saber se era suficiente.

E pensei no Sr. Fairview e me perguntei se a Leah e o Dane também tinham sentido o negócio ir embora deles e não interessava que tinha sido só um acidente do mesmo jeito que não interessava que a batida de carro do Papai tinha sido um acidente porque aconteceu de qualquer jeito e é ter acontecido que importa e não como aconteceu.

Na parte de baixo da mureta da ponte tinha uns matinhos mas só embaixo dos tijolos velhos e não dos novos. Os tijolos novos não tinham buracos então não tinha lugar pros matinhos. Mas um dia os matinhos iam achar um jeito de crescer nos tijolos novos porque o Papai me falou que eles crescem em qualquer lugar.

E toquei nos tijolos mais uma vez e comecei a caminhar de volta pra casa.

## Cuspindo na Grama

Cheguei de volta na cidade pela London Road e ouvi uma voz e era alguém gritando Ei, Philipeto. Virei e eram o Ross e o Gary e eles estavam sentados num banco perto do triângulo grande de grama e usavam uns Nikes gigantes e disseram Vem cá como se não pudessem se mover. Como se os tênis fossem uns pesos grandes e pesados que seguravam eles no chão.

Fui lá mesmo não querendo. Eu não queria fazer nada nunca mais porque as coisas dão errado quando a gente faz alguma coisa. Mas eles tinham o controle remoto que me controlava e eu disse O quê?

O Ross falou A que distância você consegue cuspir?

Eu disse Não sei.

O Gary falou Você consegue alcançar a grama daqui?

Eu disse Não sei.

O Ross falou Tenta.

O Gary disse Mas sentado no banco.

O Ross falou É, tenta aqui do banco.

Sentei no banco e ainda estava sendo controlado pelo controle remoto e vi os círculos todos de cuspe na calçada. Alguns ainda estavam brancos e espumosos e outros escuros e quase secos. O Ross deu uma cuspida que quase alcançou a grama e o Gary deu uma que chegou ainda mais perto e aí eles olharam pra mim. Tentei cuspir mas estava pensando na Leah e não cheguei nem perto de onde os cuspes deles tinham ido parar. Eles riram mas aí pararam logo e o Gary disse Foi muito louco o negócio do incêndio.

Eu falei É.

O Ross disse Deve ser legal botar fogo nos negócios. Tipo num negócio grande que nem a Oficina.

Ele olhou pra mim por um tempão.

Eu falei Acho que sim.

O Gary disse com uma voz macia e pesada Foi você que fez aquilo, Philipeto? Foi você?

Eu falei bem rápido Não e aí tentei rir mas a risada saiu esquisita como se ela tivesse sido esmagada com um martelo e os pedaços tivessem sido colados todos no lugar errado e aí eu disse Claro que não. Claro que não fui eu.

O Ross falou A gente não vai dedar você nem nada.

O Gary disse Só que foi um negócio legal, só isso.

Eu estava pensando na Leah de novo e falei Não não não fui eu.

O Ross disse Relaxa. Tá tudo bem. A gente só estava perguntando.

O Gary falou É, só perguntando, brou.

Eu disse É, eu sei.

O Ross falou Gostou dos nossos tênis?

Eu não estava nem aí pros tênis deles mas disse É.

O Gary falou Air Hercules.

O Ross disse A gente ganhou de presente.

O Gary deu um soco no braço do Ross quando ele disse isso como se fosse um segredo.

Eu falei Ah.

E aí eles começaram a cuspir de novo tentando alcançar a grama mas eu não tentei dessa vez. Só fiquei ali sentado assistindo aos círculos de cuspe borbulhando e aí levantei e disse Até mais.

Eles falaram Até mais, Philipeto.

Até, cara.

Mas não soou direito dessa vez como se a palavra cara fosse um inseto que tivesse entrado no meu ouvido e ficado na minha cabeça.

Quando voltei pro Pub passei pelas lixeiras e tinha umas sacolas nas lixeiras e duas diziam JD Esportes e vi que dentro delas tinha umas caixas com a marca da Nike.

Conferi se ninguém estava olhando e não tinha ninguém só os fantasmas que eu não conseguia enxergar então tirei uma caixa e olhei dentro e tinha uma etiqueta que dizia Nike Air Hercules e tinha um pedaço de papel azul na sacola que dizia Nike Air Hercules x 2 e tinha a letra do Tio Alan nele e eu entendi que o Tio Alan tinha comprado os tênis pro Ross e pro Gary me espionarem. E ouvi de novo o Gary na minha cabeça Foi você que fez aquilo, Philipeto? Foi você?

Entendi daquele momento em diante que não tem ninguém no mundo inteiro que seja quem a gente pensa que a pessoa é. Não dá pra confiar em ninguém. Nem vivo nem morto. Todo mundo mente o tempo todo e esconde coisas que a gente não pode ver mas pode sentir o cheiro se souber como e quando você sente é mais forte que o da Bomba de Fedor. Entrei e fui pro quarto e fechei os olhos e tive um pressentimento como se alguma coisa ruim fosse acontecer.

## Palavras Fantasmas

O Fantasma do Papai apareceu à noite e as desculpas dele entraram na minha cabeça uma por uma.
    Foi um erro, Philip, um erro
    Eu estava apagando
    Estava escuro
    Não consegui ver direito, Philip
    Parecia o Tio Alan, filho
    Parecia o Tio Alan
    Você acha que eu queria que acontecesse isso?
    Acha que era isso que eu queria?
    Queria que fosse o Tio Alan
    Era pra ser o Tio Alan
    Se você tivesse agido antes
    Se não tivesse esperado tanto
    Por que você não fez?
    Por que não fez alguma coisa antes?
    Você foi molenga, Philip
    Um molenga
    Desculpe, filho, mas você foi
    Não

Desculpe, não quis dizer que
Philip, eu não devia ter dito
Philip, eu
Philip
Philip, filho
Phil
Ph
E eu disse Vá embora. Só isso, vá embora.

## Morto e Enterrado Morto e Enterrado

Eu tinha que contar a Verdade pra Leah e pro Dane. Tinha que contar pra eles antes que o Fantasma do Sr. Fairview contasse então fui pedir pra Mamãe. Ela estava fazendo a ginástica dela e estava de quatro e levantando uma perna de cada de vez que nem um cachorro fazendo xixi.

Eu disse Posso sair por uma hora? Ir até a biblioteca?

A biblioteca não abre no domingo mas a Mamãe não sabia então era uma boa desculpa.

O Bobby musculoso do DVD falou A essa altura você já deve estar sentindo.

A Mamãe continuou levantando a perna e olhou pra mim e disse Levo você. Quando terminar aqui.

O Bobby falou Vamos queimar esse bumbum pra valer. Você tem que sentir ele queimando. Botando fogo na casa inteira.

Eu disse Posso ir sozinho?

Ela falou Tá bom. Tudo bem. Mas uma hora e nada mais. Não como você fez ontem.

Eu não me importava que a Leah e o Dane me entregassem pra polícia mas estava com um pouco de medo de o Dane me matar porque aí eu ia ser atormentado pelos Terrores.

Mas fiquei pensando que os Terrores podiam ser só mais uma mentira e talvez o Fantasma do Papai não fosse o Fantasma do Papai de verdade e podia ser que fosse só o Diabo me tentando pra fazer coisas ruins tipo matar o Sr. Fairview porque ele gostava de Deus e não do Diabo.

A cabeça raspada do Dane apareceu atrás do vidro rajado e ele abriu a porta. Eu estava com medo que ele fosse me matar bem ali mas ele olhou pra mim como se não me conhecesse ou eu fosse só um espaço vazio ou a água de um aquário e eu falei Oi.

Meu Oi pareceu idiota como as coisas sempre parecem idiotas quando alguém morre e eu queria dizer pra ele que tinha sido eu, queria dizer Matei ele mas não disse.

Ele não falou Oi mas me deixou entrar.

Não tinha mais ninguém na casa além da Leah e do Dane. Pensei que talvez eles fossem morar juntos agora só eles sem nenhum adulto.

Subi a escada e empurrei a porta do quarto da Leah e ela estava lá sentada na cama vestindo o casaco com gola de pele em volta do capuz que fazia ela parecer um animal. Tipo um que sobe em árvores. Eu falei Leah?

Mas a palavra ficou invisível pros ouvidos dela.

Leah?

Leah, sou eu.

O Philip.

Sentei perto dela na cama e vi o rosto dela pelo reflexo da janela. Dava pra ver através dela que nem com os fantasmas e ela não estava chorando nem fazendo nada e olhei em volta pros pôsteres e eles todos sorriam como se não dessem a mínima e eu disse Leah, sinto muito.

Ela estava enterrando o polegar direito na mão esquerda e desenhando ali uma boquinha sorridente de sangue e falou com a voz lenta e baixa como se fosse só ar e quase cantando Morto e enterrado morto e enterrado.

Tinha uma carta perto da janela com duas passagens dentro de um envelope azul que dizia Air New Zealand e eu disse Sua tia que mandou? Você está indo morar na Nova Zelândia?

A cabeça dela caiu um pouco pro lado esquerdo e ela arregalou os olhos no reflexo e continuou dizendo Morto e enterrado morto e enterrado morto e enterrado morto e enterrado morto e enterrado.

Eu falei Leah?

E vi a unha dela enterrar mais fundo na mão e tentei olhar pro rosto dela mas só dava pra ver o capuz então olhei pro reflexo e pulei de susto porque tinha mais alguém do lado dela ali no vidro com uma cara vermelha que nem a do Diabo e ele estava passando o braço em volta dela e disse Ora, se não é o pequeno Philip?

# O Sr. Fairview me Faz
# Contar a Verdade

Pulei pra fora da cama e olhei e ele estava ali do lado da Leah. A cara queimada dele olhava pra mim detrás do capuz dela e a mão queimada dele estava no ombro dela. Era o Sr. Fairview todo de preto que nem carvão e com a roupa cheia de furos que dava pra ver um vermelhão por baixo e a Leah não conseguia enxergar ou escutar ele. Ela estava enterrando o polegar e cantando uma música pop bem baixinho.

> Amanhã é Dia dos Namorados
>
> E não espero ganhar flores
>
> O máximo que posso esperar é continuar assim
>
> Contando minhas dores

O Sr. Fairview ficou de pé e ele não tinha mais cabelo nem sobrancelhas. Ele só tinha cicatrizes contorcidas pra todo lado e chegou mais perto de mim e disse Ele não aguenta mais os Terrores, pequeno Philip.

Eu falei Por favor.

A Leah continuou cantando e o Sr. Fairview disse com os dedos nos lábios invisíveis dele Sssh. Sssh. Está ouvindo, Philip?

Está ouvindo os gritos? Ele está gritando seu nome mas você não consegue ouvir. Está ouvindo, Philip?

Balancei a cabeça.

O Sr. Fairview falou Não há paz para os ímpios. Não há paz. Você é um ímpio, Philip? Fez uma coisa má? Acho que deve ter feito, Philip. Acho que é por isso que estou aqui. Você se comportou como um ímpio?

Balancei a cabeça.

O Sr. Fairview ficou quieto e eu consegui ver o osso preto da mandíbula dele e a pele que estava solta e ele falou Nem os fantasmas o querem agora, Philip.

Eu disse Por favor, me deixe em paz.

O Sr. Fairview falou que sociedades sempre têm regras.

Eu disse Por favor.

O Sr. Fairview falou Conte a verdade a eles, Philip.

Fechei os olhos bem apertados mas ainda podia ouvir a voz dele.

Abri os olhos e olhei pra Leah e ela estava dentro do capuz fazendo uns murmúrios e o Sr. Fairview olhou pra ela e disse Minha Cordeirinha.

Aí ele olhou pra mim e disse Conte a verdade, Philip.

Ele continuou dizendo isso de novo e de novo e de novo Conte a verdade conte a verdade conte a verdade conte a verdade.

E as palavras dele me prensaram contra o guarda-roupa e aí eu corri pra fora do quarto e pela escada e passei pelas palavras na parede E conhecereis a verdade, e a verdade vos libertará e cheguei na porta dos fundos e o Dane estava lá fora fumando.

O Sr. Fairview acendeu perto dele e gritou por causa dos Terrores e aí ele falou Você precisa contar pra ele, Philip. Precisa

expulsar isso de você, Philip. Ou então vou continuar aqui pra sempre, Philip. Vou seguir você aonde for.
Eu falei Dane.
Ele olhou pra mim e tragou o cigarro.
Eu disse de novo Dane.
Um O quê? saiu numa nuvem de fumaça.
Olhei pra mãozona dele e ele tragou o cigarro com uns dedões que eram quase só dedos sem unhas.
Eu disse Eu sei quem provocou o incêndio.
O Dane olhou pra mim como se eu tivesse empurrado ele e falou O quê?
Eu disse Eu sei quem provocou o incêndio.
Ele fez um círculo de fumaça sair da boca e soprou mais fumaça e desmanchou o círculo.
O Dane disse Deixa pra lá, Philip.
O Dane não estava entendendo então eu falei Não posso.
Olhei pro outro lado e vi os quintais das outras casas na rua de trás e não tinha luz em nenhuma das janelas então era porque não tinha ninguém em nenhuma casa e ninguém ia ver o Dane me matar.
Ele falou Que merda é essa que você tá falando?
Ele atirou o cigarro no chão e o cigarro rolou pelo calçamento até uma poça e apagou.
Ele tirou alguma coisa preta do bolso e dali saiu um metal que parecia um espelho mas não era porque era uma faca. Ele começou a raspar ela no reboco da parede fazendo uma nuvem de poeira.
O Fantasma do Sr. Fairview olhou para mim e falou Conte.
Eu disse Fui eu.
O Dane falou O quê?

Eu disse O incêndio.

Um cachorro começou a latir num dos quintais e o latido foi virando um uivo.

O Sr. Fairview falou Repita isso.

Eu falei Eu provoquei o incêndio. Fui eu que pus fogo na Oficina.

As palavras estavam dentro do cérebro do Dane agora e crescendo FUI EU QUE PUS FOGO NA OFICINA e querendo escapar pelos olhos dele.

Ele falou Você o quê?

Eu disse Provoquei o incêndio.

A mão dele que não estava segurando a faca apertou minhas bochechas e começou a arrancar minha cabeça do corpo.

Eu disse Desculpa. Foi um acidente. Eu queria matar o Tio Alan.

Ele não podia ouvir direito minhas palavras porque eu não conseguia mexer a boca porque a mão dele estava apertando minhas bochechas.

O Fantasma do Sr. Fairview estava falando no ouvido do Dane agora e dizendo Vai, filho. Mate ele. É minha Vingança. Me faça descansar.

O Dane empurrou minha cabeça contra a parede de tijolos embaixo da janela da cozinha e doeu e aí eu senti um metal gelado no meu pescoço e pensei que em vinte segundos eu ia estar MORTO. Ele vai me decapitar e colocar minha cabeça num pote que nem os Druidas fizeram com os romanos quando eles vieram pra Inglaterra.

Ele falou Cala a boca cala a boca cala a boca.

Eu disse Desculpa. Eu fui até a Oficina. Levei um pouco de Magnésio e botei fogo pra matar meu tio.

Ele falou Por que você tá dizendo isso, porra?
Eu disse Desculpa.
Ele falou Que que há com você, porra?
Eu disse Desculpa.
Ele falou QUE QUE HÁ COM VOCÊ, PORRA?
Eu disse Desculpa, Dane, desculpa. Eu não sabia que o seu pai estava lá.

O Sr. Fairview disse pro Dane Me faça descansar. Me faça descansar.

A faca estava cutucando meu pescoço e fechei os olhos e fiquei esperando ela entrar e espalhar sangue na cara do Dane e no brinco dele e na sobrancelha. Fiquei imaginando quanto tempo ia levar pro meu cérebro morrer e torcendo que ele fizesse o negócio direito e não que nem o Imperador Nero quando tentou se matar e precisou pedir ajuda pros soldados porque não tinha enfiado bem a faca.

Pensei ME MATA RÁPIDO ME MATA RÁPIDO ME MATA RÁPIDO mas aí pensei nos Terrores e na Mamãe e pensei Não quero morrer.

E meus olhos estavam abertos agora e eu vi o céu claro cheio de estrelas. Algumas estavam mortas e algumas vivas mas não dava pra dizer porque elas ainda brilhavam.

O Sr. Fairview disse Vai, filho. Enfie essa faca.

E o Dane falou pra ele mesmo Vai! Mata ele, porra! Vai! Mata! Cuzão! Mata!

E pensei que era o fim, que era o ponto final mas não foi porque ele atirou a faca no chão e fez um barulho de animal. E eu não sabia por que ele tinha jogado a faca. Não sabia se tinha sido por causa da Leah ou da Nova Zelândia ou do pai dele.

Ele se virou e eu olhei pras costas dele e ele falou com a voz mais baixinha do mundo Não apareça mais aqui ou eu te mato, Philip. Se você contar pra Leah eu te mato. Mato. Juro que mato, porra.

E ele não se virou de volta e eu fui até o portão e abri ele e saí andando e o Sr. Fairview ficou lá com o Dane e não me seguiu.

## Uma Visita

Era dia 6 de dezembro e isso significava que só faltavam quatro dias pro Fantasma do Papai ficar atormentado pra sempre pelos Terrores.

E eu não sabia o que fazer porque não sabia o que era verdade e o que não era. Antes eu achava que as coisas dão errado porque a gente é covarde e espera demais e não faz o que tem que fazer mas agora eu sabia que elas dão errado quando a gente faz o que tem que fazer mas são coisas erradas. E mesmo que sejam coisas certas ainda assim elas dão errado no final porque fazer só uma coisa é impossível porque a gente faz uma coisa e outra sempre vai acontecer e outra e outra e outra e outra e ainda mais coisas acabam acontecendo.

Era final de semana e o Terry do Olho Sonolento tinha passado a manhã inteira na Sala de Estar falando com o Tio Alan e a Mamãe sobre o enterro do Sr. Fairview que tinha sido no dia anterior e eles tinham ido. E aí o Tio Alan e o Terry do Olho Sonolento desceram e saíram e então eu tive coragem de ir até a Sala de Estar ver a Mamãe.

Eu falei Cadê o Tio Alan?

Ela estava ali do lado na lavanderia pondo a roupa na máquina de lavar e disse Foi pescar. Falei pra ele ir. Ele precisa tirar um pouco da cabeça esse Negócio.

Mamãe não me olhou nos olhos. Ela ainda não tinha me olhado nos olhos desde a mentira pro policial.

Pensei em ajudar a Mamãe com a roupa mas não ajudei e voltei pro meu quarto e não fiz nada por duas horas. Só fiquei olhando pro teto e fingi que tinha tomado meu comprimido quando a Mamãe pediu.

Pensei no que eu tinha dito pro Fantasma do Papai que era pra ele ir embora e agora não queria mais ter feito isso porque se o Sr. Fairview estava certo não queriam mais o Fantasma do Papai na Sociedade dos Pais Mortos e então ele não tinha mais ninguém.

Ouvi a Mamãe e ela falou Sim, sim. Ele está. Vou chamar.

E aí ela chamou pela escada Philip? Philip, querido? Tem visita pra você.

Desci e a Mamãe não estava lá. A porta estava aberta e vi o Dane do lado de fora com a cabeça raspada dele que começava na sobrancelha que tinha uns machucados e eu pensei Ele mudou de ideia e veio me esfaquear.

Cheguei até a porta e esperei ele me esfaquear mas ele estava sem a faca. Ele só falou Ela sumiu.

Eu disse O quê?

Parecia que os olhos dele tinham sido arrancados e colocados de volta.

Ele falou Você viu ela? Viu ela por aqui?

Meu coração parecia uma pedra dentro de mim e eu quis que ele me matasse e falei Não.

Enxerguei a Leah na minha cabeça. Vi ela tentando me salvar dos meninos e o cabelo vermelho com castanho dela esvoaçando só pra mim.

Eu disse Ela não veio aqui.

Os olhos dele não paravam quietos e ele falou pra ele mesmo Tenho que procurar ela tenho que continuar procurando continuar procurando continuar procurando. E os olhos pararam um pouco quando ele viu a metade de um tijolo no chão do estacionamento e ele foi lá e catou e foi até o carrinho da Carla e arrebentou o vidro e entrou e sentou no banco cheio de cacos e se abaixou e não consegui mais ver ele e depois de dez segundos o carro deu uma tossida e o motor ligou e ele bateu a porta e saiu voando do estacionamento com os pneus gritando que nem se estivessem assustados quando ele saiu.

# O Passarinho de Papel

Eu falei pro ar Pai.

Eu falei Pai, volta.

Eu falei Pai, pai. Volta. Preciso de você.

Eu falei Pai, por favor. Preciso achar a Leah. Ela está em perigo. Ela sumiu.

Fui até as Lixeiras Recicláveis mas nem ali consegui enxergar o Fantasma do Papai e eu disse Alguém aí pode me ajudar? Ray? Ray Goodwin? Preciso achar a filha do Sr. Fairview. O nome dela é Leah. Alguém aí pode me ajudar? Sr. Fairview? O senhor está aí?

Ouvi uma voz atrás de mim e primeiro achei que fosse um dos fantasmas e a voz disse Tudo bem, Philip?

E a voz estava rindo e virei e era o Big Vic e ele chacoalhava as chaves do carro dele blém blém e estava com o Lesado e o Lesado não disse nada só ficou olhando pra baixo e fechou o zíper da jaqueta e isso foi esquisito porque eles estavam pra entrar no Pub e o Big Vic disse Falando com as Lixeiras?

Ele continuou rindo e era estranho ver os dois ali de pé, o Lesado magro e o Vic gordo um do lado do outro parecendo um número 10 e eu não disse nada e como eu fiquei quieto o Big Vic parou de rir. Aí o vento começou a soprar e o Lesado não queria falar comigo porque eu tinha visto ele com aquela mulher e ele tinha me visto perto do incêndio e ele disse pro Vic daquele jeito dele sem mexer a boca Vamos nessa, está esfriando.

A cabeça dele puxou pra trás como se o cabelo fosse limalha de ferro e o Pub fosse um ímã e eles deram meia-volta e o vento empurrou os dois pro Pub e eu escutei o Big Vic dizer Esse moleque é doidinho.

Vi um pedaço de papel no chão. Era do jornal *Newark Advertiser* e era o pedaço da primeira e da última página. A primeira página tinha uma foto da Oficina toda preta do incêndio e a palavra **TRAGÉDIA** e aí o vento desdobrou a folha e as palavras todas eram **INCÊNDIO NA OFICINA: TRAGÉDIA**. O papel voou pelo ar que nem se fosse um passarinho com asas.

Segui ele pra fora do estacionamento e até a rua.

Continuei seguindo a folha e ela desceu a Castlegate e depois uma outra rua e aí parou um minuto e achei isso estranho porque a Leah não estava ali mas então ele começou a se mover de novo e as pessoas estavam olhando esquisito pra mim mas eu não me importava. Continuei seguindo e o jornal voou por um corredor e saiu dele e eu sabia onde a gente estava então pensei Ah, não. A gente estava no rio.

O chão era de calçamento e depois de grama e depois era mato e tinha uma trilha bem estreita e eu corri porque o jornal tinha decolado agora e estava voando bem rápido e olhei pra trás por um segundo e a cidade desaparecia e era só mato e o vento sussurrava Estamos quase lá.

Olhei pra frente e continuei correndo e seguindo a folha e ela estava alta e difícil de enxergar por causa das nuvens muito claras então ouvi um barulho tipo de uma descarga de banheiro só que mais alto e que não parava nunca. Eu sabia o que era. Era a barragem. E o vento continuava dizendo Quase lá.

Gritei LEAH! E nada. Só o som da barragem ficando mais alto e a folha chegando mais perto.

LEAH!

LEAH!

LEAH!

E aí a folha começou a descer e quando chegou no chão eu parei de correr e segui com os olhos e aí eu vi ela e ela estava de pé lá no alto da ponte com os braços abertos como Jesus.

Ela estava de pé na mureta da ponte e não na parte da ponte onde a gente anda e a água estava bem embaixo e a barragem fazendo espuma que nem nuvens brancas tipo uma cachoeira e bem lá embaixo como se fosse o trampolim de uma piscina mas não era como uma piscina porque todo mundo sabe que a pessoa morre se pular na barragem.

Ela estava com uma blusa de manga curta como se fosse verão e não o dia mais frio do mundo.

LEAH!

LEAH!

O cabelo vermelho e castanho dela esvoaçava pra todo lado como se estivesse vivo e não quisesse morrer junto com ela.

LEAH!

LEAH!

Ela não conseguia escutar porque a água estava fazendo um barulho tão alto que parecia que não existia mais nada só a água então eu corri pra mais perto gritando e ela virou e me viu e virou de costas e olhou pra baixo pra água e eu estava com muito medo que ela pulasse na água e o jornal agarrou na perna dela e aí decolou e foi embora.

## De Pé na Ponte

Eu disse NÃO.
 Eu disse NÃO, LEAH, NÃO. DESCE DAÍ. A CULPA É MINHA. NÃO.
 Eu estava gritando por causa do barulho da barragem e a Leah baixou os braços e os braços dela estavam rosados que nem salsichas por causa do frio e ela tinha escrito MORTO + ENTERRADO neles com sangue vermelho e não com caneta azul.
 Ela virou e olhou pra baixo pra mim e me viu mas não disse nada e o rosto dela parecia vazio que nem as lojas perto da casa da Vovó com madeiras tapando as janelas e aí ela olhou de novo pra água lá em baixo e eu cheguei mais perto e falei LEAH, DESCE!
 Minhas palavras se afogaram.
 Olhei pra trilha pra ver se alguém estava vindo e lá estava ele, o Fantasma do Papai. Parado lá com a camiseta vermelha dele mas os braços dele não estavam gelados e ele disse Cuidado, Philip. Você não pode mudar o que aconteceu.
 Ele não estava dando a mínima pra Leah e aquilo me deixou maluco então eu falei FOI VOCÊ FOI SUA CULPA VOCÊ FEZ O NEGÓCIO VOCÊ MATOU ELE FOI VOCÊ.

A Leah virou de volta porque eu estava falando mais alto ainda agora e ela ouviu.

Eu estava falando com o Fantasma do Papai mas a Leah não sabia que eu estava falando com ele porque ela não conseguia ver o Fantasma do Papai porque estava de costas pra trilha e não podia ver fantasmas.

Virei e disse LEAH, NÃO!

Mas era tarde demais e ela já estava caindo pra frente com o corpo reto que nem uma porta e eu corri até a mureta e vi ela despencar na água e aterrissar fazendo um pequeno splash branco.

Subi na mureta e o vento ficou mais furioso e o Fantasma do Papai disse Não.

Consegui ver dois pescadores lá longe e gritei SOCORRO! SOCORRO!

Mas eles não escutavam.

Olhei pra baixo pro lugar onde a Leah tinha feito o splash branco e olhei pra barragem.

Não era pra eu entrar na água. Isso não devia acontecer. Eu não devia fazer nada. E a Leah ia morrer e eu não ia morrer e então ia poder continuar vivo e matar o Tio Alan como o Fantasma do Papai tinha me dito pra fazer.

Era o que estava escrito nas estrelas e tudo mais só que eu tive uma sensação esquisita que nem quando a gente está sonhando e primeiro assiste ao sonho e não tem controle nenhum do sonho mas aí enquanto ainda está dormindo a gente pensa ESTOU SONHANDO e logo que pensa isso começa a mudar o sonho do jeito que quer como se pudesse transformar em uvas-passas os insetos que apareceram no prato da gente naquele sonho.

E quando eu estava de pé na mureta da ponte pensei que a vida não é como um filme ou uma peça de Natal ou uma TV de um canal só. Tem mais canais. A gente pode mudar a história ou mudar de canal ou fazer alguma coisa diferente e só depende da gente.

E o Fantasma do Papai estava dizendo Philip, não! Não pule! Philip! Não pule!

E meu corpo estava dizendo Philip, não! Não pule! Philip! Não pule! Mas tem uma voz diferente que fala mais alto que a voz dos fantasmas e que a voz dos corpos e foi essa voz que eu ouvi quando tirei meus pés da mureta e caí na água.

# No Rio

Foi esquisito quando caí.

Era como se meu corpo se movesse mais rápido que eu e eu ainda estivesse na ponte olhando pra água. Meu corpo foi caindo atravessando o universo inteiro e então bateu na água e voltei pra ele.

Afundei na água escura e afundei e afundei e ela queimava de tão fria e foi me puxando pra barragem e eu batia as pernas mas aquilo não era que nem nadar na piscina porque a água tinha muita força como se estivesse brava comigo.

Aí pensei na Leah e isso me deixou mais forte e cheguei na superfície e vi a parte de trás da cabeça dela toda molhada e brilhando que nem uma bola de futebol indo pra perto da barragem. Comecei a nadar mas o frio congelava meus braços e deixava eles lentos e eles estavam doendo mas continuei enxergando a cabeça da Leah afundar na água e foi isso que me fez ir em frente.

LEAH!

LEAH!

Ela se virou na água e não parecia que estava com medo. Ela não olhava pra nada. Pensei que talvez ela já estivesse morta mas ela não estava e a água ficava tentando entrar na minha boca e pelo nariz e me puxar pra baixo mas continuei nadando pra perto da Leah e pra mais perto da barragem e chutei fora meus tênis dentro d'água porque eles estavam pesando.

Ela estava perto de onde a água escura encontra a água branca e logo que ela chegasse ali ia desaparecer debaixo d'água então eu precisava agarrar ela.

Segurei ela e disse BATA AS PERNAS mas na verdade saiu tipo bata as pernas por causa do barulho da barragem.

LEAH LEAH BATA AS PERNAS

E aí eu tentei gritar Socorro! pros pescadores mas eles não escutavam e foi quando a gente chegou na água branca que ia matar a gente.

# Na Água Branca

Os olhos dela sabem agora o que ela fez e a água pula pra dentro da boca dela e faz ela tossir e eu deixo ela escapar e ela afunda e eu não consigo ver ela mas meus braços vão atrás dela e pegam ela e eu puxo ela pra cima e ela está de volta no mundo e se desespera por um pouco de ar e eu estou segurando o braço dela pelo pulso e a gente está tentando nadar pra longe do branco e do barulho mas eu sou tão fraco que não consigo fazer nem uma flexão e eu não sou o Homem-Aranha e a água e toda a natureza estão puxando e a gente está sendo arrastado de ré pra dentro da espuma e a água acerta a gente de todo lado e a gente está descendo rápido de costas pra dentro da barragem como se não fosse nada só dois pedaços de pau e eu não consigo ver e eu não consigo ouvir e a água está puxando na outra ponta do casaco da Leah que nem cabo de guerra e a água vence.

E tem água por tudo: nos meus olhos e no meu nariz e nos meus ouvidos e na minha boca e eu fico preso debaixo da queda d'água e ali parece uma garoa e eu procuro a Leah mas não vejo ela e um peixe encosta no meu rosto e pula e eu estou nadando como um sapo de ponta-cabeça com a água ainda puxando e eu posso sentir o fundo do rio e eu posso sentir o lodo ali que gruda em mim e me agarra e quer que eu fique mas tem ar dentro de mim então eu flutuo pra fora do lodo e giro e nado na escuridão e continuo nadando pra cima e nadando mas o mundo está lá longe e eu estou perdendo o ar que sai em bolhas pela minha boca não consigo respirar não consigo respirar e o rio está apertando meu ar pra fora que nem pasta de dente e apertando forte Cadê a Leah? Cadê ela? está preso na garganta o pânico e eu preciso respirar eu não sou um peixe com guelras meu corpo é uma máquina uma máquina de respiração pra dentro e pra fora e pra dentro e pra fora e ele precisa respirar agora ele precisa respirar alguma coisa alguma coisa no meu ombro alguma coisa uma mão que me puxa pra cima não posso esperar não posso esperar meu corpo não pode respirar pra dentro respirar pra dentro agora respirar

truta de newark

venha dizer oi pro Sr. Fairview
      com os braços e as pernas sem tocar o chão você se sente como se estivesse voando

    depois de anos debaixo do sol quente

      em circunstâncias normais
                não teríamos escolha
senão remover o Philip direto do rio Trent

pro mundo desconhecido
      descer bem no fundo da terra e trabalhar na escuridão

        em nome de deus

        em nome de deus

            em nome de deus

# Deitado na Lama

Philip?
 Ei, moleque, Philip.
 Philip, você está me ouvindo?
 Philip.
 Philip?
 Moleque, Philip, abra os olhos.
 Philip?
 Philip?
 Meus olhos abrem uma frestinha e lá está ele e lá está aquela voz.
 Ele está tapando o céu. É o Tio Alan e ele parece bem preocupado e diz Philip, você está me ouvindo? Se está, diga Sim. Se você está me ouvindo, diga Sim, filho.
 Eu digo Sim.
 Ele levanta e fica com uns 11 quilômetros de altura e sai dali e eu viro a cabeça que está pesada que nem o mundo e vou seguindo as costas dele e vejo a Leah no chão deitada morta na lama com um cara fazendo Respiração Boca a Boca nela e aí massageando o coração dela e o Tio Alan está falando com o cara e apontando pra água.

O Tio Alan grita TENHO QUE IR BUSCAR ELE.

E consigo ver a cara do cara agora e o olho meio fechado dele e é o Terry do Olho Sonolento e ele continuando massageando o coração da Leah e diz QUEM?

TEM MAIS ALGUÉM NA ÁGUA.

O Terry olha pra água NÃO TEM NINGUÉM.

LÁ.

NÃO TEM NINGUÉM.

TENHO QUE IR BUSCAR ELE.

NÃO TEM NINGUÉM LÁ, PORRA.

Meus olhos embaçados seguem o Tio Alan indo de volta até o rio e ele entra e nada o estilo crawl e tenta ir em linha reta mas a barragem puxa ele pra esquerda e o Terry está esmagando os ossos da Leah e gritando ALAN! ALAN! ALAAAAN!

Tento ver pra onde o Tio Alan está nadando e não tem ninguém na água e só quando fecho os olhos é que vejo a parte de trás da cabeça de um cara.

Acho que é a cabeça do Papai e ele está espirrando água pra todo lado que nem na piscina em Rhodes e o Tio Alan tenta chegar mais perto mas o Papai ou o Fantasma do Papai ou o cara que parece com o Papai continua indo pra mais longe e quando eu abro os olhos de novo lá está o Tio Alan nadando pro nada.

ALAAAAN!

Tento mexer a cabeça mas ela ainda está muito pesada.

Estou inteiro muito pesado. Nem mesmo sinto que tenho um corpo e é como se eu fosse a margem do rio e a lama e faz 2 milhões de anos que eu sou aquela lama e posso ver tudo e posso ver o Terry e a Leah na margem e o Terry que é do St. John Ambulance está apertando o nariz dela e soprando na boca e ele para de soprar e escuta dentro da boca da Leah e olha pro Tio Alan que está afundando.

ALAAAAN!

A Leah volta do reino dos mortos e dá uma tossida.

O Terry diz Menina, menina, tá tudo bem, tá tudo bem.

O Santo segura a cabeça dela e o rio sai pela boca dela e escorre pelo queixo e ele coloca a cabeça dela na lama e ela deita de lado virada pra mim com os olhos ainda meio dormindo.

Ele fica de pé e corre pra beira do rio e tira o moletom de zíper que ele está usando e joga no chão e mergulha e segue a pista branca que o Tio Alan deixou na água.

Tento levantar a cabeça. Tento levantar. Estou muito cansado. Morto de cansado.

Vejo a Leah com lama de um lado da cara parecendo morta e penso que estou morto também.

A gente é daqueles mortos que não são enterrados direito na margem do rio e ficam ali porque o barqueiro se recusa a levar eles pro Submundo.

E aí eu vejo eles.

Estão parados lá que nem as Fúrias. O Ray Goodwin e o Vitoriano e o Sr. Fairview e todos os Pais Mortos. Todos estão olhando pra mim menos o Sr. Fairview que está olhando pra Leah. E o Ray Goodwin com a camisa xadrez e os óculos dele olha pra mim e na cara dele dá pra ver os Terrores e ele diz Os mortos jamais descansam, Philip e a voz dele me faz afundar na lama e no sono.

# Pessoas que Vêm Sentar na Cadeira

A primeira é a Mamãe e ela está apertando os lábios com força como se o mundo inteiro estivesse tentando escapar pela sua boca.

Tento falar com ela e dizer que está tudo bem comigo de verdade e que eu só estou fora do corpo por um tempinho mas ela não escuta.

E aí lá está a Leah de camisola e com roupas de hospital e com uma voz rouca ela me chama de Idiota por ter pulado atrás dela e fico feliz dela não saber a verdade e lá está a Sra. Fell e ela fica séculos e aí vem o Imperador Nero com o pescoço sangrando e ele está tocando a lira dele e cantando umas músicas esquisitas e aí a cadeira fica vazia.

Não tem ninguém ali e o hospital está escuro e a Enfermeira da Noite passa por ali e o som dos sapatos dela no chão viaja pelo universo e eu não sinto que estou no meu corpo porque estou em tudo e todas as pessoas estão em tudo só que elas não percebem que estão porque existem níveis de vida diferentes.

Tem o nível mais alto que é aquele que a gente está vendo o tempo todo e esse é o nível onde estão todas as mentiras e todas as conversas.

Tem o segundo nível que é o nível do silêncio e dos olhares verdadeiros e das lágrimas que são espremidas de abraços e esse é o nível do amor.

Tem o terceiro nível que é aquele das partes do cérebro que põem medo na gente quando aparecem sombras subindo pelas paredes e quando a gente olha pra própria cara no espelho até não ser mais a cara da gente e esse é o nível dos pesadelos.

Tem o quarto nível que é o daquelas coisas que a gente só vê em si mesmo quando tem de ver como quando está de pé em cima de uma ponte e decide pular e esse é o nível dos animais.

E aí tem o nível mais baixo que é o mais perto de estar morto e que é o daquelas partes da gente que não estão nem no corpo nem no cérebro. São as partes da gente que estão em tudo. Tipo nas nuvens e na lama e a gente pode viajar pelo mundo inteiro e por todo o universo com o corpo ali na cama do hospital e esse é o nível que não tem nome porque as palavras não chegam tão fundo. Elas tentam mas não conseguem alcançar mas quando a gente vai subindo consegue ouvir as palavras caindo que nem uma corda que a gente tenta agarrar pra escalar os outros níveis.

Philip?
Philip?
Philip?
Philip?
Philip?
Philip, você está me ouvindo?
Philip?
Philip?
Philip?
Philip, querido, você está me ouvindo?
Philip?
Philip?
Philip?
Philip?
Philip, querido?
Philip?
Philip?
Sou eu, querido
Philip?
Philip?

# A Primeira Vez que Acordei

O sono agarra nos meus olhos que nem roupa molhada no corpo e tenta me afundar na escuridão.
    Ela está segurando minha mão e diz Philip.
    Ela diz Philip, você está me ouvindo?
    Ela diz Philip, querido, você está me ouvindo?
    Eu grito um Sim mas sai mais tipo um sussurro.
    Ela diz Philip, está tudo bem. Você está no hospital, mas está tudo bem.
    Ela sorri e o sorriso faz caírem lágrimas dos olhos dela e elas descem pelo rosto como se fosse uma corrida até o queixo.
    Ela diz Eu te amo e aperta minha mão e faz carinho.
    Eu digo A Leah.
    Ela diz O quê, querido?
    Eu digo A Leah tá bem?
    Ela diz Está. Sim, ela está. Saiu do hospital faz duas horas. Ela está bem. O irmão dela veio buscar. Ela disse que está indo embora pra Nova Zelândia.
    Eu digo O Tio Alan.
    Ela diz O quê?

Eu digo Ele tá bem?

Ela faz que sim com a cabeça e diz Tente voltar a dormir, querido. Os médicos dizem que você precisa dormir.

Eu digo Ele tá bem?

Ela diz Tente dormir.

Philip?
Philip, diga alguma coisa
Philip?
Philip, você está aí?
Philip?
Philip, por favor.
Philip, fale comigo.
Philip?
Philip, eu sei que você está me ouvindo
Philip?
Philip?
Philip?

# A Segunda Vez que Acordei

Duas enfermeiras passaram e eu olhei pra elas andando numa boa e pensei que devia ser esquisito ser uma enfermeira se sentindo a pessoa mais sortuda por poder andar numa boa e estar bem e não ter dor nenhuma. Mas a gente também podia ficar triste por saber que fim leva a vida.

A Mamãe alisou minha mão e falou Os médicos disseram que você pode ir pra casa amanhã.

Olhei pra cadeira vazia perto dela e disse Cadê o Tio Alan?

A Mamãe falou Ele ainda está aqui. Numa outra ala do hospital.

Ela apertou os lábios e fechou os olhos e isso me deixou preocupado e eu disse Ele está morto?

Ela falou bem rápido Não como se deixar a palavra Morto no ar fizesse aquilo acontecer.

Ela falou Os médicos dizem que ele está melhorando. Mas não acordou ainda, só isso.

Eu disse Já faz dois dias.

Ela falou Eu sei, Philip. Eu sei. Mas vai dar tudo certo. Ele vai ficar bem.

Eu achava que nada nunca ia ficar bem de novo mas disse Eu sei. Ele vai ficar bem.

Aí a Mamãe procurou no meio das laranjinhas dentro da sacola do Supermercado Morrison's e puxou o *Newark Advertiser* e falou Pegaram eles.

Eu disse O quê?

Ela falou Veja e me deu o jornal.

Olhei a primeira página e as letras grandes diziam **PRESA GANGUE DOS PUBS**. Tinha as fotos de três caras que eu não conhecia.

**DONOS DE PUBS** em toda a região de Newark e Sherwood vão poder dormir bem mais tranquilos hoje à noite, depois que três homens acusados de crimes como vandalismo e roubo de vários pubs locais foram finalmente presos. Os homens foram capturados por uma patrulha rápida da polícia quando invadiam o pub Cabeça de Turco, em Balderton, e confessaram ter participado de arrombamentos parecidos no Robin Hood, em Collingham, e n'O Castelo e o Falcão, em Newark.

Olhei de novo pras fotos e não eram o Tio Alan nem o Terry do Olho Sonolento.

E aí depois que a Mamãe saiu e deixou pra mim as laranjinhas eu pensei em outras coisas tipo o aquário e o Terry do Olho Sonolento largando meu pescoço e todas as coisas que o Fantasma do Papai tinha dito e tudo foi passando na minha cabeça e eu pensei O que é certo e o que não é? Tentei pensar em todas as coisas que eu tinha certeza e tinha só seis coisas que eram

O Papai morreu na ponte perto de Kelham
Três caras vieram arrebentar o Pub
Meus peixes derreteram
O Sr. Fairview morreu no incêndio da Oficina
O Tio Alan salvou minha vida
Eu e o Tio Alan e o Terry do Olho Sonolento salvamos a vida da Leah

E pensei sobre os peixes derretidos. Pensei que talvez não tivesse sido o Tio Alan. Podia ter sido um acidente. A Mamãe podia ter esbarrado ali quando estava tirando o pó e eu culpei ele que nem o Imperador Nero fez com os cristãos e os romanos fizeram com o Imperador Nero e olhei em volta pros doentes nas camas.

Pensei no Ross e no Gary e nos tênis novos e que o Tio Alan talvez tivesse comprado eles por outra razão que eu não sabia.

A Sra. Fell veio me ver enquanto a Mamãe estava visitando o Tio Alan.

Ela deitou a cabeça mais pro lado do que nunca e disse Então, como você está se SENTINDO, Philip?

Eu falei Estou bem. Mas quando engulo ainda sinto o gosto do rio na minha boca.

A Sra. Fell disse Ui.

Ficamos um tempão sem falar nada e eu ouvi um avião passando por cima do hospital e na minha cabeça eu vi a Leah e o Dane dentro do avião que estava indo pra Nova Zelândia pra casa da tia deles perto do mar.

A Sra. Fell disse Seu tio é um homem muito corajoso, não é, Philip?

Sorri fazendo que Sim mas não consegui dizer nada.

Ela disse Ele é um herói e tanto. Igualzinho ao sobrinho.
Eu falei Não sei.

Ela olhou pra mim por um Tempão e ficou lendo meu rosto que nem se ele fosse uma história triste.

Pensei que eu podia perguntar qualquer coisa pra ela agora que ela ia me contar então falei A senhora ainda pensa no seu pai?

Parecia que eu tinha jogado água fria na cara dela e ela disse Claro que penso, Philip. Penso nele todo santo dia.

Ela riu soltando ar pelo nariz mas de um jeito triste e falou Toda vez que entro pelo portão da escola.

Eu disse Por quê?

Ela respirou bem fundo e isso fez os peitos dela ficarem maiores e ela falou Ele sempre quis que eu fosse professora, Philip. Eu queria ser atriz, mas ele não gostava muito da ideia.

Eu disse A senhora tentou ser atriz?

Ela falou Fui pra Faculdade de Teatro. Mas abandonei quando tinha 19 anos.

Eu disse Por quê?

Ela sorriu mas a cara dela parecia mais triste e ela falou Foi quando ele morreu. Eu estava no Primeiro Ano e recebi um telefonema da Mamãe me contando do ataque do coração.

Minha cabeça ficou toda esquisita. Pensei que ela fosse dizer Ray Goodwin foi esfaqueado por um cara que trabalhava na mina ou Ray Goodwin levou um tiro de um gângster mas ela tinha falado de um ataque do coração.

Eu disse O quê?

Ela falou Ele teve um ataque cardíaco, Philip. Estava tendo um monte de problemas. Aí passou mal. Me senti culpada por fazer ele se preocupar comigo. Então abandonei a Faculdade de Teatro e acabei indo estudar pra ser professora. Minha mãe disse que eu devia continuar a fazer Teatro mas ela também estava muito doente então voltei pra casa e cuidei dela e fui pra Escola de Treinamento de Professores perto de Ollerton.

Eu não estava entendendo e disse Mas pensei que ele

E quase falei o negócio, quase falei ASSASSINADO mas não falei porque eu sabia que isso ia fazer ela me odiar e sabia que um ataque do coração não era assassinato então não precisava perguntar.

A Sra. Fell disse Acontece, Philip, que chega uma hora em que a gente tem que deixar os mortos descansarem. Quando a gente descobre que tem que confiar nos vivos. Você não pode viver pro seu pai pra sempre, Philip. Quando o Papai morreu, eu acreditei que tinha sido minha culpa. Mas não acho mais isso. A gente pode acreditar no que quiser. É o que eu penso.

Eu falei Que nem quando Nero acreditou que os cristãos é que tinham começado o incêndio.

Ela disse É. É parecido com isso.

Olhei pra Sra. Fell e ela fez que sim com a cabeça como se estivesse respondendo uma pergunta e aí ela falou Mostrei uma foto dele pra classe. Você se lembra?

Eu disse Não.

Ela ajeitou um pouco do cabelo encaracolado dela atrás da orelha e falou Na aula sobre as Árvores Genealógicas.

E foi aí que eu descobri como tinha ouvido falar pela primeira vez do Ray Goodwin. Não tinha sido o Fantasma do Papai que tinha me falado dele, eu ouvi falar dele na aula sobre as Árvores Genealógicas um dia antes do Papai morrer quando a Sra. Fell contou pra gente que o Pai dela trabalhava numa mina.

Eu podia acreditar no que quisesse agora então não ia mais acreditar na Sociedade dos Pais Mortos e não ia acreditar em fantasmas que sofrem pra sempre se a gente não ajudar eles.

A Sra. Fell disse Mas acho que foi melhor assim. Se eu não tivesse virado professora, não teria conhecido o Jonathan.

Ela mostrou os anéis no dedo Anular e eu pensei no cara na cadeira de rodas que estava doente e que estava com ela naquele dia no parque.

A Sra. Fell falou com tristeza nos olhos e felicidade no sorriso Falando nisso. Tenho que ir embora.

Ela alisou minha mão e levantou pra ir embora e disse Confie nos vivos, Philip. Confie nos vivos. É o que eu acho.

E eu falei Tá.

Philip?
Philip?
Philip, por que você não me ouve?
Por que você não me vê?
Eu estou aqui, Philip.
Bem aqui na sua frente.
Philip, veja.
Por favor, Philip.
Philip?
Philip?
Philip?
Eu estou preso.
Estou preso neste lugar.
Você precisa me ajudar.
Você tem que me ajudar a sair.

# O Passarinho na Janela

A Mamãe jogou a água preta fora e fez uma poça na grama.

A água fez umas bolhas que estouraram e a poça foi ficando menor e menor porque a grama estava bebendo a água.

Ela colocou o vaso de metal de novo perto do túmulo e encheu de água limpa da garrafa de Pepsi e aí pôs a tampa de metal com furos. Ela podou a pontinha dos caules das flores e começou a colocar elas dentro do vaso e me deu algumas pra fazer a mesma coisa e eu pus os caules verdes nos buracos e as flores encolheram a cabeça pra dentro do capuzinho delas. Tentei fazer elas apontarem pro céu mas elas ficavam baixando a cabeça como se estivessem no enterro de uma flor.

Ela falou Deixa elas, Philip. Está bom assim.

Eu disse Mas elas ficam melhor apontando pra cima.

Ela falou Elas são assim mesmo.

Eu disse Ah.

Ela ficou de pé na frente do túmulo e falou Feliz Aniversário.

E eu falei também Feliz Aniversário.

A Mamãe olhou pro Papai enterrado na grama como se ele estivesse embaixo de um acolchoado e eu fiquei ali parado do lado e ela alisou minhas costas.

Estava quase escuro e a gente só olhou mais um pouquinho pro túmulo do Papai e deixou o vento assobiar nos nossos casacos e nas árvores.

A Mamãe disse Melhor a gente ir agora, Philip.

Eu falei Tá.

Ela disse Está quase na hora de visitar o Alan.

Eu falei Tá bom e aí disse Tchau pro Papai.

E a gente foi pela trilha e tinha dois caras cavando o buraco pra um caixão e a gente voltou pro carro e a Mamãe ligou o aquecimento e a gente foi embora e deixou o Papai lá embaixo da grama e eu olhei pra cara da Mamãe e a cara dela era de preocupada com o Tio Alan e ficava mudando de cor por causa das luzes de Natal com o Papai Noel e os Assistentes dele e as Renas e a Estrela de Belém e os Anjos e a gente passou por uma árvore grande de Natal que estava com as luzinhas brancas acesas perto da muralha do castelo.

A gente chegou no hospital e a Mamãe estacionou e desligou o motor. Ela respirou fundo e abriu a porta e a gente desceu e foi caminhando.

Eu falei Mãe, você trancou o carro?

Ela voltou até o carro e trancou ele e disse Não sei mais o que estou fazendo, sinceramente.

A gente entrou no hospital e passou por uma velha que estava amarela que nem um Simpson e sendo levada numa cama com rodinhas. Segui a Mamãe pelos corredores brancos pra esquerda e pra direita e pra esquerda e a gente entrou num elevador. Uma menininha estava chorando com a cara na barriga do pai dela e o pai passava a mão na nuca dela e tinha um cara de verde e ele estava coçando a cara com os dedos como se eles fossem fósforos e não quisessem acender.

O cara verde falou Qual é o andar de vocês?
A Mamãe disse Terceiro.

O cara verde apertou o três e a gente subiu no elevador com a menininha chorando e ding a porta abriu. A gente saiu e tinha uma moça numa mesa e a Mamãe disse Olá.

A moça sabia quem a Mamãe era porque ela falou Se a senhora quiser sentar um pouquinho, Sra. Noble, vou só ver com a enfermeira se vocês já podem entrar.

A gente sentou numas cadeiras de plástico e ficou esperando ouvindo um relógio fazer tique-taque e sentindo cheiro de hospital. Cheiro de plástico e cheiro de limpeza e cheiro de assoalho de escola e os cheiros da família que estava esperando nas outras cadeiras. A família não falava nada nem a Mamãe nem eu nem as enfermeiras escrevendo numas pranchetas nem os médicos que saíam das portas de vaivém falavam nada. Parecia que os corpos quietos deitados nas camas nos quartos pequenos ali em volta tinham a doença de não falar e ela era contagiosa.

Olhei pro enfeite atrás da mesa da moça e ele era dourado e um pedacinho estava descolando e tinha outro negócio dourado e brilhante que dizia FELIZ NATAL mas o AL estava caído então dizia FELIZ NAT.

Eu estava pensando que a Sra. Fell tinha razão. A gente tem escolha. A gente pode ouvir os fantasmas ou pode não ouvir eles e a gente pode pensar o que quiser pensar e só depende da gente porque só tem duas coisas que são cem por cento verdade que são a gente viver e depois a gente morrer e qualquer outra coisa não é verdade nem mentira é uma mistura. É as duas coisas. Não é nenhuma.

E a Mamãe estava falando agora.

Ela estava dizendo Por que será que está demorando tanto? Normalmente eu entro direto.

Tinha uma janela e o contorno de alguma coisa pequena do lado de fora e a coisa pequena era um passarinho que não estava fazendo nada só estava ali parado.

Uma enfermeira apareceu e disse Vocês estão esperando para visitar o paciente do Quarto seis?

A Mamãe falou Sim.

A enfermeira disse Podem entrar agora. Venham comigo, por favor.

A gente seguiu ela pelo corredor e a enfermeira disse Olá pra uma mulher de terno que passou pela gente.

E aí eu vi ele pelo vidro que era um retângulo na parede. Por causa do vidro parecia que ele estava num aquário e ele estava deitado na cama com um cobertor verde embrulhando o barrigão dele e a enfermeira acenou com o braço pra porta e a Mamãe entrou e eu entrei.

Ele parecia normal como se estivesse dormindo mas tinha umas máquinas do lado e uns fios saindo dele que nem se ele fosse uma máquina e ele estava com um clipe branco no dedo e tinha uma tela mostrando umas ondas elétricas quando o coração batia bipe bipe bipe.

A Mamãe olhou pra ele e ela estava respirando diferente e sentou numa cadeira do lado da cama e eu sentei numa cadeira do lado da dela e olhei por baixo da máscara do Tio Alan a boca aberta dele como se ele estivesse esperando alguém colocar uma moeda na língua pra pagar ao barqueiro quando fosse cruzar o rio Estige.

A Mamãe falou com ele como se ele pudesse escutar.

Ela disse Acho que você estava certo sobre a árvore de Natal. Vai ficar bonita no canto perto dos caça-níqueis. A gente pode escolher uma naquele lugar em North Muskham. O Philip vai ajudar, né, Philip?

Eu falei Vou.

A Mamãe disse A Carla e a Nooks ajudaram a colocar o resto da decoração. Está linda, né, Philip?

Eu falei É.

A Mamãe estava curvada pra frente com uma mão no queixo e a outra no joelho que nem um número 4.

O Tio Alan não fazia nada. Só ficava ali com os olhos fechados e a boca aberta sem a moeda e a tela continuava apitando bipe bipe bipe.

Alguém bateu na porta e a porta abriu e apareceu um cara com um casaco comprido branco e uma cara comprida branca. Percebi que a Mamãe sabia quem ele era e ele falou Sra. Noble, a senhora tem cinco minutos? Queria falar com a senhora um minutinho.

A Mamãe saiu e eu fiquei ali. Ela não fechou muito bem a porta e algumas palavras do médico que eram mais fininhas entraram pela fresta.

sério
água
pulmões
alta
erupções
ouvido
cérebro
aumento
risco

dano
coração
Sobreviver
sessenta
por cento
escolha
decisão
respiração
respiração
respiração
Sra. Noble

O médico continuou falando e a Mamãe muda e eu passei pra cadeira da Mamãe e ainda estava quente da bunda dela. Olhei pro Tio Alan e pra mãozona dele do lado do corpo e pro fio entrando no pulso dele. Toquei na mão dele com a ponta dos meus dedos e ela era de verdade e estava quente e eu não sabia se aquela era a mão que tinha sabotado o carro do Papai mas era a mão que tinha salvado a Leah e me salvado e podia ter salvado a Mamãe e não tinha nenhuma sujeira na mão. Não tinha óleo de motor. O rio tinha lavado tudo.

O médico fechou a porta e as palavras pararam de entrar.

Eu falei Tio Alan.

O Tio Alan disse bipe bipe bipe bipe.

Eu falei Desculpa pelo PlayStation.

O Tio Alan disse bipe bipe bipe bipe.

Eu falei E por tudo.

O Tio Alan disse bipe bipe bipe bipe.

Segurei a mão dele e olhei pro tubo entrando na boca dele e pro tubo entrando no sangue dele.

Eu falei Você não pode morrer, Tio Alan. Você precisa sobreviver. Se você Sobreviver, eu vou ser legal com você. Vai ser ótimo e a gente pode virar uma família e tudo e pode ter um Natal bacana.

O Fantasma do Papai falou dentro da minha cabeça Dois minutos, Philip. Dois minutos pra você impedir os Terrores.

Eu disse Vai embora.

O Fantasma do Papai falou Você é um bobo, Philip. Um bobo.

Eu disse Vai embora.

O Fantasma do Papai falou Eu preciso descansar. Não posso sofrer pra sempre.

Eu disse Vai embora!

E olhei pros olhos do Tio Alan e eles tremeram e se mexeram que nem o ovo do dinossauro quando o bebê dinossauro está querendo sair e eu pensei que ele ia acordar mas ele não acordou. A mão dele ficou descontrolada então larguei ela e aí o Fantasma do Papai saiu do meu cérebro e entrou na máquina e desceu pelos fios numa bolha de ar como se ele fosse o Controlador e a tela fez bipe biipe biipe biipe biipe biiiiiiiiiiiiiiiiiiiiiiiii e as ondas viraram um risco e eu disse Mãe!

E a Mamãe e o médico comprido e branco entraram e o médico olhou pra tela e aí gritou pra fora da porta na língua rápida dos hospitais pro pessoal vir.

E a Mamãe estava dizendo O que está acontecendo? O que está acontecendo? O que está acontecendo?

O médico foi até as máquinas e aí apareceram outras pessoas e o médico falou Sra. Noble, espere lá fora, os dois esperem lá fora.

biiiiiiiiiiiiiiiiiiiiiiiiiiiiiiiiiiiiiiiiiiiiiiiiiiiiiiiiiiiiiii

Eu e a Mamãe fomos pra fora do quarto e a Mamãe ficou andando pra trás e pra frente e pra trás e pra frente e dali a gente podia ver ele no aquário e a gente viu quando colocaram os negócios de metal nele tentando fazer ele ligar como um motor e a Mamãe disse Ai meu Deus ai por favor meu Deus ai meu Deus ai por favor por favor ai meu Deus e Deus não disse nada.

Eu falei Mãe.

A Mamãe disse Ai meu Deus ai por favor.

Eu falei Mãe.

A Mamãe disse Ai ai ai.

Eu falei Mãe, vem sentar, vem, Mãe.

Segurei a mão dela que estava fria e a gente foi até as cadeiras. Não tinha ninguém lá agora só o passarinho na janela e a gente sentou e a Mamãe estava enterrando as unhas cor-de-rosa dela na minha pele. Fiz uma prece mentalmente e aí depois da prece pensei que eu queria ser um romano porque eles tinham mais deuses e podiam ir fazendo preces até que um deus viesse ajudar.

O passarinho vira a cabeça bem rápido e acho que ele está olhando pra mim e ele levanta voo pro céu que está escuro demais pra enxergar qualquer coisa lá fora e as unhas continuam se enterrando e eu não faço nada só fico ali respirando pra dentro e pra fora e pra dentro e pra fora.

Este livro foi composto na tipologia Minion Pro Regular, em corpo 11/16, e impresso em papel off-white 80g/m² no Sistema Cameron da Divisão Gráfica da Distribuidora Record.